U0641054

追忆王国维

贾鸿昇

编

 泰山出版社 ·济南·

图书在版编目（CIP）数据

追忆王国维 / 贾鸿昇编 . — 济南：泰山出版社，
2021.10
　　ISBN 978-7-5519-0672-2

　　Ⅰ. ①追…　Ⅱ. ①贾…　Ⅲ. 传记文学—中国—当代
Ⅳ. ① I25

中国版本图书馆 CIP 数据核字（2021）第 211566 号

ZHUIYI WANG GUOWEI

追忆王国维

编　　者	贾鸿昇
责任编辑	徐甲第
特约编辑	史俊南
装帧设计	观止堂 _ 未　氓

出版发行　泰山出版社
　　社　　址　济南市泺源大街 2 号　邮编　250014
　　电　话　综合部（0531）82023579　82022566
　　　　　　　市场营销部（0531）82025510　82020455
　　网　　址　www.tscbs.com
　　电子信箱　tscbs@sohu.com
印　　刷　天津画中画印刷有限公司
成品尺寸　155 毫米 ×230 毫米　16 开
印　　张　21.75
字　　数　250 千字
版　　次　2022 年 2 月第 1 版
印　　次　2022 年 2 月第 1 次印刷
标准书号　ISBN 978-7-5519-0672-2
定　　价　65.00 元

凡　例

一、将原书繁体竖排改为简体横排，并参照不同版本，订正书中明显的错讹。

二、原则上保留原著作中出现的外国人名、地名等的旧式译法，订正个别极易引起歧义的译法。

三、不改变原书体例，酌情删改个别表述不规范的篇章或文字。

四、原书中文字尽量尊重原著，通假字及当时习惯用法（如"他""她"不分，"的""地""得"不分）而与现在用法不同者，一般不做改动。人名、字号、地名、书名等专有名词，酌情保留繁体和异体字形。

五、参照现行出版规范，对原书中标点符号进行适当修改，新中国成立后的日期等情况统一采用公元纪年法表示。

目 录
contents

第一辑　追忆静安

第二辑　静安作品选

第一辑　追忆静安

海宁王忠悫公传

罗振玉

公讳国维，字静安，亦字伯隅，号观堂，亦曰永观，浙江海宁州人。先世籍开封，当北宋时，其远祖曰珪、曰光祖、曰禀、曰荀，四世均以武功显，而三世死国难，事迹具《宋史》。高宗时，子孙扈跸南渡，遂家海宁，其后嗣隆替，载于家牒，此不备书。曾祖某、祖某，并潜德不耀。考乃誉，值洪杨之乱，弃儒而贾。公生而岐嶷，读书通敏异常儿，年未冠，文名噪乡里。寻入州学，以不喜帖括之学，再应乡举不中程，乃益肆力于诗古文。于时中日战役后，和议告成，国威稍替，海内士夫，争抵掌言天下事，谋变法自强。光绪丙申，钱唐汪穰卿康年创设《时务报》于上海，以文章鼓吹天下，人心为之振动。异日乱阶，遂兆于此，然在首事者，初未知祸之烈且至是也。公时方冠，思有以自试，且为菽水谋，乃襆被至沪江，顾无所遇，适同学某孝廉为舍人司书记，以事返乡里，遣公为之代。明年，予与吴县蒋伯斧学博黼结农学社于上海，移译东西各国农学书报，以乏译才，遂以戊戌夏立东文学社造就之，聘日本藤田博士丰八为教授。公来受学，时予尚未知公，乃于其同舍生扇头读公咏史绝句，知为伟器，遂拔之侪类之中，为赡其家，俾力学无内顾忧。岁庚子，既毕业，予适主武昌农学校，延公任译授。明年秋，公东渡留学日本物理学校。期年，以脚气归，主予家。病愈，乃荐公于南通师范学校，主讲哲学、心理、伦理诸学。甲辰秋，予主江苏师范学校，公乃移讲席于苏州，凡三年。丙午春，予奉学部奏调，明年荐公学行于蒙古荣文恪公庆，命在学部总务司行走，历充图书馆编译、名词馆协修。及辛亥冬国变作，予挂冠神武，避地东渡，公携家相从，寓日本京都，是时予交公十四年矣。初公治古文辞，自以所学根柢未深，读江子屏《国朝汉学师承记》，欲于此求修学涂经。予谓："江氏说多偏驳，国朝学术实导源于顾亭林处士，厥后作者辈出，而造诣最精者，为戴氏震、程氏易畴、钱氏大昕、汪氏中、段氏玉裁及高邮二王，因以家书赠之。公虽加流览，然方治东西洋学术，未遑专力于此，课余复从藤田博士治欧文及西洋哲学、文学、美术，尤喜韩图（今译康德）、叔本华、尼采诸家之说，发挥其旨趣，为《静安文集》。在吴刻所为诗词，在都门攻治戏曲，著书甚多，并为艺林所推重。至是予乃劝公专研国学，而先于小学、训诂植其基，并与论学术得失，谓尼山之学在信古，今人则信今而疑古。国朝学者疑《古文尚书》、疑《尚书孔注》、疑《家语》，所疑固未尝不当，及大名崔氏著《考信录》，则多疑所不必疑，至今晚近变本加厉，至谓诸经皆出伪造。至欧西之学，其立论多似周秦诸子，若尼采诸学说，贱仁义、薄谦逊、非节制，欲创新文化以代旧文化，则流弊滋多。方今世论益歧，三千年之教泽不绝如线，非矫枉不能反经。士生今日，万事无可为，欲拯此横流，舍反经信古末由也。公年方壮，予亦未至衰暮，守先待后，期与子共勉之。"公闻而憬然，自恧以前所学未醇，乃取行箧《静安文集》百余册悉摧烧之，欲北面称弟子，予以东原之于茂堂者谢之。其迁善徙义之勇如此。公居海东，既尽弃所学，乃寝馈于往岁予所赠诸家之书。复尽出大云书库藏书五十万卷、古器物铭识拓本数千通、古彝器及他古器物千余品，恣公搜讨。复与海内外学者移书论学，国内则沈乙庵尚书、柯蓼园学士，欧洲则沙畹及伯希和博士，海东则内藤湖南、狩野子温、藤田剑峰诸博士及东西两京大学诸教授。每著一书，必就予商体例、衡得失。如是者数年，所造乃益深且醇。公先予三年返国，予割藏书十之一赠之。送之神户，执公手曰："以君进德之勇，异日以亭林相期矣。"公既返国，为欧人某主持学报；并遍观乌程蒋氏藏书，为编书目；并取平生著述，撷其精粹，为《观堂集林》二十卷，三十五以前所作，弃之如土苴，即所为诗词，亦删薙不存一字。盖公居东后，为学之旨与前此复殊也。壬戌冬，蒙古升吉相国奏请选海内耆宿供奉南书房，以益圣学，首以公荐，得旨俞允。明年夏，公入都就职，奉旨赏食五品俸，赐紫禁城骑马，命检昭阳殿书籍。公以韦布骤为近臣，感恩遇，再上封事，得旨褒许。甲子秋，予继入南斋，奉命与公检定内府所藏古彝器。乃十月值宫门之变，公援主辱臣死之义，欲自沉神武门御河者再，皆不果。及车驾幸日使馆，明年春幸天津。奉命就清华学校研究院掌教，以国学授诸生。然津京间战祸频仍，公日忧行朝，频至天津，欲有所陈请，语呐辄不达。今年夏，南势北渐，危且益甚，公欲言不可，欲默不忍，乃卒以五月三日自沉颐和园之昆明湖以死。家人于衣带中得遗墨，自明死志曰，五十之年，只欠一死，经此世变，义无再辱云云，并属予代呈封章。疏入，天子览奏陨涕。初五日诏曰："南书房行走五品衔王国维，学问博通，躬行廉谨，由诸生经朕特加拔擢，供职南斋，因值播迁，留京讲学，尚不时来津召对，依恋出于至诚。遽览遗章，竟自沉渊而逝，孤忠耿耿，深恻朕怀。著加恩予谥忠悫，派贝子溥忻即日前往奠醊，赏给陀罗经被，并赏银贰千圆治丧，由留京办事处发给，以示朕悯惜贞臣之至意。"其哀荣为二百余年所未有。海内外人士，知与不知，莫不悼惜，公至是可谓不负所学矣。予既入都哭公，并经纪其身后，遗著盈尺，将以一岁之力为之任编订。此虽在公为羽毛，公之不朽，固在彼不在此，然固后死者之责矣。公生于光绪丁丑十月二十九日，卒于丁卯五月三日，得年五十有一。娶莫氏、继室潘氏，子潜明、高明、贞明、纪明、慈明、登明，孙庆端。潜明，予子婿也，先公一年卒。秋七月十七日，其嗣子将遵遗命卜葬于清华园侧。海内外人士以予交公久、知公深，多就予访公学行，乃挥涕为之传，俟异日史官采焉。

论曰：公平生与人交，简默不露圭角，自待顾甚高。方为汪舍人司书记，第日记门客及书翰往来而已，故抑郁不自聊。及与予交，为谋甘旨俾成学，遂无忧生之嗟，在他人必感知矣，而公顾落落，若曰此惠我耳，非知我也。及陈善纳海，以守先待后相勉，一旦乃欲北面，意殆曰：此真我矣。其所以报之者，乃在植节立行，不负所学，斯不负故人贤者之所为，固与世俗之感惠徇知者异矣。又公之一生，予知公虽久，而素庵相国知之尤深。相国素严正少许可，尝主予家，一见公遽相推许，后遂加荐剡，公感知遇，执贽门下。及相国闻公死耗，泣然曰："士夫不可不读书，然要在守先圣经训耳，非词章记诵之谓也。尝见世之号博雅者，每贵文贱行，临难巧辞以自免。今静安学博而守约，执德不回，此予所以重之也。"呜呼！相国真知人哉。

《碑传集三编》七册卷三一，台湾文海出版社 1980 年 9 月版

祭王忠悫公文

罗振玉

维丁卯五月三日，海宁王忠悫公既完大节。事闻，天子哀悼，群伦震惊。其友罗振玉既为位以哭，复至都门经纪其丧，后七日，率子福成、福葆、福颐，孙继祖、承祖、绳祖，以清酌庶羞之奠荐于公之灵，并为文以哀之曰：呜呼！公竟死耶？忆予与公订交，在光绪戊戌，于今三十年矣。时公方为汪穰卿舍人司书记，暗然无闻于当世。暨予立东文学社，公来受学，知为伟器，为谋月廪，俾得专力于学。寻资之东渡，留学物理学校。岁余以脚气返国，予劝公专修国学，遂从予受小学、训诂。自是予所至，公皆与偕。复申之以婚姻。及辛亥国变，相与避地海东，公益得肆力于学，蔚然成硕儒。暨癸亥春，以素庵相国荐，供奉南斋。明年秋，予继入，遂主公家。十月之变，势且殆，因与公及胶州柯蓼园学士约同死。明年予侍车驾至天津，得苟生至今。公则奉命就清华学校讲师之聘，乃阅二年，而竟死矣。公既死，有遗嘱、有封奏，遗嘱腾于万口，封奏予固不得见，然公之心事，予固可意逆而知之也。忆予自甲子以来，盖犯三死而未死：当乘舆仓卒出宫，予奉命充善后委员，忍耻就议席，议散，中怀愤激，欲自沉神武门御沟，已而念君在不可死，归寓抚膺大恸，灵明骤失，公惊骇，亟延医士沈王桢诊视，言心气暴伤，或且绝，姑与强心及安神剂，若得睡，尚可治，乃服药得睡，因屏药不复御，而卒不死；后数日，危益甚，乃中夜起草遗嘱，封授叔炳兵部际彪，告以中为要件，俟异日得予书以授家人，寻乘舆出幸日本使馆，又得不死；两年以来，世变益亟，中怀纡结益甚，乃清理未了各事，拟将中怀所欲言者尽言而死。乃公竟先我死矣。公死，恩遇之隆，振古未有，予若继公而死，悠悠之口，或且谓予希冀恩泽。自是以后，但有谢绝人事，饰巾待尽而已。虽然，予所未死者，七尺之躯耳，若予心，则已先公死矣。至公既受殊遇，世人莫不羡其哀荣，然予知公之志在行所言，非希恩也。今恩愈重，公九原之痛，且愈深矣。呜呼！予今与公生死殊矣，公能以须臾之倾，维纲常于一线，至仁大勇，令我心折。而予自今春以来，衰病日加，医者谓右肺大衰，九泉相见，殆已匪遥。挥涕举觞，灵其来格。呜呼哀哉，尚飨。

《王忠悫公哀挽录》，天津罗氏贻安堂 1927 年刻本

《王忠悫公哀挽录》序

罗振玉

天下有正义，而后有是非。是非者，根于正义，公论之不容泯者也。晚近士夫，平日高谈忠义，其文章表襮，则杜陵之许身稷契也，屈子之芳菲恋君也，乃一旦临大节，则委蛇俯仰，巧说以自解，于己所不能，而他人能之，虽内怍于中，而必竭力以肆其挤排，见有向义者，必为之说曰："夫夫也，殆有他故，非徇义也。"甚则为匪语诬蔑之。士夫之行如此，乌在其为士夫也。予与忠悫同乡贯，初不相知，甲子都门之变，始相见于京师，久乃知其平生于罗叔言参事，参事之言曰："公少负才气，有不可一世之概。三十以后，阅世日深，乃益敛才就范。其为学也，专壹而不旁骛；其闻善也，不护前以自恕；其涉世也，未尝专己嫉能；其守义也，不以言语表襮，而操养至切。"于时海内多尊公之学，惟参事独详述其行。参事交公久，其言宜可信，乃纳交焉。及今年五月，公果以舍生徇义闻天下，参事畴昔之言于是乎为有征矣。公既完大节，海内外人士群相悼惜，竞为文字以志哀，虽间有口褒扬而中不尔者，然亦不得废公论而著其私也。昔太史公有言："要之死日，然后是非乃定。"忠悫死矣，是非定矣。彼口忠义而恕己所不能，而嫉人之能或且肆毁者，不知其异日盖棺时视忠悫何如也。丁卯八月朔。

　　《王忠悫公哀挽录》，天津罗氏贻安堂 1927 年刻本

《海宁王忠悫公遗书》初集弁言

罗振玉

丁卯五月，王忠悫公效止水之节，予上其事于行朝，天子惊悼。既已褒扬其大节，海内外人士亦莫不惜其学术，竞为文字以志哀挽。公同学同门诸君子复创立观堂遗书刊行会，以刊行公之遗书，请予总理董之役。予以忧患待尽之身，恐不克尽其业，欲谢不敏，而义不可辞。乃以数月之力将公遗书已刊未刊者厘定为四集，次第付梓。冬十二月初集告竣，乃序其端曰：公平生学术之递迁，予既于《观堂集林序》及公传中详言之矣，而于公观世之识未之及也，乃摘其《论古今政学疏》为公别传，而尚有未尽，今更举数事。方公游学日本时，革命之说大昌，予移书致公，谓留学诸生多后起之秀，其趋向关系于国家前途者甚大，曷有以匡救之。公答书言，诸生骛于血气，结党奔走，如燎方扬，不可遏止，料其将来贤者以陨其身，不肖者以便其私，万一果发难，国是不可问矣。时公同学闽中萨生均坡与公同留学东京，亦入党籍，公以书见告，且谓萨固贤者，然性高明而少沉潜，彼既入籍，见所为必非之，惟背之则危身，从之则违心，迩见其居恒郁郁，恐以此夭天年也。已而萨生果夭如公言。予在海东，公先归国，英法学者斯坦因、沙畹诸博士邀余游欧洲列邦，予请公同往。将治任矣，而巴尔干战事起，予告公行期将待战后。公复书言，欧洲近岁科学已造其极，人欲亦与之竞进，此次战事实为西政爆裂之时，意岁月必久长，公此行或不果邪。后数月，余返沪江，沈乙庵尚书觞予于海日楼，语及欧战，予以公语对，尚书曰：然，此战后欧洲必且有大变，战胜之国或将益扩大其国家主义。意谓德且胜也。子曰：否，此战将为国家主义及社会主义激争之结果，战后恐无胜利国，或暴民专制将覆国家主义而代之，或且波及中国。尚书意不谓然，公独韪之。已而俄国果覆亡，公以祸将及我，与北方某耆宿书言，观中国近状，恐以共和始而以共产终。某公漫不审，乃至今日而其言竟验矣。惟公有过人之识，故其为学亦理解洞明。世人徒惊公之学，而不知公之达识，固未足以知公；而重公节行，不知公乃知仁兼尽，亦知公有未尽也。予故揭公佚事以告当世。至公学术之鸿博浩瀚，世人皆能知之，固不待予之喋喋矣。丁卯仲冬上虞罗振玉书。

1928 年天津罗氏贻安堂初刻本

集蓼编（节选）

罗振玉

武昌变起，都中人心惶惶。时亡友王忠悫公亦在部中，予与约各备米盐，誓不去，万一不幸，死耳。及袁世凯再起，人心颇安，然予知危益迫矣。一日，日本本愿寺教主大谷伯光瑞遣在京本愿寺僧某君来，言其法主劝予至海东，并以其住吉驿二乐庄假予栖眷属。予与大谷伯不相识，感其厚意，方犹豫未有以答，而旧友京都大学教授内藤虎次郎、狩野直喜、富冈谦藏诸君书来，请往西京。予藏书稍多，允为寄存大学图书馆，且言即为予备寓舍。予乃商之亡友藤田君，藤田君为定计应诸教授之招，而由本愿寺为予担保运书物至京都，运费到京后还之，且愿先返国为予筹备一切，事乃决。遂以十月初出都门往天津待船。时大沽已将结冰，商舶惟末班温州丸，船小仅千吨。予与忠悫及刘氏婿三家，上下约廿人同往。船至，舱已满，乃栖家属于货舱中，船长以其室让予。途中风浪恶，七日乃达神户。藤田诸君，已在彼相迓，即日至京都田中村寓舍。东京旧友田中君庆太郎亦至京都，助予料理。狩野博士夫人在寓舍为备饔飧。诸君风谊，不减古人，终吾生不能忘也。

方予携家浮海时，汉阳已克复，武昌尚未下。都中同志，尚冀时局可以挽回。宝公熙谓予曰："君竟洁身去耶？盍稍留俟，必无可为，然后行。"予乃诺以送眷东渡后即孑身返都。既至东三日，即附商舶至大连，遵陆返春明，知已绝无可为，践宿诺而已。比至，众亦谓大事已去，留旬日，乃复东渡。壬子岁朝，逊政之讯乃遽至海东矣。

予初至京都，寓田中村，与忠悫及刘氏婿同居，屋狭人众，乃别赁二宅以居两家。时季弟子敬振常，方任奉天某校教习，复寄资迎其眷属，别为赁屋居之，三宅月饩各百元。季弟读书知大义，居东岁余，返国，于上海设一书肆，苟全性命于浊乱之世，皭然不污。昔徐俟斋、傅青主两先生，清风亮节，为海内所推，独不能得之于其弟，予乃无此憾，此平生差可自慰者也。

予寓田中村一岁，书籍置大学，与忠悫往返整理甚劳。乃于净土寺町，购地数百坪，建楼四楹，半以栖眷属，半以祀先人、接宾友。门侧为小榭四间，楼后庖湢奴子室数间。植松十余株，杂卉木数百本。取颜黄门《观我生赋》语，颜曰永慕园。寻增书仓一所，因箧中藏北朝初年写本《大云无想经》，颜之曰"大云书库"。宅中有小池，落成日，都人适有书，为赵尔巽聘予任清史馆纂修，既焚其书，因颜池曰洗耳池。日本国例，外邦人可杂居国内，但有建屋权，无购地权，乃假藤田君名购之。家人既移居，未几更〔语〕移存大学之书于库中，乃得以著书遣日。

予在海东时，以不谙东语，往还甚简。惟大学文科诸教授，半为旧契，以文字相往还。大学总长延予为文科讲师，请藤田君为之介，至为殷拳，坚辞乃允。是时，王忠悫公尽屏平日所学，以治国学，所居去予不数武，晨夕过从。忠悫资禀敏异，所学恒兼人，自肄业东文学社后，予拔之畴人中，以（后）所至皆与偕。及子官学部时，言之荣文恪公，奏调部行走，充编译官。每称之于当道，恒屈己下之，而闻誉仍未甚著。及至海东，学益进，识益完，十余年间，遂充然为海内大师矣。

予往岁家居修学，无师友之助，闻见甚隘。三十以外，闻见渐增，始稍稍购书器。而江海奔走，废学者且十年。及四十后入都，闻见日扩，致书器日多，每以退食之暇，欲有所造述，牵于人事，无所成就。逮辛亥间，始创为《国学丛刊》，不数月以国变而止，至是赓续为之。时忠悫迫于生事，乃月馈二百元，请主编校。又岁余，上海欧人聘忠悫至沪，乃辍刊。予遂以一人之力，编次平生所欲刊布之古籍，并著录所见所得古器物墨本，次第刊行。归国后，复赓续为之，先后得二百五十余种、九百余卷，撮其序跋为《雪堂校刊群书叙录》。

予平生所至辄穷，而文字之福，则有非乾嘉诸儒所及者。由庚子至辛亥，十余年间，海内古书器日出，若洹滨之甲骨、西陲之简牍书卷、中州之明器，皆前人所未及见者。洹滨甲骨，自庚子岁始由山东估人携至都门，福山王文敏公_{懿荣}首得之，未几殉国难。亡友刘铁云观察，得文敏所藏，复有增益。予在申江，编为《铁云藏龟》。瑞安孙仲容征君，据以作《契文举例》，于此学尚未能有所发明。且估人讳言出土之地，谓出卫辉。及予官京师，其时甲骨大出，都中人士，无知其可贵者，予乃竭吾力以购之。意出土地必不在卫辉，再三访询，始知实在安阳之小屯，复遣人至小屯购之。宣统初元，余至海东调查农学，东友林博士泰辅方考甲骨，作一文揭之杂志，以所怀疑不能决者质之予。予归，草《殷商贞卜文字考》答之，于此学乃略得门径。及在海东，乃撰《殷虚书契考释》，日写定千余言，一月而竟，忠悫为手写付印。并将文字之不可识者，为《待问编》。并手拓所藏甲骨文字，编为《殷虚书契》，后又为"续编"，于（是）此学乃粲然可观。予平生著书百余种，总二百数十卷，要以此书最有裨于考古。厥后忠悫继之，为《殷先公先王考》，能补予所不及，于是斯学乃日昌明矣。

西陲古简，英人得之，请法儒沙畹教授为之考证。书成寄予，予乃分为三类，与忠悫分任考证，撰《流沙坠简》三卷。予撰小学、术数、方技书、简牍遗文各一卷，得知古方觚简之分别，及书体之蕃变。忠悫撰屯戍遗文，于古烽候地理考之极详。后忠悫在沪，将所著订正不少，仅于《观堂集林》中记其大略，惜不及为之重刊也。

伯希和教授归国时，予据其所得敦煌书目，择其尤者请代为影照，劝沪上商务印书馆任影照费，并任印行，而予为之考证。乃约定而久不践，予乃自任之。先将中土佚书，编《鸣沙石室佚书》；嗣编印《古籍丛残》；复选印德人所得西陲古壁画，为《高昌壁画菁华》；嗣日本大谷伯得西陲古物，陈列于住吉二乐庄，予据其所得高昌墓砖，为《高昌麴氏系谱》。于是西陲古文物，略得流传矣。

中州墟墓间所出明器，春明估人初无贩鬻者，士人亦以为不祥物而弃之，故世无知者。光绪丁未，清晖阁骨董肆徒偶携土俑归为玩具，予见而购焉，肆估乃知其可贸钱。予复录《唐会要》所载明器之目授之，令凡遇此类物，不可毁弃。翌年各肆乃争往购，遂充斥都市。关中齐鲁诸地，亦有至者。初所见多唐代物，寻见六朝两汉者。欧美市舶，多载以去。此为古明器发见之始。予在海东，就往昔所藏，编为《古明器图录》，并尝会最古明器之见载籍者为之说。至今草稿丛脞，尚未暇写定也。

本朝经史考证之学，冠于列代。大抵国初以来，多治全经，博大而精密略逊；乾嘉以来，多分类考究，故较密于前人。予在海东，与忠悫论今日修学宜用分类法，故忠悫撰《释币》《胡服考》《简牍检署考》，皆用此法。予亦用之于考古学，撰《古明器图录》《古镜图录》《隋唐以来古官印集存》《封泥集存》《历代符牌录》《四朝钞币图录》《地券徵存》《古器物范图录》《古钵印姓氏徵》诸书。

予三十以前，无境外之交。旅沪时，始识东邦诸博士。宣统初，因法国伯希和教授得与沙畹博士书问相往还，又与英国斯坦因博士通书问。尝以我西陲古卷轴入欧洲者，所见仅百分之一二，欲至英德法各国阅览，沙畹博士闻之欣然，方联合英德学者，欲延予至欧洲为审定东方古文物。予将约忠悫偕往，乃未几而巴尔干大战起，乃中止。今沙畹博士及忠悫墓已宿草，予今且戢影海滨，万念都灰，此愿恐不克偿矣。

予于前辈学者，犹及见者，为江宁汪梅村先生士铎、宝应成芙卿先生蓉、乌程汪刚木先生曰桢。并世学者，若会稽李莼客侍御慈铭、宜都杨惺吾舍人守敬、胶州柯蓼园学士劭忞、嘉兴沈子培尚书曾植，皆尝与从容谈艺。王忠悫则同处垂三十年。至孙仲容征君，则通书问，未及识面。于文和公，则未尝论学。今多已委化，仅蓼园岿然如鲁灵光，予则亦老且衰矣。

…………

壬戌冬，皇上大婚礼成，升相国奏陈皇上春秋方富，请选海内士夫学行并茂者入侍左右。皇上俞其请，乃于癸亥夏，诏温肃、杨钟羲、王国维、景方昶入值南书房。首命检景阳宫书籍，知圣意仍欲立图书馆、博物馆，不因左右之言而阻也。及甲子秋，予继入南斋，谕令审定内府古彝器，又命检查养心殿陈设。于是圣意益明，然为时则已晚矣。

予自返津后，每岁正月十三日皆入都祝贺万寿圣节。及大婚礼成，乃蒙召见于养心殿东暖阁，奏对颇久，温谕周至。甲子夏五月，奉旨著在紫禁城骑马，八月又奉命入直南书房。疏远小臣，骤擢近侍，圣恩稠叠，至今无以报称，念之惶愧汗下。

予以中秋三日奉恩命，熟筹进退，颇有顾虑，意欲恳辞。商之升吉甫相国，相国谓义不可辞。然方寸仍不能无虑，乃先作书致螺江陈太傅，请先代奏以京旗生计会须料理，以后拟半月在京供职，半月乞假理会事，预为日后求退地。螺江许之。乃以八日入都，具折谢恩，蒙赐对、赐餐，谕京旗事不必每月请假，务留京供职，且谕令即检查审定内府古彝器。既退，谒陈朱两傅，螺江太傅谓所托已代奏，朱傅谓南斋现已有六人，事务至简，已代为恳辞，今既入谢，以后不必案日入直，随时可返津也。已而又亲访忠悫，属劝予不必留京。然予既奉检查内府古器之命，不可遽辞。幸当时即面荐王国维同任检查事，仍预为乞退地，意欲于一二月后陈乞。乃于次日即与忠悫同检查宁寿宫藏器，甫三日复奉命与袁励准、王国维先检查养心殿陈设。既逾月，私喜内务府尚未为予请食俸，未颁月饩，以为进退益可裕如。乃至十月而值宫门之变，遂万不忍以乞身请，忧患乃荐至矣。

当冯玉祥军未入城前数日，国民军孙岳即遣炮兵驻扎大高殿，距神武门仅隔一御沟，已咄咄逼人，逆知必有故。及孙岳私开城纳冯军之晨，即于景山架炮，直指皇居，益知变且亟。乃与同寮亟诣内务府大臣许，筹商备御。予言未竟，内务府绍大臣哂曰："冯军之入，与我何涉。不观已禁曹锟耶？君甫入直内廷，予等数年来，所经变故多矣，均以持镇静，得无事。万一城内骚动，以土袋塞神武门，决无虑也。"乃命备土囊数十，予闻之，愈不安。时京津汽车不通，乃诣日本使馆，商附列国车赴津设法，使馆许给证。濒行，属日本兵营军官竹本君，万一有事，幸以无线电报我，竹本君谓一二日内或不至变。乃以昧爽附车行，向夕始抵津。一日未食，方拟具餐，而日本司令部参谋金子君遽至，谓得京电，冯军鹿钟麟部入宫，逼改优待条件。闻之神魂飞越，询以后事如何，对以未详。乃急诣司令部，请司令官为介，往见段祺瑞，将陈说大义，令发电止暴动。司令官许诺，出刺为介，持刺往，则段将就寝，丁君问槎出见，谓有事当代达。予告以来意，且坚订面见，丁君将予意告段，段如命发电，而谢面见。乃商定电文，交日司令部拍发，予心稍安。归思电由日司令部拍发，冯军或不承认，乃又往请再发官电，段亦允诺，并托丁分电两傅及内务府大臣。电既发，乃归，夜不成寐，坐以待旦。翌晨附车入都，夜三鼓方至前门，先至金息侯少府许探消息，始知圣驾已出幸醇邸矣，心乃稍安。是时予主忠悫家，所居后门织染胡同，急驱车往。既见，忠悫乃为详言逼宫状，为之发指眦裂，因告予上谕已派贝勒载润及绍英、耆龄、宝熙及予，为皇室善后委员，与国民军折冲。时鹿钟麟派兵一营围行朝，名为保卫，阴实监视，群臣须投刺，许可乃得入，向夕即出入不通。时夜深不能诣行朝，侵晨乃得展觐，上慰勉周挚，为之泣下。是日初与鹿钟麟辈相见，先议定诸臣出入不得禁止，及御用衣物须携出两事。会议散，鹿等乃封坤宁宫后藏御宝室。愤甚，欲投御河自沉，寻念不可徒死，乃忍耻归寓，抚膺长怮，神明顿失。时已中夜，忠悫急延医士沈王桢君诊视，言心气暴伤，为投安眠药，谓若得睡，乃可治。及服药，得稍睡，翌朝神明始复，盖不眠者逾旬矣。自是遂却药不复御，盖以速死为幸也，乃卒亦无恙。

《罗雪堂先生全集》续编二册，台湾文华出版公司1969年7月版

五十日梦痕录（节选）

罗振玉

（乙卯春二月）二十九日晨起访沈子培方伯曾植，距去年相见时已匝岁矣。予以岁首得方伯手书，言近多食嗜卧，记忆尽失，欲将平生文字作一结束。予深为忧之，既相见则健谈如昔，为之差慰。予前请将诗稿先付手民，答书谓"当录本见寄，但三年羁旅，和韵居多，庞参军殷晋安，触目皆是，未免有惭晞发耳"。至是复申前请，且告以此自有泉明先例在，方伯乃笑而许之。方伯学行巍然，为海内大师，长于予十余年，与予订交在光绪戊戌，屈指十有八年矣。宣统庚戌，以时事日非，挂冠誓墓。辛亥以来，侨居沪上，冰霜之节，岁寒弥厉，读书以外，惟与竺典相伴。予避居海外，踪迹不得合并，今再见无恙，忻慨交集，不觉长谈抵暮。

予与王静安征君国维交亦十有八年。君博学强识，并世所稀，品行峻洁，如芳兰贞石，令人久敬不衰。前返里过沪，初与方伯相见，方伯为予言，君与静安海外共朝夕，赏析之乐可忘浊乱。指案上静安所撰《简牍检署考》曰，即此戋戋小册，亦岂今世学者所能为。因评骘静安新著，谓如《释币》及考地理诸作，并可信今传后，毫无遗憾，推挹甚至。老辈虚衷乐善，至可钦也。予问方伯，沪上为四方人士所辐凑，所识潜学未彰之士几何。方伯对以有吴人孙君名德谦者，尔雅能文章。予曾于杨子勤太守《石桥诗话》中读孙君序，雅驯有法度，洒然异之。今方伯亦云然，与予意正同，惜行程匆迫，不获与孙君一见也。

《罗雪堂先生全集》三编二十册，台湾大通书局
1970 年 4 月版

王忠悫公事略

樊炳清

公讳国维，字静安，号观堂，浙之海宁人。父讳乃誉，能书画，尝游幕溧阳，值洪杨之乱，乃弃幕就贾。君生而颖异，家贫，攻苦读书，究经史大义，不专事帖括。弱冠游庠，寻肄业杭州之敷文书院，两应乡举不售。光绪戊戌（廿四年），钱塘汪穰卿舍人康年创《时务报》于上海，邀上虞许默斋孝廉司书记，君为之代，仅得薄资以养亲。时上虞罗叔言参事振玉设东文学社于上海，延日本藤田博士丰八为教授，公来受学，参事见其咏史诗，大异之，许为大器，力拔之于庸众之中，厥后所至，公靡不从。庚子既卒业，明年秋留学日本物理学校。年余病脚气归国，乃从藤田博士习英文，始读西人哲学文学书。参事于戊戌在沪上创设《农学报》，既而又刊《教育杂志》，君尝助之编译，并为社论者数年。至廿七年辛丑春，参事为湖北农务学堂监督，君偕往，任译述讲义及农书。廿八年壬寅，参事至粤，适通州师范学校聘君为教授，遂未偕往，在通州授课之暇，兼为诗词。廿九年癸巳，参事任苏州师范学校监督，君去通州赴姑苏，复为教授，教心理、伦理诸学。是时益研究哲学，日必读康德书二小时，乃有《静安文集》之作。丙午复刊《人间词》及诗集。在吴三年，参事辞监督，君回里半载。卅二年丙午，学部奏调参事，因荐公在学部总务司行走，历充图书馆编译、名词馆协修，迄宣统辛亥。此数年专攻词曲，有《清真先生遗事》《词录》《曲录》《戏曲考原》《古剧脚色考》《宋元戏曲史》诸书。是年冬，参事辞职，避地日本，君亦挈眷从之。初参事劝君治国学，君乃从受小学训诂，顾频年治他学，未遑专攻，居东后乃屏除一切，专意治经。参事富藏书，而以经学、小学、金石、考据之书为尤夥，爰检其切要者悉以赠君。君由是尽弃以前所治欧西之学，先读三礼，次及诸经，以至金石考古之学，与参事互相考核。盖君之毕生，惟此时为学最力，进德亦最猛，著述多且精，骎骎乎与参事并驾矣。壬癸二年间，作诗有《壬癸集》。居东五年，先参事三年返国。西人哈同氏延之编撰《学术丛刊》，君考古撰著多载其中，嗣又为仓圣明智学校教授。此数年间，兼为南浔蒋氏编藏书目录，蒋氏为刻《观堂集林》。参事回国，寓津门，公则居沪。公与参事自戊戌以来，揆隔最久者为此数年。至癸亥夏，以升吉甫制军荐派为南书房行走，寻参事亦入南斋，踪迹乃复合。甲子后，君奉命就清华学校讲授之聘，乃有《蒙古史料》之作。丁卯五月，公忧心君国，于学校试毕，初二日草封奏书、遗嘱，深宵阅试卷既讫，三日晨乃赴京西颐和园，投昆明湖死。公质朴少华，不事交游，故初不露头角，参事力为振拔，名乃大著，远播欧美，且资之以成其学。故论者敬君之品学，尤重参事之能知人，而有以裁成之也。炳清往岁与公同学，相交垂三十年，知公深，谨为传略，以告当世。

《王忠悫公哀挽录》，天津罗氏贻安堂 1927 年刻本

观堂先生别传

费行简

君名国维，字静庵，海宁王氏。观堂其自号也。幼而湛净嗜学，既冠，从上虞罗叔蕴氏游，博涉载籍，好古敏求，遂通群学。当岁己未，予居上海，同教授于英人哈同所立学，靡日不见，见则质证艺文，剧谈为乐。若是者几五年，始别去。予少治礼与公羊《春秋》，恒以请益于君，君谓公羊推衍义例，盖一家之业，故汉儒称其墨守，专则精，旁通则支。嘉道诸儒，务通其说于群经，诚后贤之蔽，不为传损益。若厥微言大义，刘宋以降阐发无遗，更衍则支说旁出矣。予服其言，故所商榷多在乎礼，论礼又多在乎祭。撮记其大者，得三事焉：

曩考祭天礼，见于经记者，曰圜丘、曰郊。圜丘，祀昊天上帝，为祭天帝正祭，而祔以日月星辰，其时用冬至日。《周礼·大宗伯》：礼祀上帝。《大司乐》：冬至日于地上之圜丘奏之。与夫《小戴·祭法》之泰坛是也。郊祀五帝为祭天神时祭，其时用正月上辛。《小宗伯》：兆五帝于四郊。《大宗伯》：礼天地四方。与夫《祭法》之坎坛是也。后世冬至祭天及祈谷大雩皆行于圜丘，乃混其名曰郊天，是其大惑。尝援以质于君，君曰：世儒泥乎郑王异同，不复求证于经，宜多异说。王混丘、郊为一，又谓祭专在冬至，固非；郑信纬书，强立天皇大帝，感生帝之名，亦不足为训。四郊祭当为四时迎气之祭，唯南郊用正月上辛，周制郊祀后稷以配天，盖在南郊。《郊特牲》云：郊之祭，大报本反始。记云：兆于南郊，就阳位。以稷为周开基始祖，又有教民稼穑之事，故于岁始祀于阳位。《左氏传》云：郊祀后稷以祈农事。又云：启蛰而郊，郊而后耕。胥其证也。《礼运》：因名山升乎天。名山即南郊所兆坛，它言吉土，则诸方之坛也。诚如子说，圜丘为正祭，四郊为时祭，南郊又郊祭之特重者也。予更绅绎君说，而知祀土方丘既无配，则祀天圜丘亦不当有配。唯圜丘不敢奉人帝配，故别立郊祭，以人帝配飨。南郊必奉始祖之有功德者，宜礼尤隆。且后人不明二月建卯春分后日始长，故于前月迎之之义，谬以冬至为长，至又牵于《祭法》：禘在郊上之文，忘禘乃庙祭。而谓禘祖之所自出即郊祭，亦大惑也。此一事也。

予又考社祭礼，据《祭法》：五社，曰大社、曰王社、曰国社、曰侯社、曰置社。《郊特牲》又有亡国社，《周礼》有军社。其地：则大社在藉田，《郊特牲》天子大社必受霜露风雨，达天地之气是也。王社在库门右内，《小宗伯》右社稷是也。以天子例诸侯，则国社当在其国之藉田，侯社亦当在门内。唯大夫不得特立社，故必与民族百家以上共立之，其地在州里。周制二千五百家共立之，社亦是也。其制则王社、侯社有房室，《郊特牲》：君南乡于北墉下。有墉斯有室。大社、国社则无房室，《大司徒》设其社稷之壝，树之田主。曰设壝、曰树、曰主，无室可知。盖为群姓国人、州里民族立者，祭之人众，室莫能容，故不置室。亡国社立以示戒，祭不常举，故有室，《郊特牲》所谓不受天阳，薄社北牖，使阴明是也。《小宗伯》：若大师，则帅有司而主军社。是军社特迁王社之主于军中，止则舍社主于垒上。尔其时，则王社、侯社以中春甲日，《明堂位》之春社，《大司马》中春搜田、献禽、祭社，《郊特牲》日用甲是也。大社、国社、置社则春秋祭之，盖春祈而秋报也。亦以质于君，君曰：子说祭之地是矣，而时则未为得也。礼以庙社对举，庙四时祭，社亦当为四时祭。《白虎通》说大社为天下报功，王社为京师报功。有报必有祈，知王社亦不止一祭。《月令》：孟冬大割祠于公社。是大社有冬祭。《州长》职以岁时祭社。岁时，岁之四时也。《郊特牲》：田事国人毕作。《诗·良耜·序》：秋冬报社，咸言冬祭。或有援释奠缺夏祀之义，谓止三时祭，亦昧乎庙有时享，社不当独遗也。特四时祭为常祭，《尔雅》：起大事，动大众，必先有事于社，而后出，谓之宜。《大祝》大会同亦有造庙、宜社、反行、舍奠之文，此则有事之特祭也。时祭曰祭，有事之祭曰礿、曰祃祀、曰祷祠也。古者国有大事，与众共举，嫌于无地，始特立大社、国社、置社，常日与众共祭祫，有事则召众而布誓命。天子封建诸侯，则视所都之方，取社土以茅封之。师行则戮不用命者于社，师旋则献俘于社。州社因祭时而属民读法，社之为用大矣哉。唯亡国社特置以示戒，衅庙后非弥祀不祭，《大祝》：国有大故、天灾，弥祀社稷。斯则五社外祀及胜国之社也。予因君说，知五社皆有祈报，独亡国社无之。亡国即胜国社，其地据《穀梁传》则在庙屏也。且王社、侯社有室，则有主；大社、国社、置社无室，则无主。无主之社，树木以代主，《大司徒》所谓各以其野之所宜木，《论语》树、松、柏、栗是也。《洛诰》：戊午乃社于新邑。用戊不用甲者，新邑始成之祭，非时祭之常也。君又谓：大社，王为群姓立，群姓外，诸侯之受姓者。诸侯四时有朝会，或当与社祭。《左传》：卜季友生间于两社。贾疏以为用社，亳社，则王社、胜国社地必非甚远。又后人以鲁之夏不苗、冬不享，遂谓不当有四时祭，而不知鲁所行非周礼也。此一事也。

予夙疑《祭法》：天子七庙，皆月祭之。盖据《祭统》：致斋三日，散斋七日。《坊记》：七日戒，三日斋。则一祭当斋十日宗庙九献，七庙同日则日不足，异日则月不足。且王当终岁在斋中，尤迂事情；若后世遣官恭代，周制则王不与祭，摄位非礼之能恒行者，亦乖亲亲之义。况祧庙止闻时享王考、皇考，诸庙乃月祭之。孔疏虽谓祭同日，不嫌礼数乎？周史有世室祀文武并七庙而九，合终岁三百六十日，且不给斋祭之用矣。宋元儒者有春夏分祭、秋冬合享之说，又似意必之谈。存此疑者，盖逾十年。辛酉乃举以薪教于君，君谓：月祭，告朔之祭也。礼简则七庙一日可遍，第致斋三日，则斋日不费。即四时祭亦止致斋三日，视涤即在其内，祭之明日绎于祊，亦五日而毕事。唯大庙大祭、殷祭，始斋十日，时享之名，其在夏殷。则春礿、夏禘、秋尝、冬蒸。《周易》礿为祠、禘为礿，分行于四亲庙，或者时祭。既分行于四亲庙，则王考等五庙，岁以一月祭，不岁时毕举，故变时称月。尔然月祭实小祭祀，故礼制不著。据周制，庙祭终以禘尝为重，犹圜丘之祭天。时享则犹郊五帝，二祧庙即文武庙，为世室，亦春祭之所，谓顺阴阳之气，荐春秋之物，春禘而秋尝也。时祭特重禘尝者，譬四郊时祭特重上辛之南郊也。古人制礼，郊社宗庙，其义胥可贯通，尤贵达人事，绝无天子终岁居斋之理也。予闻而夙疑冰释，且引申君说，谓凡祭，物杀则礼杀。祭，大祭、时祭用牛；殷祭、大祭更当系涤三月，告朔用羊，足证礼简。又《祭统》：散斋七日以定之，致斋三日以齐之，然后会于太庙。下即云：大宗执璋瓒亚祼。注：夫人有故，摄焉。案：《大宗伯》：凡大祭礼，王后不与，则摄。益知十日之斋，唯殷祭、大祭行之，时享五日，告朔三日，义尤塙矣。此又一事也。夫礼莫大于祭，是三者祭天神地，亦人鬼之大者也。说者聚讼，群辩锋起，无所折衷矣。

予皆得因君说以申畅疑滞，达厥制作，岂非厚幸。而君议论明塙，不几超于戴凭、井丹欤。若其不取辞费，则阮宣子之言寡而旨畅也。且不徒精于礼制，凡声音、训诂、名物、象数，莫不研几穷微，尤善论证金石、文字。其论近世学人之敝有三：损益前言以申己说，一也；字句偶符者引为塙据，而不顾篇章，不计全书之通，二也；务矜创获，坚持孤证，古训晦滞，蔑绝剖析，三也。必瀹三陋，始可言考证。考证之学精，大则古义古制日以发明，次亦可以董理群书。于戏！可谓片言中窍者已。其所为文辞，从容雅朴，恶夫空言游说者之以古文自炫也。故一篇之成，必有实义名论贯注乎中。诗尤芟浮藻而成隐秀，兼众体以为雅度，遗编炳然，宜被家诵。唯厥躬行贞洁，践履竺实，更为予生平所未觏。平居讷讷，若不能言，而心所不以为是者，欲求其一领颔许可而不可得。闻人浮言饰说，虽未尝与诤辨，而翻然遂行，不欲自污其听也。其在哈同园，浙督军皖人某欲求一见，始终以巽语谢之，其介如此。尤严于取与，世之名士学者，好以其重名猎人财货，而实不为人治一事，君独深耻之，束脩所入，置书籍外，亦时以资恤故旧之困乏者，然不欲人知也。予与共居处盖逾五载，不闻其作忠愤激烈语，而一旦从容就义，遂与日月争光，由其蕴于学者至深厚也。君州学垟生，尝襄钱唐汪氏辑《时务报》、上虞罗氏辑《农学报》，习日语文于某学校，复少习英文。清代奏调为学部图书局教育股编纂。辛亥国变，去之日本，已归国，居上海为哈同编《学术丛编》，兼教授其学。癸亥以原任总督升允荐，入直南书房。丁卯五月二日自湛于颐和园之昆明湖，盖未及中寿也。著有《观堂集林》诸书行于世。

《王忠悫公哀挽录》，天津罗氏贻安堂 1927 年刻本

王忠悫公殉节记

金 梁

公殉节前三日，余访之校舍。公平居静默，是日忧愤异常时。既以世变日亟，事不可为，又念津园可虑，切陈左右，请迁移，竟不为代达，愤激几泣下。余转慰之，谈次忽及颐和园，谓："今日干净土，唯此一湾水耳。"盖死志已决于三日前矣。殉节为五月初三日，公晨起赴校，复雇车到颐和园，步至排云殿西鱼藻轩前，临流独立，尽纸烟一枚，园丁曾见之，忽闻有落水声，急往援起，不过一二分钟，早气绝矣，时正巳正也。轩前水深才及腹，公跳下后，俯首就水始绝，故头足均没水中，而背衣犹未尽濡湿也。初众不知为公，及日午见园门一车独留，谓待乘客未出，问其状相符。而家中人待公终日未归，问校中亦不知何往，唯车夫有见雇车至园者。其公子急往园，则园警适来访报，奔入省视，果公，已日暮矣。当寻访时，其前邻后窗却对公之书室，邻友实见公伏案作书，入视无人，及闻公已死，始悚然。公之神灵不昧也。次日入殓，校生集哭，群奉尸出园，为易衣冠，始于里衣中得遗嘱，函纸均透湿，唯字迹完好，即影传于世之遗墨也。遗嘱末注初二日，实殉节前一日，闻其夕熟眠如故，近日言动亦无他异。浩然不动，视死如归，何其从容耶。

公遗嘱葬清华茔地，今暂厝刚秉寺，重五日余往哭之。抚棺一恸，后死徒悲，复至园凭吊，风雨适来，如助我哀者。异日拟于鱼藻轩勒石，曰"王忠悫公殉节处"以为纪念。公之自沉于鱼藻轩也，亦似有所示意，诗曰：鱼在在藻，有颁其首，王在在镐，岂乐饮酒。忧王居之不安也。逸诗曰：鱼在在藻，厥志在饵，鲜民之生矣，不如死之久矣。忧世变之日亟也。与三日前面谈，忧愤之意正合。赋骚见志，怀沙自伤，其觍然偷生，厥志在饵者，观之能无愧死耶。

公怀必死之志，见于遗嘱，明明白白，不待言矣。余与公订交近三十年，又晤公于殉节前三日，生死之交，知之最深。公癸亥夏奉召入都，寓余处数月，终日不出户，相对无一言，而意气相感，历久弥亲。公于时事不轻置可否，于人不轻加毁誉，而众感其诚，见者无不叹敬。至于学问文章，更无间中外新旧，翕然同称，然皆不料遽至于此也。呜呼！丁卯五月泣记。

《王忠悫公哀挽录》，天津罗氏贻安堂 1927 年刻本

王忠悫公哀挽录书后

金　梁

　　《王忠悫公哀挽录》载余所为《殉节记》，既多未尽，而所录传略亦各有异同。余与公生死交也，初至京实主于我，往还既密，知之尤深。又访谈于殉节前三日，不可无一言以传信史也，乃强起为之补传。传曰：公讳国维，字静安，号观堂，浙江海宁州人。先世籍开封，宋靖康初金人陷太原，有副都总管王禀赴汾水死，追谥忠壮公。其裔也世业儒。父乃誉，遭乱弃为贾。公生通敏嗜读，少有才名，初治诗古文辞，入州学，游海上习日本文，东渡留学，归主讲江苏及南通师范学校，学部调充图书馆编译，协修名词。兼治欧文，研几东西学说，暗然自修，不自表襮。寻弃其所学，专心攻国故，著述遂多，斐然为世所称久矣。辛亥冬，从上虞罗氏避居日本，罗氏博古于金石龟甲文字，神悟多创获，每有发端，公辄为会通贯串，成一家言。故世论今之古学日新，发前人所未发，启之者罗氏而成之者公也。未几公先返国，寓上海，为广仓学宭主编撰，及蒋氏密韵楼题叙藏书。癸亥夏，奉诏直南书房，疏请崇德讲学，初被阻，有旨传阅，始得上。曩尝侍闻上论曰："新旧论学不免多偏，能会其通者，国维一人而已。"允哉，公于古今学术，无所不通，根底经史，由文字声韵以考制度文物，由博以反约，由疑而得信，不偏不易，务当于理。凡有造述，初若寻常，而义精辞确，一字不可移易。尤善以科学新法理董旧学，其术之精、识之锐，中外学者，莫不称之，公勿自矜也。甲子之变，左右或慷慨论忧辱、议生死，公独始终无一言。自就清华讲席，更绝口不及时事。近以世变日亟，公请行在预谋迁避，阻不为达，每语及，忧愤几于泣下。公平居静默，不苟言笑，数日愤激异常时，不意竟自沉于颐和园昆明湖以死。预书遗嘱，藏衣带中，略曰"五十之年，只欠一死；经此世变，义无再辱"，并遗命藁葬清华茔地，其志亦可悲矣。事闻震悼，赐奠予谥，盖特典也。公生于丁丑十月二十九日，殉于丁卯五月三日，得年五十有一。所著书已刊者《观堂集林》《蒙古史料》及《罗氏丛刊》并别传于世者如干种，未刊者《集林补编》等稿本如干种，又遗书手自批校者如干种，均移藏清华学校，先后录刊，别有编目。呜呼，公殉节前三日，余访谈校舍，忧愤之辞知已怀必死矣。及哭吊于鱼藻轩自沉处，乃怳然复有所感，诗曰：鱼在在藻，有颁其首，王在在镐，岂乐饮酒。忧王居也。逸诗曰：鱼在在藻，厥志在饵，鲜民之生矣，不如死之久矣。忧世变也。惟公之死，明明白白，不待言矣。今之觍然偷生其志在饵者，对之能无愧死耶？余初拟勒石于轩前曰"王忠悫公殉节处"，竟不为典守者所许，后死徒悲，负公多矣。丁卯初秋满洲金梁。

《瓜圃丛刊叙录续编》，1928 年铅印本

祭王忠悫公文

王光圻

维丁卯五月宜祭之辰，宗后学光圻率男允升馥曾，为文致祭于诰授奉政大夫、特谥忠悫公之位前曰：呜呼！昊天不吊，运丁阳九，魁枋倒持，乾纲解纽，哀我臣民，怒焉心疚，匪忧匪辱，克让克授，垂三百年，仁深泽厚，以视前代，绝无仅有。祸灾洊作，辇毂之右，行在仓皇，属车出狩，厥占龙潜，大君无咎，韬晦修学，驻跸津埠。公也怀忧，蹙頞疾首，越兹十稔，忍死非苟，世变已极，魁崔何久，主上仁孝，必蒙帱覆，佛天护持，祖宗默佑，乱极思治，忧危启牖。公何褊急，逐波臣后，从容自沉，出尘离垢，九重饰终，媲于勋旧，易名之典，诸生未有，圣恩优渥，哀荣不朽。楚臣沉江，天中节候，公乃先期，厥日为酉，太液恩波，先朝园囿，托命于斯，不渝所守，带绕秋苹，香涵春藕，彩鹢波翻，石鲸夜吼，灵胥将迎，冯夷奔走。公死得所，仁成义就，我尚视息，旛然一叟，瞻彼几筵，浪浪衿袖，爰采清蘩，爰酹良酎，灵兮来格，执爵斯侑。尚飨。

《王忠悫公哀挽录》，天津罗氏贻安堂1927年刻本

给孩子们书

梁启超

　　三个多月不得思成来信，正在天天悬念，今日忽然由费城打回头相片一包——系第一次所寄者（阴历新年），合家惊皇失措。当即发电坎京询问，谅一二日即得复电矣。你们须知你爹爹是最富于情感的人，对于你们的爱情，十二分热烈。你们无论功课若何忙迫，最少隔个把月总要来一封信，便几个字报报平安也好。你爹爹已经是上年纪的人，这几年来，国忧家难，重重叠叠，自己身体也不如前。你们在外边几个大孩子，总不要增我的忧虑才好。

　　我本月初三离开清华，本想立刻回津，第二天得着王静安先生自杀的噩耗，又复奔回清华，料理他的后事及研究院未完的首尾，直至初八才返到津寓。现在到津已将一星期了。

　　静安先生自杀的动机，如他遗嘱上所说："五十之年，只欠一死，遭此世变，义无再辱。"他平日对于时局的悲观，本极深刻。最近的刺激，则由两湖学者叶德辉、王葆心之被枪毙。叶平日为人本不自爱（学问却甚好），也还可说是有自取之道，王葆心是七十岁的老先生，在乡里德望甚重，只因通信有"此间是地狱"一语，被暴徒拽出，极端棰辱，卒致之死地。静公深痛之，故效屈子沉渊，一瞑不复视。此公治学方法，极新极密，今年仅五十一岁，若再延寿十年，为中国学界发明，当不可限量。今竟为恶社会所杀，海内外识与不识莫不痛悼。研究院学生皆痛哭失声，我之受刺激更不待言了。

半月以来，京津已入恐慌时代，亲友们颇有劝我避地日本者，但我极不欲往，因国势如此，见外人极难为情也。天津外兵云集，秩序大概无虞。昨遣人往询意领事，据言意界必可与他界同一安全。既如此则所防者不过暴徒对于个人之特别暗算。现已实行"闭门"二字，镇日将外园铁门关锁，除少数亲友外，不接一杂宾，亦不出门一步，决可无虑也（以上六月十四写）。

十五日傍晚，得坎京复电，大大放心了。早上检查费城打回之包封，乃知寄信时神经病的阿时将住址写错，错了三十多条街，难怪找不着了。但远因总缘久不接思成信。我一个月来常常和王姨谈起，担心思成身子。昨日忽接该件，王姨惊慌失其常度，（王姨急得去扶乩问你妈，谁知请了半点钟，竟请不来，从前不是说过三年后便不来吗？恐怕真的哩！但前三个月老白鼻病时，还请来过一次，请不到的实以此次为始。）只好发电一问以慰其心。你们知道家中系念游子，每月各人总来一信便好了。

我一个月来旧病发得颇厉害，约摸四十余天没有停止。原因在学校暑期前批阅学生成绩太劳，王静安事变又未免大受刺激。到津后刻意养息，一星期来真是饱食终日无所用心。这两天渐渐转过来了。好在下半年十有九不再到清华，趁此大大休息年把，亦是佳事。

我本想暑期中作些政论文章，蹇季常、丁在君、林宰平大大反对，说只有"知其不可而为之"，没有"知其不可而言之"。他们的话也甚有理，我决意作纯粹的休息。每天除写写字、读读文学书外，更不做他事。如此数月，包管旧病可痊愈。

十五舅现常居天津，（我替他在银行里找得百元的差事，他在储才馆可以不到。）隔天或每天来打几圈牌，倒也快活。

我若到必须避地国外时，与其到日本，宁可到坎拿大。我若来坎时，打算把王姨和老白鼻都带来，或者竟全眷俱往，你们看怎么样？因为若在坎赁屋住多几人吃饭差不了多少，所差不过来往盘费罢了。麦机利教授我也愿意当，但惟一的条件，须添聘思永当助教（翻译）。希哲不妨斟酌情形，向该校示意。

以现在局势论，若南京派得势，当然无避地之必要；若武汉派得势，不独我要避地，京津间无论何人都不能安居了。以常理论，武汉派似无成功之可能。然中国现情，多不可以常理测度，所以不能不做种种准备。

广东现在倒比较安宁些，那边当局倒还很买我的面子。两个月前新会各乡受军队骚扰，勒缴乡团枪支，到处拿人，茶坑亦拿去四十几人，你四叔也在内。（你四叔近来很好，大改变了。）乡人函电求救情词哀切，我无法，只好托人写一封信去，以为断未必发生效力，不过稍尽人事罢了，谁知那信一到，便全体释放（邻乡皆不如是），枪支也发还，且托人来道歉。我倒不知他们对于我何故如此敬重，亦算奇事了，若京津间有大变动时，拟请七叔奉细婆仍回乡居住，倒比在京放心些。

前月汇去美金五千元，想早收到。现在将中国银行股票五折出卖，（买时本用四折，中交票领了七八年利息，并不吃亏。）卖去二百股得一万元，日内更由你二叔处再凑足美金五千元汇去，想与这信前后收到。有一万美金，托希哲代为经营，以后思庄学费或者可以不消我再管了。

天津租界地价渐渐恢复转来，新房子有人要买。我索价四万五千，若还到四万，打算也出脱了，便一并汇给你们代理。

忠忠劝我卫生的那封六张纸的长信，半月前收到了。好啰嗦的孩子，管爷管娘的，比先生管学生还严，讨厌讨厌。但我已领受他的孝心，一星期来已实行八九了。我的病本来是"无理由"，而且无妨碍的，因为我大大小小事，都不瞒你们，所以随时将情形告诉你们一声，你们若常常啰嗦我，我便不说实话，免得你们担心了。

1927 年 6 月 15 日

王静安先生墓前悼辞

梁启超

案：此篇系梁先生九月二十日在王先生墓前对清华研究院诸生演说辞，吴君其昌及不佞实为之笔记，今录成之。

十一月十一日，姚名达

自杀这个事情，在道德上很是问题：依欧洲人的眼光看来，这是怯弱的行为；基督教且认做一种罪恶。在中国却不如此——除了小小的自经沟渎以外，许多伟大的人物有时以自杀表现他的勇气。孔子说："不降其志，不辱其身，伯夷叔齐欤！"宁可不生活，不肯降辱；本可不死，只因既不能屈服社会，亦不能屈服于社会，所以终久要自杀。伯夷叔齐的志气，就是王静安先生的志气！违心苟活，比自杀还更苦；一死明志，较偷生还更乐。所以王先生的遗嘱说："五十之年，只欠一死。经此世变，义无再辱。"这样的自杀，完全代表中国学者"不降其志，不辱其身"的精神；不可以欧洲人的眼光去苛评乱解。

王先生的性格很复杂而且可以说很矛盾：他的头脑很冷静，脾气很和平，情感很浓厚，这是可从他的著述、谈话和文学作品看出来的。只因有此三种矛盾的性格合并在一起，所以结果可以至于自杀。他对于社会，因为有冷静的头脑所以能看得很清楚；有和平的脾气，所以不能取激烈的反抗；有浓厚的情感，所以常常发生莫名的悲愤。积日既久，只有自杀之一途。我们若以中国古代道德观念去观察，王先生的自杀是有意义的，和一般无聊的行为不同。

若说起王先生在学问上的贡献，那是不为中国所有而是全世界的。其最显著的实在是发明甲骨文。和他同时因甲骨文而著名的虽有人，但其实有许多重要著作都是他一人做的。以后研究甲骨文的自然有，而能矫正他的绝少。这是他的绝学！不过他的学问绝对不只这点。我挽他的联有"其学以通方知类为宗"一语，"通方知类"四字能够表现他的学问全体。他观察各方面都很周到，不以一部分名家。他了解各种学问的关系，而逐次努力做一种学问。本来，凡做学问，都应如此。不可贪多，亦不可昧全，看全部要清楚，做一部要猛勇。我们看王先生的《观堂集林》，几乎篇篇都有新发明，只因他能用最科学而合理的方法，所以他的成就极大。此外的著作，亦无不能找出新问题，而得好结果。其辨证最准确而态度最温和，完全是大学者的气象。他为学的方法和道德，实在有过人的地方。

近两年来，王先生在我们研究院和我们朝夕相处，令我们领受莫大的感化，渐渐成功一种学风。这种学风，若再扩充下去，可以成功中国学界的重镇。他年过五十而毫不衰疲，自杀的前一天，还讨论学问，若加以十年，在学问上一定还有多量的发明和建设，尤其对于研究院不知尚有若干奇伟的造就和贡献。

最痛心的，我们第三年开学之日，我竟在王先生墓前和诸位同学谈话！这不仅我们悲苦，就是全世界的学者亦当觉得受了大损失。在院的旧同学亲受过王先生二年的教授，感化最深；新同学虽有些未见过王先生，而履故居可想见謦欬，读遗书可领受精神：大家善用他的为学方法，分循他的为学路经，加以清晰的自觉，继续的努力，既可以自成所学，也不负他二年来的辛苦和对于我们的期望！……

《国学月报》第二卷第八号，1927 年 10 月

《王静安先生纪念号》序

梁启超

海宁王先生之殁，海内学者同声恸哭，乃至欧洲日本诸学术团体，相率会祭表敬悼，出版界为专号纪念者亦既数四。我清华研究院为先生晚年精力所集注，同学受先生教益最深切，所宝存先生遗稿亦较多。既哀校专书，将锓诸木，更采其短篇为世所未觏者，先付排印，附以同人各记所睹闻之先生嘉言懿行及对于先生学术思想有所论赞者，凡若干篇，为本论丛纪念号，志哀思焉。先生贡献于学界之伟绩，其章章在人耳目者：若以今文创读殷虚书契，而因以是正商周间史迹及发见当时社会制度之特点，使古文焕然改观。若创治《宋元戏曲史》，搜述《曲录》，使乐剧成为专门之学。斯二者实空前绝业，后人虽有补苴附益，度终无以度越其范围。若精校《水经注》，于赵全戴外别有发明。若校注蒙古史料，于漠北及西域史实多所悬解。此则续前贤之绪，而卓然能自成一家言。其他单篇著录于《观堂集林》及本专号与夫罗氏哈同氏诸丛刻者，其所讨论之问题，虽洪纤繁简不一，然每对于一问题，搜集资料，殆无少遗失，其结论未或不餍心切理，骤视若新异，反覆推较而卒莫之能易。学者徒歆其成绩之优异，而不知其所以能致此者，固别有大本大原在也。先生之学，从弘大处立脚，而从精微处著力；具有科学的天才，而以极严正之学者的道德贯注而运用之。其少年喜谭哲学，尤酷嗜德意志人康德叔本华尼采之书，晚虽弃置不甚治，然于学术之整个不可分的理想，印刻甚深，故虽好从事于个别问题，为窄而深的研究，而常能从一问题与他问题之关系上，见出最适当之理解，绝无支离破碎专已守残之蔽。先生古貌古饰，望者辄以为竺旧自封畛，顾其头脑乃纯然为现代的，对于现代文化原动力之科学精神，全部默契，无所牴拒。每治一业，恒以极忠实极敬慎之态度行之，有丝毫不自信，则不以著诸竹帛；有一语为前人所尝道者，辄弃去，惧蹈剿说之嫌以自点污。盖其治学之道术所蕴蓄者如是，故以治任何专门之业，无施不可，而每有所致力，未尝不深造而致其极也。先生没齿仅五十有一耳，精力尚弥满，兴味飙发曾不减少年时，使更假以十年或二十年，其所以靖献于学者云胡可量？一朝嫉俗，自湛于渊，实全国乃至全世界学术上不可恢复之损失，岂直我清华研究院同学失所宗仰而已。顾我同学受先生之教，少者一年，多者两年，旦夕捧手，饫闻负剑辟咡之诏，其蒙先生治学精神之濡染者至深且厚，薪尽火传，述先生之志事，赓续其业而光大之，非我同学之责而谁责也。先生之自杀也，时论纷纷非一。启超以为先生盖情感最丰富而情操最严正之人也，于何见之，于其所为诗词及诸文学批评中见之，于其所以处朋友师弟间见之。充不屑不洁之量，不愿与虚伪恶浊之流同立于此世，一死焉而清刚之气乃永在天壤。夫屈原纵不投汨罗，亦不过更郁邑侘傺十数年极矣，屈原自沉，我全民族意识上之屈原，曾沉乎哉？丁卯仲冬梁启超扶病书。

《国学论丛》第一卷第三号，1928 年 4 月

个人对于王静安先生之感想

陆懋德

余闻王静安教授之自杀，未尝不叹我清华学校之不幸，并叹我全国学界之不幸也。余常谓中国之治古学者，当以王君为独一无二之选，他人非其比伦。盖王君深通钟鼎甲骨之文，并能用科学方法，穷究古音韵、古礼制及古器物之学，此其所以度越前人也。西人所谓 Sinologist 及 Orientalist 者，王君诚可当之而无愧，余方望其继续有贡献于古学，孰知其竟与世长辞耶！

吾国昔之治文字学者，只知遵守许氏《说文》而已。然许氏之书，多据晚周及秦汉人说，并非真得文字之源，前清吴清卿始用钟鼎文以正《说文》，孙仲容始用甲骨文以补钟鼎，王君于钟鼎甲骨文字用力甚深，故其解释古字，往往发前人所未发。章太炎虽以文字学著名，然语及钟鼎甲骨之文，则非太炎所能也。

钟鼎甲骨之学，非多见上古实物，不足以资研究，世之寒儒，焉能办此？王君虽亦起家寒微，然与收藏家上虞罗叔言为至友，因得时常摩挲罗氏所有之钟鼎甲骨诸古物。王君所见之古物既多，故考定古制，极为精确，具见所著《观堂集林》中，余常谓戴东原作《考工记图》，考古多误，因其所见古器少也，程易畴作《通艺录》，考古少误，因其所见古器多也。王君所见又多于程氏，宜其精确又过于程氏也。

王君既深通古文字，古音韵，古器物之学，故于古经古史之滞义，无不迎刃而解。余常劝其注《诗》《书》《仪礼》三经，及编周末以前古史，以惠后学，王君谦让未遑。然观其集内已释之经义数篇，及已考之殷周史事数篇，已非他人所能企及，故余深惜其未能编成专书也。去年王君以所作《古史新证》见示，盖欲用地下发现之器物，以证上古传说之史事，余既称其深合科学之方法，而又惜其仅成数章而止。岂其精力已衰遂止于此欤？

王君之解释古文字，若有宿悟，此不但因其深通古音古字之故，实亦因其脑筋细密，思想灵敏，凡读其遗书者，无不知之，无待余言。余尚记民国十三年，新郑发现古器，世界注目，然其中只一器有铭文六字，作"王子某某之簠"（或曰簋），内某某二字，余不得其解，而海内通人亦未有能解之者，此二字虽不清晰，而其形略如晏次，后见王君释为"婴齐"，即楚之令尹子重，未尝不叹其说之无以易也。夫晏为婴省，次与齐通，此治古文者皆能知之，然他人不能联想及之，而王君能联想及之，此其所以过人也。

王君之学，长于考证，而善用演绎、归纳、比较之法，其所作《明堂寝庙通考》一篇，尤可为其考证方法之代表。王君少时游学日本，又识英法文，能读其书，故其治学深得科学方法，非旧派之国学家所能及。其著作，除《观堂集林》外，多散见于《雪堂丛刻》及《广仓学宭丛书》。甲骨文之学，虽集成于罗氏，而得王君之助亦多。罗氏之《殷虚文字考释》，即王君所写定者也，王君之文，虽证据充足而词气和平，去年《学衡》杂志登其评辜汤生所译《中庸》，颇有衿才使气之语，此其少年旧作，未足以代表王君也。

王君虽精于考古，而昧于察今，故于世界政治潮流，不甚了解。王君谈及吾国时局，常言"没办法"，而不知现时民众之自觉，即解决时局之好办法也。盖王君之意以为君王推翻之后，必有军阀之专政，而一军阀既倒，他军阀又起，以暴易暴，不知何时为止，此误以一时间之现状，而概诸永久者也，王君语及北京现状，常曰，"吾辈居此，不过苟安"。盖彼既不信北军之能成功，而又不信南军之有结果。其态度之消极如此。

王君居清华，仅一年有余，同人无不知其为诚笃高尚之君子。此次之自杀，虽近因复杂，然其远因固为不能忘情于前清也，盖文士受贵人之恩，往往感激不忘，古之蔡伯喈闻董卓被杀而叹惜，今之胡适之见溥仪被逐而愤皆由此故也，王君在前清之末，受学部之征辟，清亡之后，又受溥仪之知遇，因之不剪辫发，不用民国纪年，此其对于清室感激之深可知矣，虽然君子之出仕，为国，不为一家；为民，不为一姓，惜乎王君不达此义也。

吾又闻王君好德人萧本华 Schopenhauer 之哲学，萧本华有言曰："人为生存而竞争，故生存终不能久。"又曰："生命如吹肥皂水泡，虽能吹大，而知其必破。"王君之自杀，或亦了悟萧本华之生死观而然欤。

《晨报》1927 年 6 月 12 日

我所知道的王静安先生

马　衡

　　这篇文，是我的先生——著名的考古学者——作的。他同王先生有三十年的交情，而且研究学问的途径和兴趣，也有大部分相同。年来王先生掌教清华研究院，彼此商榷学术，往还更加亲密。他对于王先生的性格及学术思想，都彻底了解。这回本报出专号，我请他作文，他正当摒挡南旋之际，百忙中写了这篇，就随便署了一个名。我恐怕读者们把他草草的看过，所以在这儿郑重的说几句话。

皖峰附识

　　我和王静安先生相识将近三十年，但是一向疏阔得很，直至民国五年，他从日本回国之后，我与他同时都住在上海，才有往来，并且过从甚密。后来我和他先后都到北京来，仍是时常见面，到现在也有十几年了。他平生的交游很少，而且沉默寡言，见了不甚相熟的朋友，是不愿意多说话的，所以有许多的人都以为他是个孤僻冷酷的人。但是其实不然，他对于熟人很爱谈天，不但是谈学问，尤其爱谈国内外的时事。他对于质疑问难的人是知无不言，言无不尽。偶尔遇到辩难的时候，他也不坚持他的主观的见解，有时也可抛弃他的主张。真不失真正学者的态度。

他最初研究哲学，后来研究文学，最后乃致力于考古学。他所以研究考古学的原因，是完全因为材料见得多，引起他研究的兴味。他从戊戌（一八九八）年以后，和罗振玉总是在一起，从来没有离开过，罗是喜欢考古的，所以收藏古器物碑版及各种书籍拓本非常之多。尤其是在那时候，中国有几种考古学材料的大发见，如安阳之商朝甲骨，敦煌之汉魏简牍，千佛洞之唐宋典籍文书等。罗氏都首先见到。他处在这个时代和环境之中，那整理和研究的工作，他当然免不了参加的。于是这垦荒的事业就引起他特别的兴趣，到后来竟有很大的收获了。但这个环境也就不知不觉把他造成一个遗老。偏偏在去年秋天，既有长子之丧，又遭挚友之绝，愤世嫉俗，而有今日之自杀。这不但是人家替他扼腕惋惜，也是他自己深抱隐痛的一点。岂明君说他自杀的原因，是因为思想的冲突与精神的苦闷（《语丝》一三五期《闲话拾遗》第四十则），我以为是能真知王先生的。

他在考古学上的贡献，当然很多，但是最伟大的成绩，要算一篇《殷周制度论》，是他研究甲骨文学的大发明。他能不为纲常名教所囿，集合许多事实，以客观的态度判断之。即如他说："大王之立王季也，文王之舍伯邑考而立武王也，周公之继武王而摄政称王也，自殷制言之皆正也。"这种思想，岂是卫道的遗老们所能有的？即使有这种思想，也是不敢写的。清朝多尔衮之娶顺治的母亲，遗老们因为礼教的关系一定替他讳言，其实自满洲风俗言之亦正也。我有次一和他谈这件事，他也首肯。所以我说他的辫子是形式的，而精神上却没有辫子。

他研究学问，常常循环的更换，他说："研究一样东西，等到感觉沉闷的时候，就应该暂时搁开，作别样的工作，等到过一些时，再拿起来去作，那时就可以得到一种新见解，新发明。否则单调的往一条路上走去，就会钻进牛角尖里去，永远钻不出来的。"照他这话看来，他是思想不受束缚而且生怕受束缚的人，不应该不发觉他一时的错误。既然发觉，而又为环境所压迫，不能轻易变更，这就是他隐痛所在。一到时机危迫的时候，就除死别无他法。你看他那身边的遗嘱，何尝有一个抬头空格的字？殉节的人岂是这样子的？

我说这一番话，有人或者以为我给王先生辩护，有人或者以我为厚诬王先生。但是这些我都不计，我是因为知道他的环境，知道他的背景，又听到他不便告人的话，所以根据事实，把他死的原因，略略记载一点，并无丝毫褒贬的意思在里头。王先生有知，或者也以为知言吧！

《国学月报》二卷八、九、十号合刊，1927 年 10 月

哀余断忆（五则）

姚名达

之 一

名达始识静安先生，以乙丑年八月十一日，即一九二五年九月二十八日。午后四时，清华研究院第一次师生茶话会开，出席者达五十余。名达方以是日午前到校，举目无亲，逢人辄询姓名；而又素不识先生。见有布袍粗褂，项后垂辫者，私心骞想，"此岂李济先生耶？"须臾，主席致辞，并一一介绍；始知久仰而素昧者，即为此老。聆其声，望其貌，盖忠厚人，可与语；然面生口涩，终席不敢启齿也。又明日，午前九时，受先生课《说文》，始惊其妙解，而有从学之心。课后，以旧在南方大学所考《孔子适周究在何年》求正于先生。是篇以确实之证据，摧破前人鲁昭公二十年、二十四年、三十一年之语，而断为七年或十年。先生阅毕，寻思有顷，曰："考据颇确，特事小耳。"随手翻次篇《易之定义》，名达以说未定阻之。因叩读书求学之法，尽兴而别。自是，颇有志于训诂考证，而或奋或衰，迄无毅力以为继，盖二年于兹矣。自以记性弗灵，未能强忆；小学无根，无以便用；而素喜研究史学理法，方致力于章实斋之书：荏苒时日，于先生之学，犹无与焉！迄于今，而先生则已长眠弗起，虽欲就教质疑，将何往矣！以所得于先生者极少，而犹未循径用心焉，则追记之以备后学之取资，亦所以释憾于万一欤！

之 二

孔子适周之年，静安先生盖未深考，故偶赞名达之说。过后思之，知非定论。自审于考证之术，尚无所长。而是时方究心史学理法，遂弃此而就彼。当一九二五年之秋冬，实未尝亲炙先生而深叩方术也。翌年三月一日，颇欲研究《史记》，先生谓"规模太大，须时过多，奈何？"对曰："姑就其一部分以理董之。"先生忽作而言曰："《六国年表》，来历不明，可因《本纪》《列传》《世家》及《战国策》互相磨勘，各注出处于表内作为笺注，亦一法也。"如命而为之半月，并参考先生所著之书，始领会先生治史，无往不为穷源旁搜之工作，故有发明，皆至准确。十七日，问"《六国年表》，每多年差事误，如何？"先生曰："勿管，但作笺注可也。吾人宗旨，为辑《秦记》。司马迁序明言'因《秦记》……表六国时事'，《秦记》不载日月，此篇亦无日月。自秦襄公元年至秦二世三年，依《秦本纪》《始皇本纪》及此篇皆系五百六十九年，必出一本。别篇与此篇有异同者，殆另有所本。故此篇除去与《左传》《战国策》及此书诸篇相同者，皆司马迁取诸《秦记》者也。又，《战国策》不纪年，诸侯史记又亡，则此篇所纪年载，亦出《秦记》无疑。"名达遵命，改《六国年表笺注》为《六国年表寻源》，又旬日而告成。统计所辑《秦记》，将及百条，以示先生，先生欣然无语，不知其意何若也。六月十一日，请益之余，先生谓曰："治《史记》仍可用寻源工夫。或无目的地精读，俟有心得，然后自拟题目，亦一法也。大抵学问常不悬目的，而自生目的。有大志者，未必成功；而慢慢努力者，反有意外之创获。"名达因陈所欲努力之方径，且谓毕业后仍当留院。承先生垂询家况，并勉以读《诗》《礼》，厚根柢，勿为空疏之学。又三日，辞行于先生家，谈论逾时，所受教益逾繁。其言过多无伦纪，名达亦既受用之矣，不复觇缕也。——吾初见先生一年内交际之迹止此。

之 三

当一九二六年九月二十二日，名达复见静安先生于清华园。翌日，再问研究《史记》之法，仍谓寻源工夫，必有所获。然名达方编次《章实斋遗著》，谢弗能也。由今思之，悔无及矣。十二月三日，即夏历十月二十九日，实为先生五秩初度之辰。先生方以理长子丧事自南方归未久。仝人展拜于堂，未暇有以娱先生，仅倩贵阳姚茫父绘画为寿。又七日，先生招仝人茶会于后工字厅，出历代石经拓本相示。仝人啧啧嗟赏，竞提问语。先生辨答如流，欣悦异昔。始知先生冷静之中固有热烈也。自是吾院师生，屡有宴会，先生无不与，而最堪永远纪念者，莫如一九二七年六月一日之师生叙别会。斯会之先，则五月十二日史学会之成立亦有足以纪述者焉。先是，名达感于中国史之范围过大而材料特丰也，非通力合作，则人自为战，永无成功之希望。若在外国，则国虽小而学会林立，所以裨益学问者无所不至，而史学会之为用尤显。吾国则他学容有学会，史学会独无闻焉，抑可怪也。间尝语之我师友，以谓吾院治史者众，又得梁、王、陈、李诸先生为之师，益以大学部史学系师生，不下四五十人，苟能联络组织，分工合作，其为功效，宜有可期。若更扩之于北京，充之于全国，以大规模之团体，作有计划之事业，则不出十年，中国史学，必当一变昔日之偏蔽而为昂进之发展，可断言也。今年夏，更言之于刘寿民先生。适史学系同学亦有斯意。双方接洽，史学会遂以成立。是日也。梁任公先生、陈寅恪先生与静安先生皆出席而各致己见于众。静安先生则谓宜多开读书会，先有根底而后可言发展。席间议论云兴，最后乃折衷一致，先生微嫌薄之。既散，与寅恪先生同行，颇用怀疑，以为斯会别有用意，而不知其实欲有所贡献于史学也。呜呼，于今虽欲得先生怀疑而督进之，将何从矣。

之 四

吾今当叙吾院师生与先生诀别之师生叙别会！吾叙至此，吾怀欲裂，吾笔欲坠，吾不知若何而可赎罪于万一也！四五月间，吾院同学以故龃龉，同学会职员之在位者，惟名达一人。学年将满，众咸知同居之不可久也，则思大会师生，以叙别情，而促名达奔走其事。工字厅者，清华学校宴会之所。吾日往注册部问明日工字厅有会乎，必曰"有。非特晚间，即正午莫不然也。非特明日，自今以迄暑假莫不然也"。又一日，侦之，忽有二晚一午无会，晚则五月二十九、六月九，午则六月一。返而询之同学，或曰"五月二十九太早"，或曰"六月九太迟"，向例宴会必在晚间，而主六月九者较众，议遂定。顷之，有急欲离校者，不能待，则曰聒于旁，"盍早开叙别会"。因通告师生，改六月一日正午为会。餐前聚坐，谈笑不拘形迹。有与众谈蒙古史料者，则静安先生是也。布席凡四，欢声沸腾。惟先生之席，寂然无声。不知先生之有所感而不乐欤，抑是席同学适皆不善辞令欤。然众方畅谈别情，不遑顾也。肴设将馨，任公先生忽起立致辞，历述同学成绩之优越，而谓"吾院苟继续努力，必成国学重镇无疑"。众皆谛听，静安先生亦点头不语。既散席，与众作别如平时，无异态。呜呼，孰知先生以此时死别诸生，而斯会竟若促先生之死也！别后有顷，名达与同学朱广福、冯国瑞同游朗润园。归途过西院，朱君忽问"王师家何在，吾竟未一窥其状"。余谓"盍往访乎"。既至，书室阒然无人，呼侍者电问南院，"在陈先生家否"。则曰："在，即至矣。"俟之，果至。恳恳切切，博问而精答，相语竟一小时。晚餐已列，起身告辞。先生犹送至庭中，亦向例也，呜呼！此后先生不复送客庭中矣！

之　五

师生叙别会之翌日，晚饭后，名达逆校外溪行，遇静安师母暨师兄师姊于圆明园西院间，且步且谈，未有遽色。日暝，钟八点矣，入寝室，有二人焉，叹声颤语，问之，曰："王先生死矣！""何处？"曰："昆明湖也！"余膝遽吻地板，口呼"哎哟"

不置。急询状，二人者亦昧其详。问"王师母知之乎？"曰："已有人往报矣。"惶惶然，凄凄然，奔走告语，唏嘘之声遍于全院。有顷，群集于校门，急驰汽车，止于颐和园之东。叩门，述来意。门者弗纳，众有怒者，名达至高声詈之。相持有顷，余谓校长，盍以数人入，必见许。试之，果然。余众不得已，衔哀先返。灯将熄矣，燃烛，会于讲堂。名达主席，议决要案多种，新设治丧委员会以执行之。明日，急遽用餐，奔赴颐和园内。睹昆明之水，而深怨其死吾师也。及鱼藻轩，则静安先生遗体在焉。揭席骤观，放声大哭。时方正午，忽彤云四起，雷声隆隆。众督虑尸坏，急切望检察吏来。迟之复迟之，日已夕矣，方得蒇事。钟七点，遗体移出园外，殓于后门老屋。钉声訇訇，从此遂不复得见先生之容矣。九点护棺缓行一小时许，始止于刚秉庙而厝焉。返校，稍憩即寝，晚餐咸未遑也。越四日，仝人公祭先生于庙。九月二十日，复祭先生于墓。迄今抚怀往迹，徒兴未学之悲；遥企前途，益切失导之痛：斯悲斯痛，何时其已！他人者，身受先生之贶，或竟秘之，甚或宝先生之说为己有，欲其尽述所闻，不可得也。自惟所得弥寡，所以遗憾益深。笔落心酸，不禁吾谁与归之感矣。呜呼！

十一月十六日夜写成

《国学月报》第二卷第八、九、十号合刊，1927 年 10 月

友座私语（二则）

姚名达

之 一

成学固不易。静安先生所以有如此成就，固由其才识过人，亦由其凭藉弥厚。辛亥以前无论矣。辛亥以后至丙辰，则上虞罗氏之书籍、碑版、金石、甲骨任其观摩也。丙辰以后至壬戌则英伦哈同、吴兴蒋氏刘氏之书籍听其研究也。癸亥甲子则清宫之古本彝器由其检阅也。乙丑以后至丁卯则清华学校之图书禀其选择也。计其目见而心习者，实至可惊。人咸以精到许先生，几不知其渊尤为有数。返观身后所遗藏书，则寥寥万卷，无以异人，古物尤不数数觌。后以学者，可以省矣。

之 二

静安先生，禀二百载朴学昌盛之业，值三十年史料出现之富，其所著作，皆有发明，考证至此，极矣。然对于新出史料，或昧其出土确地。如商三句兵，初以为出于保定清苑之南乡，有跋著在《观堂集林》。嗣又手批云，"后知此三器本出易州"。不

知其所据者，何人之言。而竟因此断为"殷时北方侯国之器"，
"商之文化，时已沾溉北上"。又谓"盖商自侯冥治河，已徙居河
北，远至易水左右，……则今保定（后改易州）有殷人遗器，固
不足怪"。先生盖已深信其说之不谬矣。然以吾闻之陆咏沂教授，
则此三器实出陕西，陕西商人某携之至保定，北京延古斋肆主陈
养余君得之，以转售于罗叔言参事，先生则又见之于参事许，盖
已见闻授受，至五六次，真相渐昧矣。陈君昨年亲语教授，此
器断非保定易州出。教授亦曾以告先生，先生未置可否。此案虽
难遽定，然恒农徒隶诸砖，始以为出自灵宝，继知确出孟津，参
事已自言之，则史料出土之确地，固不易知。读先生文者，幸留
意焉。

《国学月报》第二卷第八、九、十号合刊，1927 年 10 月

问学的回忆

储皖峰

我在去年（民国十五年西一九二六）过阳历年的时候，邀北大同学何子星、张骥伯、林召伯、黄幼勤四人到了清华园，下午三时许，由挚友陆侃如介绍见静安先生，由园向西行，至近春园先生门首，见院中一人着淡色蓝衣，腰加束带，徘徊闲眺，见余辈至，遂同至书室围坐，首由何张诸友发了好些个问题，有关于金石学上的，有关于经小学方面的，也有关于学术史及文学史方面的，先生均加推阐判定。何君随又提到李邕书叶国重碑，据所见本：一为"江夏李邕撰书"，一为"括州李邕文并书"，不识孰真孰伪？先生沉思片刻，答云"不甚清楚"。即此可见先生研学态度的忠实。先生对于《水经注》一书，见本正多，详加厘订，为三四百年来集诸家之大成唯一善本。我前年读《水经注》过半的时候，见着先生的文章，（《水经注跋尾》，《清华学报》二卷一期）私以为将来总有请教的机会，遂穷日夜之力，迄于去年春季，草成引用书目、碑目、谣谚及两汉侯国表等十种，（陈援庵师说可叫作《水经注十录》）因此把这部书读了十好几遍，也发生些零碎的意见，就是：注文有些不可句读，错简能否补正？文字上有的本来不误，反被校勘家改错了不少；又王氏合校本将注文分大小字，还有许多待商榷的地方。我随便举了几个例，先生并提及订正的方法。最后，我向先生说："我处在城内，不能随时就教，关于《水经注》上的问题，或函达或托友人转问，还要请先生赐教。"先生均一一首肯。

今春以所辑《水经注故事怪异》两录，《注文》引用各书——有的原书已佚，致令善长的话，往往与引书不分——请问先生，先生于能分的加以断定；有些则指明查阅原书。四月间，我又将《注文》本来地名，及变名和郦氏判语列成一表——

本名	变名	郦氏判语
蛮城	麻城	非也。
黄水	狂水	声相近俗呼夫实也。
光里	广里	齐人言广音与光同。
沮丘	楚丘	六国时沮楚同音。
隙侯亭	郃城　音戎	声相近。
安风水	穷水	并声相近字随读转。

所举的例很多，我们据此至少可考见古代及那时文字声音上衍变的略况。这个稿子，是由侃如呈交先生的。在五月一号以前，侃如曾问过先生，先生说"还没有批好"。过了几天先生去世了，比稿竟未取回，托人遍寻不获。每思及此，余恨真无穷呵！

还有两件事：（一）关于刻唐储光羲及储嗣宗集，版本校刊方面先生也提出好些意见。（二）关于白居易的籍贯问题，也承先生的启发，此刻治中国文学史，刺取"元白文学"一段，将来要附带着解决的。

总计一年来，直接间接向先生问的问题，不下十好几个，有的解决着，有的仍属悬案。下季我来清华，每过西院，辄想起往时问学的情景，而先生竟长眠在七间房一抔黄土中。

"此情可待成追忆，话到当时也惘然。"

《国学月报》第二卷第八、九、十号合刊，1927 年 10 月

论王静安先生之自沉

浦江清

　　往者周作人君论海宁王静安先生之自沉（见《偶感》二，《语丝》第 135 期，1927 年 6 月 11 日），谓其晚年性情与学问环境相冲突，非出于自杀不可。其援理甚深，评事甚刻，虽然未足以知先生也。感情与理智不可分者也。人之禀赋，有极强之理智，必有极强之感情；有极强之感情，必有极强之理智。有其一而不备其二者，则必非真理智真感情。卢梭欲屈理智于感情之下，则其理智之强可知。而大科学家、大哲学家之所以成大科学家、大哲学家者，岂不以其有强毅之精神乎？强毅之精神即感情之持久者耳。余谓古今之成大事业、大学问者，皆理智与感情极强之人，先生即其一也。理智与感情必有所寄而后可免空虚的痛苦。其尤强者则其寄之也尤深。先生少年寄之于哲学，中年寄之于文学，晚年寄之于经史之考证学，虽谓其精神一贯可也。故上古三代之所存，流沙绝域之所出，聱牙诘屈之语言，散漫放佚之史料，他人视之固干枯无味者，而先生摩挲之、整理之、考证之，日寝馈于其中，若有无穷之趣味存焉。及其所成就，规抚大于程易畴，精博过于吴窭斋，识见超于钱竹汀，为承前起后之一代学者。冲突云乎哉？冲突云乎哉？

　　然则先生曷为而自沉耶？曰观于其自沉之地点及遗书中世变

之语而可以窥也。且今之不敬老也甚矣。翩翩然浊世之年少，相与指画而言曰：某人者顽固，某人者迂腐，某人者遗老。其亦不思而已矣。一代有一代之思想，一代有一代之道德观念，一代有一代之伟大人格。我生也有涯，而世之变也无涯。与其逐潮流而不反，孰若自忠其信仰，以完成其人格之坚贞。后之视今亦犹今之视昔，吾人亦终有一日而为潮流之落伍者。夫为新时代之落伍者不必惧，所惧者在自己之时代中一无表见耳。且先生所殉者，为抽象的信仰而非特别之政治。善哉义宁陈寅恪君之言曰：先生所信者为三纲六纪之柏拉图式的概念。故君为李煜亦期之以刘秀，友为郦寄亦待之以鲍叔也。

抑余谓先生之自沉，其根本之意旨为哲学上之解脱，三纲六纪之说亦不过其解脱所寄者耳。先生抱悲天悯人之思，其早年精研哲学，受叔本华之影响尤深，即其诗词之所歌咏，亦徘徊于人生诸问题之间。虽晚年绝口天人之语，然吾知其必已建设一哲学之系统。老子曰："人之大患，在我有身。"庄子曰："大块载我以形，劳我以生。"先生曰："人者生，如钟表之摆，实往复于苦痛与倦厌之间。"其作《红楼梦评论》时，已大彻大悟于欲与生活与苦痛三者为一之理。惟其大彻大悟，故能泰然与世无竞，超出于生活之欲之外，而逞其势力于纯粹之学问。上稽上古三代之制度文物，下考辽金蒙古隐晦之史料，以有大发明大贡献。虽学问之有绝对价值与否，先生不自知；然而于现实之世界上，欲求精神之寄托与慰藉，则固舍此末由也。而知识弥广，则痛苦亦弥深。怀抱绝学，如孤行于沙漠之上，世无有能知先生者。即新式学校之聘先生为教授，亦不过如先生所自云："商彝周鼎，藉饰观瞻而已。"故一旦时机相逼，则最后之解脱，先生亦乐为之。"五十之年，只欠一死"，何言之悲耶！Pling 曰："自杀者，自然赋与人之最高之权利。"先生曰："人日日居忧患。言忧患，而无希求解脱之勇气，则天国与地狱，彼两失之。"先生尝询人，人言自沉者能于一刹那顷，重温其一生之阅历。信否？呜呼。吾知其徘徊颐和园之长廊时，其脑中所重温者，必非家庭问题、政治问题，而为少年时所深思之哲学上诸问题。故当其奋身一跃于鱼藻轩前，脱然无所恋念。此一刹那顷，先生或有胜利的微笑欤。

解脱之道亦多端。先生素不主自杀，尝讥脑病蹈海之留学生为意志薄弱，而社会之铺张之者，可科以杀人之罪。其论《红楼梦》，谓金钏之堕井，司棋之触墙，尤三姐潘又安之自刎，均非解脱。又岂知二十余年以后，先生亦不得已而出此意志薄弱之举动耶？则世变逼之使然也，则世变逼之使然也。先生曰："日之暮也，人之心力已耗，行将就床，此时不适于为学，非与人闲话，则但可读杂记小说耳；人之老也，精力已耗，行将就木，此时亦不适于为学，非枯坐终日，亦但可读杂记小说耳。"先生尝与人言：精力渐衰，饭力就减。夫先生之精力固未尝衰也。观于其于自沉前数日犹从容写《蒙古札记》、阅清华研究生之试卷而可知也。呜呼痛哉！

先生之自沉，迄于今一年，为冲突而自杀欤？为忠荩于前朝欤？为哲学上之解脱欤？奔逝而去者，昆明湖万顷之洪波，而默然无以应我也。然而学问、思想、文章、道德四者不灭者，则先生亦永受后人之膜拜已。

《大公报·文学副刊》第 22 期，1928 年 6 月 4 日

附：王静安先生逝世周年纪念

民国十六年六月二日（阴历丁卯年五月初三日），王静安先生（国维）自沉于颐和园之昆明湖中。迄今适满一年，允宣纪念，昔者俞曲园殁，时当清光绪末年，王静安先生于所撰《教育小言》（登载《教育世界》杂志）中论之曰："德清俞氏之殁，几半年矣。俞氏之于学问，固非有所心得，然其为学之敏与著书之勤，至耄而不衰，固今日学者之好模范也。然于其死也，社会上无铺张之者，亦无致哀悼之词者，计其价值，乃不如以脑病蹈海之留学生。吾国对于学问之兴味如何，亦可于此观之矣。"自王先生自沉以来，国内学术界深致哀悼，称道弗衰。而以诗文或杂志专刊作为纪念者，尤后先相望。王先生在学术上之成就及其影响之大，固非俞曲园所及，然亦可征现今国人对于学术之注意，较昔似大有进步矣。王先生之生平及其著作，已为众所稔知。惟遍观一年来各种纪念刊物，于王先生治学成绩，多专取一端而详为推阐。至若融汇其学术思想之全体，为综合的论述者，殊未有见。本副刊爰从事于此，略以王先生之治学范围之变迁及其时间之先后为序，分为三篇：（一）曰王静安先生与晚清思想界，登本期；（二）曰王静安先生之文学批评，登第二十三期；（三）曰王静安先生之考证学，登第二十四期。三篇本末一贯，只以每期篇幅有限，不得已，分登三期。读者谅之。

《大公报·文学副刊》第 22 期，1928 年 6 月 4 日

《昆明湖曲吊王君静安》序

孙　雄

孔子云：志士仁人，无求生以害仁。孟子言：所恶有甚于死者，惟贤者能勿丧。吾因海宁王君静安之死，而忆及皋兰吴柳堂前辈可读与桂林梁君巨川济，是皆能不求生以害仁，而知所恶有甚于死之义者。夫吴梁王三君，所处之时与地不同，而皆可以无死，然竟视死如归。彼与人家国、谋人军师，分宜握节死绥致命遂志者，反靦颜而偷生，甚或作桀犬之吠，卖主媚敌以求荣者，何可胜道。宜乎如郑人之以不狂为狂，多方吹毛以求死者之疵，昌黎所谓小人之好议论，不乐成人之美固如是也。方今人道绝矣，饮食男女之欲纵恣至于无等，先民正直仁义之德摧残无遗，而争夺相杀之祸遂如燎之方扬，非至玉石俱焚不止，痛乎殆哉！静安之死，但云"经此世变，义无再辱"，其词浑涵隐约，而其意弥可悲矣。世人不察，或谓其别有原因，实为处境所厄，如新名词所云经济压迫者；又有援西人之说，诋自杀为无能力者，固属蚍蜉撼树之谭；即彼惋惜而赞叹者，或谓其生平著述，能洗尽从前国学家之通病，而别树一帜，夫国学浩深，新旧相互为益，今欲尽量褒许，遂将前贤概行抹杀，恐亦非九京所乐闻；或又谓静安为中国文士，故必以名节自立，

以洗文士之耻，其言虽痛窃，恐亦未能得其真际也。因效梅村
体，作长歌以抒余悲。（诗略）

《旧京集·旧京诗存》，1931 年常熟孙氏铅印本

《王静安先生遗书》序

陈寅恪

王静安先生既殁，罗雪堂先生刊其遗书四集。后五年，先生之门人赵斐云教授，复采辑编校其前后已刊未刊之作，共为若干卷，刊行于世。先生之弟哲安教授，命寅恪为之序。寅恪虽不足以知先生之学，亦尝读先生之书，故受命不辞，谨以所见，质正于天下后世之同读先生之书者。自昔大师巨子，其关系于民族盛衰、学术兴废者，不仅在能承续先哲将坠之业，为其托命之人，而尤在能开拓学术之区宇，补前修所未逮。故其著作，可以转移一时之风气，而示来者以轨则也。先生之学，博矣，精矣，几若无涯岸之可望，辙迹之可寻。然详绎遗书，其学术内容及治学方法，殆可举三目以概括之者：一曰取地下之实物与纸上之遗文互相释证。凡属于考古学及上古史之作，如《殷卜辞中所见先公先王考》，及《鬼方昆夷猃狁考》等是也。二曰取异族之故书与吾国之旧籍互相补正。凡属于辽、金、元史事及边疆地理之作，如《萌古考》及《元朝秘史之主因亦儿坚考》等是也。三曰取外来之观念与固有之材料互相参证。凡属于文艺批评及小说戏曲之作，如《红楼梦评论》及《宋元戏曲考》等是也。此三类之著作，其学术性质固有异同，所用方法亦不尽符会，要皆足以转移一时之风气，而示来者以轨则。吾国他日文史考据之学，范围纵广，途径纵多，恐亦无以远出三类之外。此先生之书所以为吾国近代学术界最重要之产物也。今先生之书流布于世，世之人大抵能称道其学，独于其平生之志事颇多不能解，因而有是非之论。寅恪以为，古今中外志士仁人，往往憔悴忧伤、继之以死。其所伤之事、所死之故，不止局于一时间一地域而已，盖别有超越时间地域之理性存焉。而此超越时间地域之理性，必非其同时间地域之众人所能共喻，然则先生之志事，多为世人所不解，因而有是非之论者，又何足怪耶？尝综揽吾国三十年来人世之剧变至异，等量而齐观之，诚庄生所谓"彼亦一是非、此亦一是非"者。若就彼此所是非者言之，则彼此终古末由共喻，以其互局于一时间一地域故也。呜呼！神州之外，更有九州，今世之后，更有来世。其间傥亦有能读先生之书者乎？如果有之，则其人于先生之书，钻味既深，神理相接，不但能想见先生之人，想见先生之世，或者更能心喻先生之奇哀遗恨于一时一地，彼此是非之表欤？一千九百三十四年岁次甲戌六月三日，陈寅恪谨序。

《王静安先生遗书》序

宋春舫

　　静安、哲安昆季与予为中表行，予自胜衣就傅，与哲安同起居、共笔砚，静安在外，未一见也。迨予游学四方，并哲安亦不相见者几念载。比年逭暑青岛，哲安适主青大讲席，过从复密，哲安方谋重刊静安遗著，出以相示，属序其端。予与静安谊亲缘悭，静安蹈海死，闻之扼腕。二十年来，兵戈扰攘，国事直洪炉耳，身际其事，安有不毛发俱燎者？静安殆其一也。静安于学无不窥，其精深博大，非予侧陋所可称言，惟静安治曲于举世不为之日，与予殆有同嗜，所惜东西异趣，予涉猎而已，初无所得，而静安则穷年兀兀，卓然成一家言，是可愧耳。前此辑集遗著，并此为三，当世学子，同预校雠，益以家藏旧稿，有为时人所未及见者，则谓静安一生之定本也可。谨志数语，以归哲安。

　　民国二十有四年春表弟宋春舫。

1936 年商务印书馆石印本

海东杂记

罗　庄 [①]

宣统辛亥之冬，伯父避地扶桑，次年春，驰书见招，家大人遂亦挈眷东渡，卜居西京之乡村。西京四面皆山，旧称山城国。初居田中村，再移神乐冈，其地风景幽胜，气候适中，小楼一楹，仅堪容膝，而纤尘不染，席地凭几，犹然古风。窗外山光岚气，朝晖夕阴，奇瑰不可名状。绕屋则溪流如带，日夜潺湲。比屋而居者，有刘季缨姊丈大绅、王静安姻丈国维，二家多仆媪童稚，隔篱呼答，悉作乡音，颇不岑寂。伯父所居较远，亦相距百余武耳。故乡俶扰，不见不闻，堪称世外桃源矣。日本以产樱花著名，山冈之上，随处皆是，每当春季，花皆盛放，轻红浅白，袅娜生姿，视桃李海棠别饶风韵。风和日丽之辰，余尝徘徊其下，如张锦幄，清风时来，落瓣沾襟袖，令人忆李后主词也。其点缀秋光者，则有丹枫，千林皆醉，宜于远观。静安丈有诗云：漫山填谷涨红霞，点缀残秋意太奢。若问蓬莱好风景，为言枫叶

---

① 罗庄（1896—1941），字疐生，一作婺琛，后字孟康，浙江上虞人，敦煌学家、甲骨文字专家、考古学家、词人，被誉为三百年最后一位女词人，罗振常长女，罗振玉侄女，与二妹罗静、三妹罗惠合称民国三才女，王国维对其有"闺秀安得如许笔力"之叹。

胜樱花。二者皆海东胜景，各有佳处，秋士意兴萧疏，故尤赏枫
叶耳。虽山川信美，惜非吾土，终难已故国之思。余尝赋《临江
仙》词：换头云见说，莼鲈今正美，归心暗逐潮生。兴来我欲告
山灵，吾乡西子貌，视汝更娉婷。其实西京但少水景，其余风
物，何让西湖，其不以人为变其天然态度，尤视西湖为胜，彼于
一水一石，非无人工点缀，然皆保存旧观，不失天然雅趣，视吾
国之强令西子作西妆者，得失判然。余之所言，固不免阿私所好
耳。乡农勤于稼穑，山地夹砂石，可耕地少，有之必尽力培壅，
每亩所获反倍于吾国。此间耕田用马，吾国关外亦然。南方土性
粘，微牛力不足起土，土质松者，马足胜任矣。插秧必界绳为行
列，吾国则随手插之，匀与彼等，熟练之故也。风俗淳美，田夫
野老接人恭谨有礼，筑室编竹为垣，表里均涂以粘土，厚不及半
寸，一蹴可毁，虽有门关，木薄如纸，垣短跃之可过，而从无偷
儿入室。道有遗物，无人拾取，警员巡逻时乃拾而贮之，警署标
其名目于署壁，以俟失者认领。恒见道有遗物，过者不顾，及归
途，其物仍在，盖尚未有警员行过也。刘姊丈之弟尝出市布并买
杂物，又至理发店，及归，觉有时辰表遗失，莫可踪迹。次日，
理发店人送还之，谓此物非日本式，昨日外国人来者仅君一人，
故知为君物。盖其人与刘为素识，悉其居址也。售杂物之件，皆
妇女主之，其物置店中，由高而下，如阶级然，分层罗列，最低
之数级，俯拾即是，然无人看守，其妇女皆在内室，为烹饪洗濯
等事，必购物者呼之方出，交易后，得价申谢即又入内。如在他
国，被攘窃者多矣，而竟无人取其一物。夫"夜不闭户，道不
拾遗"，古则有之，今日已成空谈，不图于此土见之。特西京地

僻，淳风未漓，其繁盛都市，则窃盗均有之矣。居东二年，最令人惊心动魄者为乃木大将（希典）殉明治天皇一事，当天皇奉安有期，大将决以身殉，预作遗表及遗书数通，与其夫人及知交。届期群臣执绋恭送，大将独家居，闻梓宫出宫之炮声，即切腹自裁，夫人已侦知其志，同时亦自尽殉夫。大将为此具有深意，盖其时有权奸秉政，如吾国袁氏者，其心叵测，恐嗣君为所诱惑而动摇国本，故效古人尸谏。虽遗表未宣布，国人有心者皆喻其意，于是各报纸著论推崇，累牍不休，甚至大将所用之一杯一箸一几一杖以及儿时之玩具，皆摄影列之报章。权奸惶惧，未几即不起，殆所谓"千人所指，无病而死"者欤？伯父、王姻丈及家大人皆叹仰不置。伯父为道大将轶事，大人每日为据报纸解说其旨，虽吾辈小儿女亦不能不为动容也。大将尝与旅顺之役，二子皆战殁，是役虽胜，所伤实多。奏凯后，驻军金州，有诗云："山川草木总荒凉，十里腥风新战场。征马不前人不语，金州城外立斜阳。"虽胜不骄，且含有无限凄凉，霭然仁者之言也。已而诸人因日用一切均不惯，刘姊丈先挈眷返国，余人亦先后去，余等遂亦于甲寅初春内渡，卜居海上，未去者仅伯父耳。故国重归，神山已远，觉彼土有令人系念不忘者，故泚笔追记其习俗。亦不能尽满人意，则略之，亦居是邦不非大夫之义也。（此文记述甚早）

《初日楼遗稿》，1942 年上虞罗氏石印本

王国维先生生平及其学说

吴其昌

国维先生，字静安，中国近代学术界之权威；毕生从事学术研究，供献殊多，故为词人，文学史家及文艺批评家，并最先作中国古史之研究。且奠定其基础，誉满国际史坛。讵料于民国十六年投颐和园昆明池溺死，一代宗师，遽嗟长眠！其昌先生曩昔从先生学于清华园，复有乡谊，故知先生最详，今掌武汉大学史学系，此文系吴先生在该校讲演笔记。

我作这次演讲，内心感慨万端。先生的去世，是在民国十六年，我离开先生算来已十多年了。深惧学殖容有荒疏，无以仰对先生（生）前的提携与教诲。回想音容，实不胜感伤。

刚才主席提到各位对先生的景慕，恨不及亲炙其声音笑貌，从外貌看来，中年以后的先生，肤色黧黑，颔上留两撇八字胡须，秃顶，脑后拖着一条小辫发，说话时露出长长的两个门牙，其余的牙齿脱掉很多，经常穿一件长袍，外面套上马褂。初次看到这位享大名的学人，是不免使人感到失望的。我没有入清华以前，在上海哈同花园第一次见到先生。过后有人问起我印象如何，我譬喻他如一古鼎。入清华后，受教于课堂，先生满口海宁土白，当年同学诸君中，能完全把先生的话听懂的，只有我一人。这因为我也是海宁人。

平时先生寡言笑，状似冷漠，极乏趣味，醇湛的襟度，现出他学人的本色，暗示着一生治学的冷静严肃和实事求是的精神。其实，早年的先生并不如此。在那些年岁中的文学创作和论文里，风华赡丽的吐属，曾留下了才人旧日的梦痕，然而时世的推移，影响及于先生，遂造成他此后畸形的发展，造成我所亲眼看到的先生的暮年。

先生是科学的古史研究的奠基者，生于清同治十三年（一八七四）。在先生幼年时，左宗棠……随着又拓地万里，西洋诸国，都以为中国从此或将走上复兴的道路，一时有中兴之目。不幸事实上国力却日趋衰弱，到先生二十一岁的那年，甲午一战，海军全遭覆没，屈辱求和，声威尽坠。先生的少年期，就在这黯淡的局面下度过，当我们回溯着他多缺陷的身世，很容易联想起东罗马帝国衰亡期的那些学者们的坎坷的命运。

先生的先世，虽有念过书的，但到先生的祖辈父辈，已经改营商业。先生的父亲是当铺里的朝奉先生。十八岁时，先生中了秀才，此后应试却总是失败。二十三岁时先生任上海时务报馆的书记。《时务报》是汪康年、汪穰年两先生办的鼓吹维新的报纸，当时由梁任公先生任主笔。所以梁先生和王先生早年晚年都曾共过事。但早年时代，梁先生是主笔，王先生是书记；梁先生当时已是维新运动中的健将，而王先生还度着他早年黯淡的生涯。因为地位的悬隔，所以彼此也难得接近，但到晚年，梁先生王先生又同任教职于清华研究院。梁先生尊王先生为首席导师，对之推崇备至。这固然是王先生的学问才华，足以使梁先生倾倒，而同时我们于此也可见梁先生的谦虚。

在《时务报》任职时代，王先生虽未为梁先生所知，却因一个特殊的机缘，而为罗振玉赏识了。罗振玉在光绪间也是一个维新志士，为"农学社"于上海，并发刊《农学报》，聘日人译农书，提倡以农立国，因此当时罗振玉与汪康年、梁任公诸先生也有往随来。某日罗振玉往访汪、梁两先生不值，候于房门，随手拿了一把破扇子挥汗，却在上面发现了一首诗。末两句是："千秋壮观君知否？黑海西头望大秦。"后面署着海宁王国维。这是咏班超遣甘英使罗马（当时我们称之为大秦）而未果的事的。大概那时会王先生很崇拜左宗棠，而自己也油然有功名之志。所以不期然的写出这样雄伟的诗句。这种佼然不凡的吐属，震动了罗振玉，因询问侍者王国维先生是何许人，侍者只知道他是报馆里的一个书记。罗振玉乃嘱托侍者请王先生回馆后到他私寓里去访他。先生访罗振玉后感其知遇之诚，乃辞去时务报馆的职务，转入农学社服务。这一次访问，是先生生命史上的一个大关键，这是先生受知于人之始，更决定了先生此后生活的趋向，罗振玉以为那时一个青年人，应该接受一点新思潮，所以劝先生学习英文。当时藤田丰八——后来的东西交通史南洋史的权威，初在帝大历史系毕业，正受罗之聘在农学社译书。先生乃从藤田学英文，此后先生终其生俱师事藤田。即在清华研究院任导师的时代，和藤田通信，还是以师弟相称。

先生与刘鹗相识，大概也在此时。刘鹗是甲骨的收藏家，对罗振玉和王先生之研究甲骨文，均有影响。所以在此地我们要提及刘鹗，同时更要说一说甲骨文发现的经过。

光绪廿四年"戊戌变起"，梁、康亡命海外，明年，安阳殷墟甲骨发现。后者在学术史上的意义与前者在政治史上的意义相等，都是中国近代史上的重要节目。其实安阳的甲骨早经发现，乡人无知，称它为龙骨，常用来治病。同时乡人有种传说，以为没有字的治病才有效，所以药铺得到有字的甲骨，往往把它磨平以便出售，当时京师有三种最时髦的学问：康有为提倡"公羊学"，替维新运动在中国古代的经典中找理论的根据；俄人对我国西北边疆的觊觎，和左宗棠拓边政策的成功，更引起中国人研究西北地理的兴趣；而埃及巴比伦的地下史料的探究，也使中国人对于周金文的研究，在当时的京师蔚为风气。北京的古董商人本常到安阳搜罗古物，大骨董商范某发现甲骨上刻有线纹，疑其或具有相当价值，乃请教于名鉴赏家王懿荣（周金的收藏家，时任国子监祭酒）。王懿荣知道它具有学术上的价值，嘱古董商替他广为收罗，甲骨之被重视自此始。

又明年，八国联军入京师。王懿荣殉难。刘鹗当时正在京津间活动，王懿荣所收藏的甲骨完全为刘鹗所收买。后来有人告发刘鹗在庚子之乱时曾通款于外人，以粮米资敌。刘鹗因此充军新疆，他所收藏的甲骨至此几全归罗振玉。罗振玉拓印后，又把它转售于日本人。

然而当时先生正沉淫于叔本华、尼采的哲学。国事的蜩螗和早年生活的阴黯，使先生很自然的成为叔本华的崇拜者，对人生世相的观察，充满了悲观的色彩。甲骨文尚未为他研究的对象。

廿九岁，先生至张季直故里南通师范学校任教师，并常常写文投到《教育杂志》去发表，《红楼梦评论》即作于此时。同时，《宋元戏曲史》也开始在《东方杂志》连载。《国粹学报》在当时是一个鼓吹革命的刊物，但先生当时对革命并无兴趣，投刊于《国粹学报》的是先生另一种整理戏曲目录的撰述——《曲录》。次年（也就是我的生年），罗振玉任苏州师范学校校长，先生也随罗振玉到苏师任教。苏州山水秀丽，徘徊光景，创作益丰。由卅一岁到卅三岁，这三年，先生的《静安文集》《人间词话》《苕华词》《宋元戏曲史》陆续出版。在《人间词话》里先生提出境界之说，名言妙理，如一串串晶莹的智珠，这时先生似已自甘将自己封锁在艺术的象牙塔里，世事的风云似已不能在先生古潭似的心境里荡起涟漪，艺术与宗教可以使人摆脱生存欲的困扰，在宗教的世界里，人们可以远离尘世的悲欢扰攘，而达于涅槃的境界；在艺术的世界里，人们可以暂时忘却"生"给予他的痛苦，而得到片刻的安息；这是叔本华的宗教观与艺术观，也是先生当年所崇奉的说素。先生既沉淫于这样的世界，所以虽和刘鹗认识，而罗振玉更是先生最初的知己，但对甲骨文的研究，殊无意趣。光绪三十二年，英人斯坦因赴新疆考古，"敦煌学"因以大显于时，而先生对之，亦复冷漠。

宣统元年，先生三十六岁，在先生治学的生涯中，这一年有特殊的意义，因为先生治学的兴趣，在这一年完全转变了。这以前，先生是词人，是文学史家，是文艺批评家，是叔本华的崇拜者；这以后，先生却尽弃其所学，埋头在中国古史这一新处女地，从事拓荒奠基的工作，而以古史学家播誉于世界史坛。这一年，张之洞由（两）广总督调任学部尚书，罗振玉北上任学部参事，先生随行。那时张之洞创立京师图书馆，缪荃孙任馆长，先生由罗振玉介绍，人馆任编辑。次年，《国学丛刊》出版，先生起草宣言，倡言"学术无新旧之分，无中外之分，无有用无用之分"。所以不能以空间观念，时间观念，功利观念，来作学术的绳尺，这种为学术而学术的观念，当然极易导先生入于史学研究的途径。这时先生开始为罗整理《殷虚书契前编》，其中一部分曾分载于《国学丛刊》。宣统三年，辛亥革命起，清室退位，对这一划时代的历史事件，罗振玉却毫无理解，他仍衡之以旧日士大夫的传统观念，斥武昌起义为"盗起武昌"。清帝逊位后，罗振玉逃往日本，先生也随罗东渡。先生的辫发本早已剪去，且平居西装革履，俨然是一新少年，如今清社已覆，因罗振玉以遗老自居，先生摆脱不了他的影响，又重新蓄发留辫，服马褂长袍，俨然是一遗少了。

先生东渡后，乃完全沉潜于中国古史的探索。先从事金文拓片调查的工作，成《宋代金文著录表》一卷，《国朝金文著录表》六卷，这是企图将中国古史系统化科学化的基本准备工作。同时，并为《殷虚书契前编》作考释。民国元年，《殷虚书契前编》《殷虚书契菁华》在日本出版。那时日本的小林忠太郎刚在德国学玻璃版印刷，学成回国，看到《殷虚书契前编》刊载于《国学丛刊》的印得太糟，乃向罗兜揽这笔生意。所以这两部书印得极其精致。民国三年，《殷虚书契考释》也用罗振玉的名义出版，罗振玉并因此得到法国国家学院的博士学位。巴黎图书馆知道罗振玉是研究中国古史的学者，乃赠以斯坦因及伯希和在敦煌所得的《流沙坠简》影印本，所以《流沙坠简考释》也在同年刊行，第一卷、第三卷署先生名，第二卷署罗振玉名。这是先生以古史学者知名于国际学术界之始。

先生研究甲骨文，除与认识罗振玉、刘鹗有关外，哈同与先生的关系也应该在此提及。这位犹太籍的巨商，爱好古玩珍物，所以与珠宝商姬觉弥颇有往还。后来这两家关系更日益密切，情若通家，民国五年，张勋复辟失败，遗老猬集沪滨，姬觉弥虽是一个商人，但颇想附弄风雅，以文饰他的鄙陋，供养着一大批遗老。同时他又信佛，尝迎名山大庙僧众设坛讲经，并刊行《频伽精舍大藏经》八千余卷。这类事情搅腻了，他又捐资集汉学家宣讲小学，更创办"仓圣明智大学"及"广仓学宭"，聘邹景叔（安）及先生为教授。先生自辛亥渡日，转瞬已过了六个年头。客居异域，当然不免有对故国的怀想，所以欣然应聘归国。仓圣明智大学及广仓学宭的学生几同哈同家奴，本谈不上学术的研究；但先生却得利用这个环境，对古史作更深邃的探求。《殷虚书契后编》就是在这一年出版的。刘鹗所藏的龟片，十九虽已归罗，但他的家属还保有一部分。后来这一部分为哈同所收买。先生又将这一部分材料加以整理，于民国八年刊刻《戬寿堂所藏殷契文字》《戬寿堂所藏殷契文字考释》。前者用姬佛佗（即觉弥）的名义，后者则由先生自己署名。

自民国五年至民国十二年，先生四十三岁至五十岁，这八年是先生学术生涯中的黄金时代。哈同供给先生一个便于研究学术的环境（哈同私人藏书之富，在中国实无其匹。《四库全书》，哈同那里都有全抄本）。而先生自己也正年富力强，生活的安定，使先生不致为琐屑，而劳心因得致其全力于甲骨文金文古史的探讨。故先生在学术上的成就，以这一阶段最为辉煌。重要著作多刊行于此时，古史论文的结集——《观堂集林》的出版，结束了这一阶段的学术生涯。

到民国十二年，这时五四的狂潮已经过去。为着适应新形势下文化建设的要求，学术界喊出"整理国故"的口号，国内北京大学研究院成立后，以先生的古史研究，久已获国际声誉，拟聘往讲学，但因为北大在五四时，是新文化运动的大本营，革命空气一向浓厚，先生忠于清室，不愿应聘，仅仅答应了担任校外的特约通信导师。

不久，蛰居故宫称制自娱的溥仪，忽召先生入南书房行走。先生自省以诸生蒙特达之知，惊为殊恩旷典，急束装北上，这一幕悲喜剧，使先生再到北平，而终于在北平了结了自己的生命。

翌年，溥仪为冯玉祥驱逐出宫，出走天津，先生失职。同年，国立清华大学创办研究院。这以前，清华是留美生的预备学校，因此校中风气受西洋习惯感染特甚不免有过当的地方，曾惹起社会上一班的不满的批评，就是当日清华的学生中，也有不以本校的作风为然的。记得张荫麟君曾对我感慨地谈起："我们同学进城，别人都拿特别的眼光看待，仿佛谁额角上刻了'国文不通'四个大字似的。"这虽不过说笑，却也暴露了部分的真象，指出弊病的所在。适校方受当时新学术趋尚的影响，决定停止留美部招生，创设大学部，并成立研究院，校风为之一变。

时梁任公先生在野，从事学术工作，执教于南开，东南两大学。清华研究院院务本是请梁任公先生主持的。梁先生虽应约前来，同时却深自谦抑，向校方推荐先生为首席导师，自愿退居先生之后。这儿发生了一次小小的波折：原来，梁先生因为曾赞襄段祺瑞马厂起义之役，素为遗老们所切齿，罗振玉嫉视他更甚。先生是遗老群中的一个，与罗私交又颇密切。这事既由梁先生推荐，罗因力阻实现。先生颇感进退为难。正当踌躇未决的时候，梁先生转托庄士敦（一个中国籍的英国人，溥仪的英文教师）代为在溥仪面前疏通，结果经溥仪赞同，当某次先生上天津去请"圣安"的时候，面谕讲学不比做官，大可不必推辞等语。于是先生乃"奉旨讲学"，应聘迁居清华园，罗振玉无话可说，只好搁在心里不乐意了。

先生应聘的第二年春间，研究所正式开学。这时的盛况是使人回忆的：除了先生和梁先生外，同任导师及讲师的有陈寅恪先生和赵元任先生及李济、马衡、梁漱溟、林宰平四先生。陈先生那时曾经写过一副开玩笑的对联给我们，文曰："南海圣人，再传弟子；大清皇帝，同学少年。"这是暗指梁、王二先生以嘲弄我们的。平常每一个礼拜在水木清华厅上，总有一次师生同乐的晚会举行。谈论完毕，余兴节目举行时，梁先生喜唱《桃花扇》中的《哀江南》，先生往往诵八股文助兴，如今，声音好像仍在耳边，而先生却已远了。

在研究院先生所开的课程，有（一）古史新证、（二）尚书研究和（三）古金文研究三种。不过讲授的虽还是古文字古史方面的东西，而先生自己的研究工作，则早在两年前（民十二）校《水经注》时，即更换了趋向，作为先生第三期学术工作的对象的是辽金史，蒙古史和西北地理。这几年陆续发表了许多有价值的著作。我现在撮述重要的书名和篇名如下：

一、《蒙鞑备录校注》，二、《黑鞑事略校注》，三、《圣武亲征录校注》，四、《长春真人西游记校注》，五、《阻卜考》，六、《黑车子室韦考》，七、《金界壕考》，八、《辽金时蒙古考》，九、《鞑靼考》《鞑靼年表》，十、《南宋时所传蒙古史料考》，十一、《元秘史之主因亦儿坚考》，十二、《蒙古札记》。

清华园的山光水色，校方的优裕的供奉，给这位冷于世事，懒于应付的学人以安宁和休憩，似乎尽可以颐养他的余年了，谁知世事的剧变，使先生仍不能平静的活下去。新的事物带来太多的刺激，北伐军兴，大局震荡，北京城里满浮着谣言，暗示着军阀统治的挣扎，无力和行将崩溃的前途。叶德辉在湖南被杀后，谣传着一个新的消息，说是南兵见有辫子的人便杀；又传闻一旦北伐军北上将极不利于溥仪。先生既久已和外界隔绝，判断力减退，对大局趋向莫明，在盛炽的谣言世界里，既为一己的安全担忧，又恐溥仪万一将有不测，因此，面对着亟变的世局，先生有着极度的愤恨和憎厌，心境极为凄苦，当时，有同学曾婉转进言，请先生将辫发剪掉。其实呢，对于这，先生也并不怎样固执。他曾说过："倘是出其不意的被人剪了，也就算了！"不过要让自己来剪，则老年人的情怀觉得有点难堪，不愿如此做罢了。这些时，有一次我见到先生。他问我说："前年有一天晚上，我曾看见一颗大星流坠，随后就听说孙中山死了。前两夜，我又看到了同样的异兆，你看吴佩孚怎样，会不会轮到他死呢？"在我们看来，这自然是令人发笑的情绪。果然，不久先生就以自杀闻了。

先生自杀的经过是这样的：

这年五月里一个风日和暖的日子，颐和园里的鱼藻轩前，发现一位老先生投水死在昆明池里，这就是众所周知的王先生。据守卫园内的人说：先生入园后徘徊于池边，曾见他点燃一支卷烟。正午十二时，忽然传来"扑"的一声，循声前往，知道有人死在水里，待救将起来，人已气绝了。我们闻讯赶至，除了一瞻遗容外，已一无补益。呵，这一代大师的凄凉的死！

事后据人谈起，先生在前些日子和人谈及颐和园的风物，尚慨叹自己在北平这样久园中却一次没有去过。不料这名园竟成了他葬送生命的处所，他的第一次游园，也就是最后的一次了。

先生遗嘱略曰："五十之年，只欠一死，经此世变，义无再辱，我死后，遗著可托陈、吴二先生整理。"（陈指陈寅恪先生，吴指吴宓先生）这证明了先生之死，是因为在那时会，先生已不愿再活下去，所以自愿了结他自己的生命。

先生自戕的消息传来，梁任公先生正卧病于德国医院，赶忙抱病出院。后事料理初毕时，溥仪优恤的谕旨已下，发给治丧费三千元，伪谥"忠悫"。梁先生为请求北洋政府褒扬先生事，曾往访当时的国务总理顾少川（维钧）先生。顾允提出阁议，结果因为多数阁员根本不识"王国维"其人名姓，未被通过。这诚无损于先生的盛誉，然而一代学术宗师，誉满中外，退位困居的逊清帝廷尚知议恤颁谥，而北洋政府却不闻不问，其腐败昏庸，是可以想见的了。

总结先生的一生，以才人始，是学人终。而治学的科学精神及其结论的准确性，在学术史上，只有王念孙堪相伯仲。在私生活和事功上，先生是毕世坎坷的：年青时屈居下位，壮岁碌碌依人，甚至个人辛勤的著作，都写着旁人名氏，晚年虽声名雀起，而孤独郁结，不得终其天年。在友朋中，先生受罗振玉影响极大，偏巧这影响又是和时代的潮流相背的。但在学术上先生的成就，实有不可磨灭的光辉。他的治学的初、中、晚三期——第一期的哲学、文学、文艺理论，第二期的古史、古文字学，第三期的西北地理、辽金蒙古史——均有可贵的遗产留给后来的人，我们纪念先生，景慕先生，想学习先生，便应该从这些地方入手。

科学的进步无止境。前人播下种子；辛勤的操作给后人预备下来日的收获。而我们亦当为自己的下一代留下更丰盛的果实。王先生的贡献是永远的，值得尊敬的；但在理论上讲起来，我们应该超越他，再让我们的后辈再来超越我们。——这才是学术进步的征象。（景芹笔记）

《风土什志》第一卷第一期，1943年9月

王静安

马叙伦

　　□年五月廿九日，某报载何天行王静安十五年祭文，意在发明静安本心不在为遗老，其死则困于贫。夫静安是否不愿竭忠清室，其人死矣，无可质矣。至于其死，实以经济关系为罗叔言所迫而然，则余昔已闻诸张孟劬，惜未询其详。后又闻诸张伯岸，则未能言其详也。静安确是学者，余于三十年前即识其人，而不相往还。（其弟哲安为余同学于养正书塾者也。）及其任北大教授，复相见焉，而亦无往还。国民军幽曹锟，逐溥仪。溥仪遁居东交民巷。时议颇虑其为人挟持，余欲晓以祸福，往请见。抵其所寓，则有所谓南书房侍从者四人，延余入客室。余申来意，有满人某以手枕首，示余，谓皇上正在午睡，如有所言，请相告，可代达也。余不愿与若辈言，遂辞而出，此四人者静安与焉。越日，赵尔巽托邵伯绸告余，愿相见。据伯绸云：溥仪以余时方代理教育部务，乃国务员身分，骤不敢见也，余以次珊先生年长，遂谒之其第，然次老并未表示代表溥仪者，故余亦略申余意耳。自此一晤静安，遂隔人天，不意倏焉十五寒暑也。静安毕生态度可以静字该之。

　　　　　　《石屋馀渖》，建文书店 1948 年 7 月版

第二辑　静安作品选

第一　人间词话

人间词话

（一）

词以境界为最上。有境界则自成高格，自有名句。五代、北宋之词所以独绝者在此。

（二）

有造境，有写境，此理想与写实二派之所由分。然二者颇难分别，因大诗人所造之境必合乎自然，所写之境亦必邻于理想故也。

（三）

有有我之境，有无我之境。"泪眼问花花不语，乱红飞过秋千去"，"可堪孤馆闭春寒，杜鹃声里斜阳暮"，有我之境也。"采菊东篱下，悠然见南山"，"寒波澹澹起，白鸟悠悠下"，无我之境也。有我之境，以我观物，故物皆著我之色彩。无我之境，以物观物，故不知何者为我，何者为物。古人为词，写有我之境者为多，然未始不能写无我之境，此在豪杰之士能自树立耳。

（四）

无我之境，人惟于静中得之。有我之境，于由动之静时得之。故一优美，一宏壮也。

（五）

自然中之物，互相关系，互相限制。然其写之于文学及美术中也，必遗其关系、限制之处。故虽写实家，亦理想家也。又虽如何虚构之境，其材料必求之于自然，而其构造，亦必从自然之法则。故虽理想家，亦写实家也。

（六）

境非独谓景物也。喜怒哀乐，亦人心中之一境界。故能写真境物、真感情者，谓之有境界；否则谓之无境界。

（七）

"红杏枝头春意闹"，著一"闹"字，而境界全出。"云破月来花弄影"，著一"弄"字，而境界全出矣。

（八）

境界有大小，不以是而分优劣。"细雨鱼儿出，微风燕子斜"，何遽不若"落日照大旗，马鸣风萧萧"。"宝帘闲挂小银钩"，何遽不若"雾失楼台，月迷津渡"也。

（九）

严沧浪《诗话》谓："盛唐诸人，唯在兴趣。羚羊挂角，无迹可求。故其妙处，透彻玲珑，不可凑泊。如空中之音、相中之色、水中之月、镜中之象，言有尽而意无穷。"余谓北宋以前之词，亦复如是。然沧浪所谓兴趣，阮亭所谓神韵，犹不过道其面目，不若鄙人拈出"境界"二字，为探其本也。

（一〇）

太白纯以气象胜。"西风残照，汉家陵阙"，寥寥八字，遂关千古登临之口。后世唯范文正之《渔家傲》，夏英公之《喜迁莺》，差足继武，然气象已不逮矣。

（一一）

张皋文谓：飞卿之词，"深美闳约"。余谓：此四字唯冯正中足以当之。刘融斋谓："飞卿精妙绝人"，差近之耳。

（一二）

"画屏金鹧鸪"，飞卿语也，其词品似之。"弦上黄莺语"，端己语也，其词品亦似之。正中词品，若欲于其词句中求之，则"和泪试严妆"，殆近之欤？

（一三）

南唐中主词"菡萏香销翠叶残，西风愁起绿波间"，大有众芳芜秽，美人迟暮之感。乃古今独赏其"细雨梦回鸡塞远，小楼吹彻玉笙寒"。故知解人正不易得。

（一四）

温飞卿之词，句秀也。韦端己之词，骨秀也。李重光之词，神秀也。

（一五）

词至李后主而眼界始大，感慨遂深，遂变伶工之词而为士大夫之词。周介存置诸温、韦之下，可谓颠倒黑白矣。"自是人生长恨水长东"，"流水落花春去也，天上人间！"《金荃》《浣花》能有此气象耶？

（一六）

词人者，不失其赤子之心者也。故生于深宫之中，长于妇人之手，是后主为人君所短处，亦即为词人所长处。

（一七）

客观之诗人，不可不多阅世。阅世愈深，则材料愈丰富、愈变化，《水浒传》《红楼梦》之作者是也。主观之诗人，不必多阅世。阅世愈浅，则性情愈真，李后主是也。

（一八）

尼采谓："一切文学，余爱以血书者。"后主之词，真所谓"以血书者"也。宋道君皇帝《燕山亭》词亦略似之。然道君不过自道身世之感，后主则俨有释迦、基督担荷人类罪恶之意，其大小固不同矣。

（一九）

冯正中词，虽不失五代风格，而堂庑特大，开北宋一代风气。与中、后二主词皆在《花间》范围之外，宜《花间集》中不登其只字也。

（二〇）

正中词，除《鹊踏枝》《菩萨蛮》十数阕最煊赫外，如《醉花间》之"高树鹊衔巢，斜月明寒草"，余谓：韦苏州之"流萤渡高阁"，孟襄阳之"疏雨滴梧桐"，不能过也。

（二一）

欧九《浣溪沙》词："绿杨楼外出秋千。"晁补之谓：只一"出"字，便后人所不能道。余谓：此本于正中《上行杯》词"柳外秋千出画墙"，但欧语尤工耳。

（二二）

梅圣俞《苏幕遮》词："落尽梨花春又了，满地残阳，翠色和烟老。"刘融斋谓：少游一生似专学此种。余谓：冯正中《玉楼春》词："芳菲次第长相续，自是情多无处足。尊前百计得春归，莫为伤春眉黛蹙。"永叔一生似专学此种。

（二三）

人知和靖《点绛唇》、圣俞《苏幕遮》、永叔《少年游》三阕为咏春草绝调，不知先有正中"细雨湿流光"五字，皆能摄春草之魂者也。

（二四）

《诗·蒹葭》一篇最得风人深致。晏同叔之"昨夜西风凋碧树，独上高楼，望尽天涯路"，意颇近之。但一洒落，一悲壮耳。

（二五）

"我瞻四方，蹙蹙靡所骋"，诗人之忧生也。"昨夜西风凋碧树，独上高楼，望尽天涯路"似之。"终日驰车走，不见所问津"，诗人之忧世也。"百草千花寒食路，香车系在谁家树"似之。

（二六）

古今之成大事业、大学问者，必经过三种之境界："昨夜西风凋碧树，独上高楼，望尽天涯路"，此第一境也。"衣带渐宽终不悔，为伊消得人憔悴"，此第二境也。"众里寻他千百度，蓦然回首，那人却在灯火阑珊处"，此第三境也。此等语皆非大词人不能道。然遽以此意解释诸词，恐晏、欧诸公所不许也。

（二七）

永叔"人生自是有情痴，此恨不关风与月""直须看尽洛城花，始共春风容易别"，于豪放之中有沈著之致，所以尤高。

（二八）

冯梦华《宋六十一家词选·序例》谓："淮海、小山，古之伤心人也。其淡语皆有味，浅语皆有致。"余谓：此唯淮海足以当之。小山矜贵有馀，但可方驾子野、方回，未足抗衡淮海也。

（二九）

少游词境，最为凄婉。至"可堪孤馆闭春寒，杜鹃声里斜阳暮"，则变而凄厉矣。东坡赏其后二语，犹为皮相。

（三〇）

"风雨如晦，鸡鸣不已。""山峻高以蔽日兮，下幽晦以多雨。霰雪纷其无垠兮，云霏霏而承宇。""树树皆秋色，山山唯落晖。""可堪孤馆闭春寒，杜鹃声里斜阳暮。"气象皆相似。

（三一）

昭明太子称，陶渊明诗"跌宕昭彰，独超众类。抑扬爽朗，莫之与京"。王无功称，薛收赋"韵趣高奇，词义晦远。嵯峨萧瑟，真不可言"。词中惜少此二种气象，前者唯东坡，后者唯白石，略得一二耳。

（三二）

词之雅郑，在神不在貌。永叔、少游虽作艳语，终有品格。方之美成，便有淑女与倡伎之别。

（三三）

美成词深远之致不及欧、秦，唯言情体物，穷极工巧，故不失为第一流之作者。但恨创调之才多，创意之才少耳。

（三四）

词最忌用替代字。美成《解语花》之"桂华流瓦"，境界极妙，惜以"桂华"二字代"月"耳。梦窗以下，则用代字更多。其所以然者，非意不足，则语不妙也。盖意足则不暇代，语妙则不必代。此少游之"小楼连苑""绣毂雕鞍"所以为东坡所讥也。

（三五）

沈伯时《乐府指迷》云："说桃不可直说破桃，须用'红雨''刘郎'等字；说柳不可直说破柳，须用'章台''灞岸'等字。"若惟恐人不用代字者。果以是为工，则古今类书具在，又安用词为耶？宜其为《提要》所讥也。

（三六）

美成《青玉案》（当作"《苏幕遮》"）词："叶上初阳干宿雨，水面轻圆，一一风荷举。"此真能得荷之神理者。觉白石《念奴娇》《惜红衣》二词，犹有隔雾看花之恨。

（三七）

东坡《水龙吟》咏杨花，和均而似原唱。章质夫词，原唱而似和均。才之不可强也如是！

（三八）

咏物之词，自以东坡《水龙吟》为最工，邦卿《双双燕》次之。白石《暗香》《疏影》，格调虽高，然无一语道着，视古人"江边一树垂垂发"等句何如耶？

（三九）

白石写景之作，如"二十四桥仍在，波心荡，冷月无声""数峰清苦，商略黄昏雨""高柳晚蝉，说西风消息"，虽格韵高绝，然如雾里看花，终隔一层。梅溪、梦窗诸家写景之病，皆在一"隔"字。北宋风流，渡江遂绝，抑真有运（一作"风"）会存乎其间耶？

（四〇）

问"隔"与"不隔"之别，曰：陶、谢之诗不隔，延年则稍隔矣。东坡之诗不隔，山谷则稍隔矣。"池塘生春草""空梁落燕泥"等二句，妙处唯在不隔。词亦如是。即以一人一词论，如欧阳公《少年游》（咏春草）上半阕云："阑干十二独凭春，晴碧远连云。二月三月，千里万里（此两句倒置），行色苦愁人。"语语都在目前，便是不隔；至云"谢家池上，江淹浦畔"，则隔矣。白石《翠楼吟》"此地。宜有词仙，拥素云黄鹤，与君游戏。玉梯凝望久，叹芳草、萋萋千里"，便是不隔；至"酒祓清愁，花消英气"，则隔矣。然南宋词虽不隔处，比之前人，自有浅深厚薄之别。

（四一）

"生年不满百，常怀千岁忧。昼短苦夜长，何不秉烛游？""服食求神仙，多为药所误。不如饮美酒，被服纨与素。"写情如此，方为不隔。"采菊东篱下，悠然见南山。山气日夕佳，飞鸟相与还。""天似穹庐，笼盖四野。天苍苍，野茫茫，风吹草低见牛羊。"写景如此，方为不隔。

（四二）

古今词人格调之高，无如白石。惜不于意境上用力，故觉无言外之味，弦外之响，终不能与于第一流之作者也。

（四三）

南宋词人，白石有格而无情，剑南有气而乏韵。其堪与北宋人颉颃者，唯一幼安耳。近人祖南宋而祧北宋，以南宋之词可学，北宋不可学也。学南宋者，不祖白石，则祖梦窗；以白石、梦窗可学，幼安不可学也。学幼安者，率祖其粗犷、滑稽；以其粗犷、滑稽处可学，佳处不可学也。幼安之佳处，在有性情、有境界。即以气象论，亦有"横素波、干青云"之概，宁后世龌龊小生所可拟耶？

（四四）

东坡之词旷，稼轩之词豪。无二人之胸襟而学其词，犹东施之效捧心也。

（四五）

读东坡、稼轩词，须观其雅量高致，有伯夷、柳下惠之风。

白石虽似蝉蜕尘埃，然终不免局促辕下。

（四六）

苏辛，词中之狂。白石犹不失为狷。若梦窗、梅溪、玉田、草窗、西麓辈，面目不同，同归于乡愿而已。

（四七）

稼轩《中秋饮酒达旦用天问体作木兰花慢以送月》曰："可怜今夕月，向何处，去悠悠？是别有人间，那边才见，光景东头。"词人想象，直悟月轮绕地之理，与科学家密合，可谓神悟。

（四八）

周介存谓："梅溪词中喜用'偷'字，足以定其品格。"刘融斋谓："周旨荡而史意贪。"此二语令人解颐。

（四九）

介存谓梦窗词之佳者，如"水光云影，摇荡绿波，抚玩无极，追寻已远"。余览《梦窗甲乙丙丁稿》中，实无足当此者。有之，其"隔江人在雨声中，晚风菰叶生秋怨"二语乎？

（五〇）

梦窗之词，余得取其词中之一语以评之，曰："映梦窗，零乱碧。"玉田之词，余得取其词中之一语以评之，曰："玉老田荒。"

（五一）

"明月照积雪""大江流日夜""中天悬明月""黄河落日圆"，此种境界，可谓千古壮观。求之于词，唯纳兰容若塞上之作，如《长相思》之"夜深千帐灯"，《如梦令》之"万帐穹庐人醉，星影摇摇欲坠"差近之。

（五二）

纳兰容若以自然之眼观物，以自然之舌言情。此由初入中原，未染汉人风气，故能真切如此。北宋以来，一人而已。

（五三）

陆放翁跋《花间集》，谓："唐季五代，诗愈卑，而倚声者辄简古可爱。能此不能彼，未易以理推也。"《提要》驳之，谓："犹能举七十斤者，举百斤则蹶，举五十斤则运掉自如。"其言甚辨。然谓词必易于诗，余未敢信。善乎陈卧子之言曰："宋人不知诗而强作诗，故终宋之世无诗。然其欢愉愁怨之致，动于中而不能抑者，类发于诗馀，故其所造独工。"五代词之所以独胜，亦以此也。

（五四）

四言敝而有楚辞，楚辞敝而有五言，五言敝而有七言，古诗敝而有律绝，律绝敝而有词。盖文体通行既久，染指遂多，自成习套。豪杰之士，亦难于其中自出新意，故遁而作他体，以自解脱。一切文体所以始盛中衰者，皆由于此。故谓文学后不如前，余未敢信，但就一体论，则此说固无以易也。

（五五）

诗之三百篇、十九首，词之五代、北宋，皆无题也。非无题也，诗词中之意，不能以题尽之也。自《花庵》《草堂》每调立题，并古人无题之词亦为之作题。如观一幅佳山水，而即曰此某山某河，可乎？诗有题而诗亡，词有题而词亡。然中材之士，鲜能知此而自振拔者矣。

（五六）

大家之作，其言情也必沁人心脾，其写景也必豁人耳目。其辞脱口而出，无矫揉装束之态。以其所见者真，所知者深也。诗词皆然。持此以衡古今之作者，可无大误矣。

（五七）

人能于诗词中不为美刺投赠之篇，不使隶事之句，不用粉饰之字，则于此道已过半矣。

（五八）

以《长恨歌》之壮采，而所隶之事，只"小玉""双成"四字，才有馀也。梅村歌行，则非隶事不办。白、吴优劣，即于此见。不独作诗为然，填词家亦不可不知也。

（五九）

近体诗体制，以五、七言绝句为最尊，律诗次之，排律最下。盖此体于寄兴言情，两无所当，殆有韵之骈体文耳。词中小令如绝句，长调似律诗，若长调之《百字令》《沁园春》等，则近于排律矣。

（六〇）

诗人对宇宙人生，须入乎其内，又须出乎其外。入乎其内，故能写之；出乎其外，故能观之。入乎其内，故有生气；出乎其外，故有高致。美成能入而不能出。白石以降，于此二事皆未梦见。

（六一）

诗人必有轻视外物之意，故能以奴仆命风月。又必有重视外物之意，故能与花鸟共忧乐。

（六二）

"昔为倡家女，今为荡子妇。荡子行不归，空床难独守。""何不策高足，先据要路津？无为守穷贱，轗轲长苦辛。"可谓淫鄙之尤。然无视为淫词、鄙词者，以其真也。五代、北宋之大词人亦然，非无淫词，读之者但觉其亲切动人。非无鄙词，但觉其精力弥满。可知淫词与鄙词之病，非淫与鄙之病，而游词之病也。"岂不尔思，室是远而。"而子曰："未之思也，夫何远之有？"恶其游也。

（六三）

"枯藤老树昏鸦，小桥流水平沙，古道西风瘦马。夕阳西下，断肠人在天涯。"此元人马东篱《天净沙》小令也。寥寥数语，深得唐人绝句妙境。有元一代词家，皆不能办此也。

（六四）

白仁甫《秋夜梧桐雨》剧，沈雄悲壮，为元曲冠冕。然所作

107

《天籁词》，粗浅之甚，不足为稼轩奴隶。岂创者易工，而因者难巧欤？抑人各有能有不能也？读者观欧、秦之诗远不如词，足透此中消息。

宣统庚戌九月，脱稿于京师宣武城南寓庐。国维记。

《人间词话》未刊稿

（一）

白石之词，余所最爱者亦仅二语，曰："淮南皓月冷千山，冥冥归去无人管。"

（二）

诗至唐中叶以后，殆为羔雁之具矣。故五代、北宋之诗，佳者绝少，而词则为其极盛时代。即诗词兼擅如永叔、少游者，亦词胜于诗远甚，以其写之于诗者，不若写之于词者之真也。至南宋以后，词亦为羔雁之具，而词亦替矣。此亦文学升降之一关键也。

（三）

曾纯甫中秋应制，作《壶中天慢》词。自注云："是夜西兴亦闻天乐。"谓宫中乐声闻于隔岸也。毛子晋谓："天神亦不以人废言。"近冯梦华复辨其诬。不解"天乐"二字文义，殊笑人也！

（四）

　　梅溪、梦窗、中仙、玉田、草窗、西麓诸家，词虽不同，然同失之肤浅。虽时代使然，亦其才分有限也。近人弃周鼎而宝康瓠，实难索解。

（五）

　　余填词不喜作长调，尤不喜用人韵。偶尔游戏，作《水龙吟》咏杨花，用质夫、东坡倡和韵，作《齐天乐》咏蟋蟀，用白石韵，皆有"与晋代兴"之意。余之所长殊不在是，世之君子宁以他词称我。

（六）

　　余友沈昕伯（纮）自巴黎寄余《蝶恋花》一阕云："帘外东风随燕到，春色东来，循我来时道。一霎围场生绿草，归迟却怨春来早。　　锦绣一城春水绕，庭院笙歌，行乐多年少。著意来开孤客抱，不知名字闲花鸟。"此词当在晏氏父子间，南宋人不能道也。

（七）

　　樊抗夫谓余词如《浣溪沙》之"天末同云"，《蝶恋花》之"昨夜梦中""百尺朱楼""春到临春"等阕，凿空而道，开词家未有之境。余自谓才不若古人，但于力争第一义处，古人亦不如我用意耳。

（八）

叔本华曰："抒情诗，少年之作也。叙事诗及戏曲，壮年之作也。"余谓：抒情诗，国民幼稚时代之作也。叙事诗，国民盛壮时代之作也。故曲则古不如今。元曲诚多天籁，然其思想之陋劣，布置之粗笨，千篇一律，令人喷饭。至本朝之《桃花扇》《长生殿》诸传奇，则进矣。词则今不如古。盖一则以布局为主，一则须伫兴而成故也。

（九）

北宋名家以方回为最次。其词如历下、新城之诗，非不华瞻，惜少真味。

（一〇）

散文易学而难工，骈文难学而易工。近体诗易学而难工，古体诗难学而易工。小令易学而难工，长调难学而易工。

（一一）

古诗云："谁能思不歌？谁能饥不食？"诗词者，物之不得其平而鸣者也。故"欢愉之辞难工，愁苦之言易巧"。

（一二）

社会上之习惯，杀许多之善人。文学上之习惯，杀许多之天才。

（一三）

词之为体，要眇宜修，能言诗之所不能言，而不能尽言诗之所能言。诗之境阔，词之言长。

（一四）

言气质，言神韵，不如言境界。境界为本也；气质、格律、神韵，末也。有境界，而三者随之矣。

（一五）

"西（当作'秋'）风吹渭水，落日（当作'叶'）满长安。"美成以之入词，白仁甫以之入曲。此借古人之境界为我之境界者也。然非自有境界，古人亦不为我用。

（一六）

词家多以景寓情。其专作情语而绝妙者，如牛峤之"甘（当作'须')作一生拼，尽君今日欢"，顾夐之"换我心为你心，始知相忆深"，欧阳修之"衣带渐宽终不悔，为伊消得人憔悴"，美成之"许多烦恼，只为当时，一饷留情"，此等词，古今曾不多见，余《乙稿》中颇于此方面有开拓之功。

（一七）

长调自以周、柳、苏、辛为最工。美成《浪淘沙慢》二词，精壮顿挫，已开北曲之先声。若屯田之《八声甘州》，玉局之《水调歌头》"中秋寄子由"，则仁兴之作，格高千古，不能以常词论也。

（一八）

稼轩《贺新郎》词"送茂嘉十二弟"，章法绝妙，且语语有境界，此能品而几于神者。然非有意为之，故后人不能学也。

（一九）

稼轩《贺新郎》词："柳暗凌波路，送春归猛风暴雨，一番新绿。"又《定风波》词："从此酒酣明月夜，耳热。""绿""热"二字皆作上去用，与韩玉《东浦词·贺新郎》以"玉""曲"叶"注""女"，《卜算子》以"夜""谢"叶"食"（当作"节"）、"月"，已开北曲四声通押之祖。

（二〇）

谭复堂《箧中词选》谓："蒋鹿潭《水云楼词》与成容若、项莲生，二百年间分鼎三足。"然《水云楼词》小令颇有境界，长调惟存气格。《忆云词》亦精实有馀，超逸不足，皆不足与容若比。然视皋文、止庵辈，则偶乎远矣。

（二一）

贺黄公裳《皱水轩词筌》云："张玉田《乐府指迷》，其调叶宫商、铺张藻绘抑亦可矣，至于风流蕴藉之事，真属茫茫，如啖官厨饭者，不知牲牢之外别有甘鲜也。"此语解颐。

（二二）

周保绪济《词辨》云："玉田近人所最尊奉，才情诣力亦不后诸人，终觉积谷作米、把缆放船，无开阔手段。"又云："叔夏所以不及前人处，只在字句上著功夫，不肯换意。""近人喜学玉田，亦为修饰字句易，换意难。"

（二三）

词家时代之说，盛于国初。竹垞谓："词至北宋而大，至南宋而深。"后此词人，群奉其说，然其中亦非无具眼者。周保绪曰："南宋下不犯北宋拙率之病，高不到北宋浑涵之诣。"又曰："北宋词多就景叙情，故珠圆玉润，四照玲珑。至稼轩、白石，一变而为即事叙景，使深者反浅，曲者反直。"潘四农德舆曰："词滥觞于唐，畅于五代，而意格之闳深曲挚则莫盛于北宋。词之有北宋，犹诗之有盛唐。至南宋则稍衰矣。"刘融斋熙载曰："北宋词用密亦疏，用隐亦亮，用沉亦快，用细亦阔，用精亦浑。南宋只是掉转过来。"可知此事自有公论。虽止庵词颇浅薄，潘、刘尤甚。然其推尊北宋，则与明季云间诸公，同一卓识也。

（二四）

唐五代、北宋之词，所谓"生香真色"。若云间诸公，则彩花耳。湘真且然，况其次也者乎？

（二五）

《衍波词》之佳者，颇似贺方回。虽不及容若，要在锡鬯、其年之上。

（二六）

近人词，如复堂词之深婉、彊村词之隐秀，皆在吾家半塘翁上。彊村学梦窗而情味较梦窗反胜。盖有临川、庐陵之高华，而济之以白石之疏越者。学人之词，斯为极则。然古人自然神妙处，尚未梦见。

（二七）

宋直方《蝶恋花》："新样罗衣浑弃却，犹寻旧日春衫著。"谭复堂《蝶恋花》："连理枝头侬与汝，千花百草从渠许。"可谓寄兴深微。

（二八）

《半塘丁稿》和冯正中《鹊踏枝》十阕，乃《鹜翁词》之最精者。"望远愁多休纵目"等阕，郁伊惝恍，令人不能为怀。《定稿》只存六阕，殊为未允也。

（二九）

固哉，皋文之为词也！飞卿《菩萨蛮》、永叔《蝶恋花》、子瞻《卜算子》，皆兴到之作，有何命意？皆被皋文深文罗织。阮亭《花草蒙拾》谓："坡公命宫磨蝎，生前为王珪、舒亶辈所苦，身后又硬受此差排。"由今观之，受差排者，独一坡公已耶？

（三○）

贺黄公谓："姜论史词，不称其'软语商量'，而称（当作

'赏')其'柳昏花暝',固知不免项羽学兵法之恨。"然"柳昏花暝"自是欧、秦辈吐属,后句为胜。吾从白石,不能附和黄公矣。

（三一）

"池塘春草谢家春,万古千秋五字新。传语闭门陈正字,可怜无补费精神。"此遗山《论诗绝句》也。美成、白石、梦窗、玉田辈当不乐闻此语。

（三二）

朱子《清邃阁论诗》谓:"古人有句,今人诗更无句,只是一直说将去。这般一日作百首也得。"余谓北宋之词有句,南宋以后便无句。如玉田、草窗之词,所谓"一日作百首也得"者也。

（三三）

朱子谓:"梅圣俞诗,不是平淡,乃是枯槁。"余谓草窗、玉田之词亦然。

（三四）

"自怜诗酒瘦,难应接、许多春色。""能几番游?看花又是明年。"此等语亦算警句耶?乃值如许费力。

（三五）

文文山词，风骨甚高，亦有境界。远在圣与、叔夏、公谨诸公之上。亦如明初诚意伯词，非季迪、孟载诸人所敢望也。

（三六）

宋《李希声诗话》曰："唐（当作'古'）人作诗，正以风调高古为主，虽意远语疏，皆为佳作。后人有切近的当、气格凡下者，终使人可憎。"余谓北宋词亦不妨疏远，若梅溪以降，正所谓"切近的当、气格凡下"者也。

（三七）

自竹垞痛贬《草堂诗馀》而推《绝妙好词》，后人群附和之。不知《草堂》虽有褻浑之作，然佳词恒得十之六七。《绝妙好词》则除张、范、辛、刘诸家外，十之八九皆极无聊赖之词。甚矣，人之贵耳贱目也。

（三八）

《提要》载："《古今词话》六卷，国朝沈雄纂。雄，字偶僧，吴江人。是编所述，上起于唐，下迄康熙中年。"然维见明嘉靖

前合口本《笺注草堂诗馀》林外《洞仙歌》下引《古今词话》
云："此词乃近时林外题于吴江垂虹亭。"（明刻《类编草堂诗馀》
亦同）案：升庵《词品》云："林外，字岂尘。有《洞仙歌》书
于垂虹亭畔，作道装，不告姓名，饮醉而去，人疑为吕洞宾。传
入宫中，孝宗笑曰：'"云崖洞天无锁"。"锁"与"老"叶均，
则"锁"音"扫"，乃闽音也。'侦问之，果闽人林外也。"《齐东
野语》所载亦略同。则《古今词话》宋时固有此书，岂雄窃此书
而复益以近代事欤？又《季沧苇书目》载《古今词话》十卷，而
沈雄所纂只六卷，益证其非一书矣。

（三九）

"君王枉（当作'忍'）把平陈业，换得（当作'只换'）雷
塘数亩田。"政治家之言也。"长陵亦是闲丘陇，异日谁知与仲
多？"诗人之言也。政治家之眼，域于一人一事。诗人之眼，则
通古今而观之。词人观物，须用诗人之眼，不可用政治家之眼。
故感事、怀古等作，当与寿词同为词家所禁也。

（四〇）

宋人小说，多不足信。如《雪舟脞语》谓：台州知府唐仲
友眷官伎严蕊奴，朱晦庵系治之。及晦庵移去，提刑岳霖行部至
台，蕊乞自便。岳问曰："去将安归？"蕊赋《卜算子》词云"住
也如何住"云云。案：此词系仲友戚高宣教作，使蕊歌以侑觞

者，见朱子《纠唐仲友奏牍》。则《齐东野语》所纪朱、唐公案，恐亦未可信也。

（四一）

唐五代之词，有句而无篇。南宋名家之词，有篇而无句。有篇有句，唯李后主降宋后之作，及永叔、子瞻、少游、美成、稼轩数人而已。

（四二）

唐五代、北宋之词家，倡优也；南宋后之词家，俗子也。二者其失相等。然词人之词，宁失之倡优，不失之俗子。以俗子之可厌，较倡优为甚故也。

（四三）

《蝶恋花》"独倚危楼"一阕，见《六一词》，亦见《乐章集》。余谓：屯田，轻薄子，只能道"奶奶兰心蕙性"耳。"衣带渐宽终不悔，为伊消得人憔悴"，此等语，固非欧公不能道也。

（四四）

读《会真记》者，恶张生之薄幸而恕其奸非。读《水浒传》

者，恕宋江之横暴而责其深险。此人人之所同也。故艳词可作，唯
万不可作倡薄语。龚定庵诗云："偶赋凌云偶倦飞，偶然闲慕遂初
衣。偶逢锦瑟佳人问，便说寻春为汝归。"其人凉薄无行，跃然纸墨
间。余辈读耆卿、伯可词，亦有此感。视永叔、希文小词何如耶？

（四五）

词人之忠实，不独对人事宜然，即对一草一木，亦须有忠实
之意，否则所谓游词也。

（四六）

读《花间》《尊前集》，令人回想徐陵《玉台新咏》；读《草
堂诗馀》，令人回想韦縠《才调集》；读朱竹垞《词综》，张皋
文、董子远《词选》，令人回想沈德潜《三朝诗别裁集》。

（四七）

明季国初诸老之论词，大似袁简斋之论诗，其失也，纤小而
轻薄。竹垞以降之论词者，大似沈归愚，其失也，枯槁而庸陋。

（四八）

东坡之旷在神，白石之旷在貌。白石如王衍口不言阿堵物，

而暗中为营三窟之计，此其所以可鄙也。

（四九）

"纷吾既有此内美兮，又重之以修能。"文学之事，于此二者不可缺一。然词乃抒情之作，故尤重内美。无内美而但有修能，则白石耳。

（五〇）

诗人视一切外物，皆游戏之材料也。然其游戏，则以热心为之。故诙谐与严重二性质，亦不可缺一也。

《人间词话》删稿

（一）

双声、叠韵之论盛于六朝，唐人犹多用之，至宋以后则渐不讲，并不知二者为何物。乾嘉间，吾乡周松霭先生（春）著《杜诗双声叠韵谱括略》，正千馀年之误，可谓有功文苑者矣。其言曰："两字同母，谓之双声，两字同韵，谓之叠韵。"余按：用今日各国文法通用之语表之，则两字同一子音者谓之双声。（如《南史·羊玄保传》之"官家恨狭，更广八分"，官、家、更、广四字，皆从 k 得声。《洛阳伽蓝记》之"狞奴慢骂"，狞、奴二字皆从 n 得声，慢、骂二字皆从 m 得声是也。）两字同一母音者，谓之叠韵。（如梁武帝之"后牖有朽柳"，后、牖、有三字，双声而兼叠韵，有、朽、柳三字，其母音皆为 u。刘孝绰之"梁皇长康强"，梁、长、强三字，其母音皆为 ang 也。）自李淑《诗苑》伪造沈约之说，以双声、叠韵为诗中八病之二，后世诗家多废而不讲，亦不复用之于词。余谓苟于词之荡漾处用叠韵，促节处用双声，则其铿锵可诵必有过于前人者。惜世之专讲音律者，尚未悟此也。

（二）

昔人但知双声之不拘四声，不知叠韵亦不拘平、上、去三声。凡字之同母音者，虽平仄有殊，皆叠韵也。

（三）

昔人论诗词，有景语、情语之别，不知一切景语皆情语也。

（四）

"岂不尔思，室是远而。"孔子讥之。故知孔门而用词，则牛峤之"甘（当作'须'）作一生拼，尽君今日欢"等作，必不在见删之数。

（五）

"暮雨潇潇郎不归"，当是古词，未必即白傅所作。故白诗云："吴娘夜（当作'暮'）雨潇潇曲，自别苏州（当作'江南'）更不闻"也。

（六）

和凝《长命女》词："天欲晓，宫漏穿花声缭绕，窗里星光少。冷霞寒侵帐额，残月光沈树杪。梦断锦闱空悄悄，强起愁眉小。"此词前半，不减夏英公《喜迁莺》也。此词见《乐府雅词》，《历代诗余》选之。

（七）

《提要》："王明清《挥麈录》载曾布所作《冯燕歌》，已成套数，与词律殊途。"

毛西河《词话》谓："赵德麟令畤作《商调鼓子词》谱《西厢传奇》，为杂剧之祖。"然《乐府雅词》卷首所载秦少游、晁补之、郑彦能（名仅）《调笑转踏》首有"致语"，末有"放队"，每调之前有口号诗，甚似曲本体例。无名氏《九张机》亦然。至董颖《道宫薄媚》大曲咏西子事，凡十只曲，皆平仄通押，竟是套曲，此可与《弦索西厢》同为曲家之荜路。曾氏置诸《雅词》卷首，所以别之于词也。颖字仲达，绍兴初人，从汪彦章、徐师川游。彦章为作《字说》，见《书录解题》。

（八）

宋人遇令节、朝贺、宴会、落成等事，有"致语"一种，亦谓之"乐语"，亦谓之"念语"。宋人如宋子京、欧阳永叔、苏子瞻、陈师道、文宋瑞集中皆有之。《啸余谱》列之于词曲之间。其式：先"教坊致语"（四六文），次"口号"（诗），次"勾合曲"（四六文），次"勾小儿队"（四六文），次"队名"（诗二句），次"问小儿""小儿致语"，次"勾杂剧"（皆四六文），次"放队"（或诗或四六文）。若有女弟子队，则勾女弟子队如前。其所歌之词曲与所演之剧，则自伶人定之。少游、补之之《调笑》乃并为之作词。元人杂剧乃以曲代之。曲中楔子、科白、上下场诗，犹是致语、口号、勾队、放队之遗也，此程明善《啸余谱》所以列"致语"于词曲之间者也。

（九）

明顾梧芳刻《尊前集》二卷，自为之引，并云："明嘉禾顾梧芳编次。"毛子晋《词苑英华》疑为梧芳所辑。朱竹垞跋称，吴下得吴宽手钞本，取顾本勘之，靡有不同，因定为宋初人编辑。《提要》两存其说。案《古今词话》云："赵崇祚《花间集》载温飞卿《菩萨蛮》甚多，合之吕鹏《尊前集》，不下二十阕。"今考顾刻所载飞卿《菩萨蛮》五首，除"咏泪"一首外，皆《花间》所有，知顾刻虽非自编，亦非复吕鹏所编之旧矣。《提要》又云："张炎《乐府指迷》虽云唐人有《尊前》《花间集》，然《乐府指迷》真出张炎与否，盖未可定。陈振孙《书录解题》'歌词类'以《花间集》为首，注曰：此近世倚声填词之祖，而无《尊前集》之名。不应张炎见之，而陈振孙不见。"然《书录解题·阳春集》条下，引高邮崔公度语曰："《尊前》《花间》往往谬其姓氏。"公度，元祐间人，《宋史》有传。则北宋固有此书，则此书不过直斋未见耳。

又案：黄昇《花庵词选》李白《清平乐》下注云："翰林应制。"又云："案：唐吕鹏《遏云集》载应制词四首，以后二首无清逸气韵，疑非太白所作。"云云。今《尊前集》所载太白《清

平乐》有五首，岂《尊前集》一名《遏云集》，而四首、五首
之不同，乃花庵所见之本略异欤？又，欧阳炯《花间集序》谓：
"明皇朝有李太白应制《清平乐》四首。"则唐末时只有四首，岂
末一首为梧芳所羼入，非吕鹏之旧欤？

（一〇）

楚辞之体，非屈子所创也，《沧浪》《凤兮》之歌已与《三百
篇》异，然至屈子而最工。五、七律始于齐、梁而盛于唐，词源
于唐而大成于北宋。故最工之文学，非徒善创，亦且善因。

（一一）

《沧浪》《凤兮》二歌，已开《楚辞》体格。然《楚辞》之最
工者，推屈原、宋玉，而后此王褒、刘向之词不与焉。五古之最
工者，实推阮嗣宗、左太冲、郭景纯、陶渊明，而前此曹、刘，
后此陈子昂、李太白不与焉。词之最工者，实推后主、正中、永
叔、少游、美成，而前此温、韦，后此姜、吴，皆不与焉。

（一二）

金郎甫作《〈词选〉后序》，分词为淫词、鄙词、游词三种，
词之弊，尽是矣。五代、北宋之词，其失也淫；辛、刘之词，其
失也鄙；姜、张之词，其失也游。

《人间词话》附录

（一）

蕙风词小令似叔原，长调亦在清真、梅溪间，而沈痛过之。彊村虽富丽精工，犹逊其真挚也。天以百凶成就一词人，果何为哉！

赵万里录自《蕙风琴趣》评语

（二）

蕙风《洞仙歌》（秋日游某氏园）及《苏武慢》（寒夜闻角）二阕，境似清真，集中他作，不能过之。

赵万里录自《蕙风琴趣》评语

（三）

彊村词，余最赏其《浣溪沙》"独鸟冲波去意闲"二阕，笔力峭拔，非他词可能过之。

赵万里自《丙寅日记》所记先生论学语中摘出

（四）

　　蕙风"听歌"诸作，自以《满路花》为最佳。至《题香南雅集图》诸词，殊觉泛泛，无一言道著。

赵万里自《丙寅日记》所记先生论学语中摘出

（五）

　　（皇甫松）词，黄叔旸称其《摘得新》二首，为有达观之见。余谓不若《忆江南》二阕，情味深长，在乐天、梦得上也。

自此条至第十三条皆录自王国维自辑本《唐五代二十一家词辑》

（六）

　　端己词情深语秀，虽规模不及后主、正中，要在飞卿之上。观昔人颜、谢优劣论可知矣。

（七）

（毛文锡）词比牛、薛诸人殊为不及。叶梦得谓："文锡词以质直为情致，殊不知流于率露。诸人评庸陋词者，必曰此仿毛文锡之《赞成功》而不及者。"其言是也。

（八）

（魏承班）词逊于薛昭蕴、牛峤，而高于毛文锡，然皆不如王衍。五代词以帝王为最工，岂不以无意于求工欤？

（九）

（顾）夐词在牛给事、毛司徒间。《浣溪沙》"春色迷人"一阕，亦见《阳春录》。与《河传》《诉衷情》数阕，当为夐最佳之作矣。

（一○）

（毛熙震），周密《齐东野语》称其词"新警而不为儇薄"。余尤爱其《后庭花》，不独意胜，即以调论，亦有隽上清越之致，视文锡蔑如也。

（一一）

（阎选）词唯《临江仙》第二首有轩鼐之意，余尚未足与作者也。

（一二）

昔沈文悫深赏（张）泌"绿杨花扑一溪烟"为晚唐名句。然其词如"露浓香泛小庭花"，较前语似更幽艳。

（一三）

（孙光宪词），昔黄玉林赏其"一庭花（当作'疏'）雨湿春愁"为古今佳句。余以为不若"片帆烟际闪孤光"尤有境界也。

（一四）

（周清真）先生于诗文无所不工，然尚未尽脱古人蹊径。平生著述，自以乐府为第一。词人甲乙，宋人早有定论，惟张叔夏病其意趣不高远。然北宋人如欧、苏、秦、黄，高则高矣，至精工博大，殊不逮先生。故以宋词比唐诗，则东坡似太白，欧、秦似摩诘，耆卿似乐天，方回、叔原则大历十子之流，南宋惟一稼轩可比昌黎。而词中老杜，则非先生不可。昔人以耆卿比少陵，犹为未当也。

录自《清真先生遗事·尚论三》

（一五）

（清真）先生之词，陈直斋谓其多用唐人诗句檃栝入律，浑然天成。张玉田谓其善于融化诗句。然此不过一端，不如强焕云："模写物态，曲尽其妙。"为知言也。

录自《清真先生遗事·尚论三》

（一六）

山谷云："天下清景，不择贤愚而与之，然吾特疑端为我辈设。"诚哉是言。抑岂独清景而已，一切境界，无不为诗人设，世无诗人，即无此种境界。夫境界之呈于吾心而见于外物者，皆须臾之物，惟诗人能以此须臾之物，镌诸不朽之文字，使读者自得之；遂觉诗人之言，字字为我心中所欲言，而又非我之所能自言，此大诗人之秘妙也。境界有二：有诗人之境界，有常人之境界。诗人之境界，惟诗人能感之而能写之，故读其诗者亦高举远慕，有遗世之意。而亦有得有不得，且得之者亦各有深浅焉。若夫悲欢离合、羁旅行役之感，常人皆能感之，而惟诗人能写之。故其入于人者至深，而行于世也尤广。先生（清真）之词，属于第二种为多，故宋时别本之多，他无与匹。又和者三家，注者二家（强焕本亦有注，见毛跋）。自士大夫以至妇人女子，莫不知有清真，而种种无稽之言，亦由此以起。然非入人之深，乌能如是耶？

录自《清真先生遗事·尚论三》

（一七）

楼忠简谓先生（清真）妙解音律，惟王晦叔《碧鸡漫志》谓："江南某氏者，解音律，时时度曲。周美成与有瓜葛。每得一解，即为制词。故周集中多新声。"则集中新曲，非尽自度。然顾曲名堂，不能自已，固非不知音者。故先生之词，文字之外，须兼味其音律。惟词中所注宫调，不出教坊十八调之外，则其音非大晟乐府之新声，而为隋、唐以来之燕乐，固可知也。今其声虽亡，读其词者，犹觉拗怒之中，自饶和婉。曼声促节，繁会相宣；清浊抑扬，辘轳交往。两宋之间，一人而已。

录自《清真先生遗事·尚论三》

（一八）

伪词最多，强焕本所增，强半皆是。如《片玉词》上《青玉案》"良夜灯光簇如豆"一阕，乃改山谷《忆帝京》词为之者，决非先生作。

录自《清真先生遗事·尚论三》

（一九）

（《云谣集杂曲子》)《天仙子》词，特深峭隐秀，堪与飞卿、端己抗行。

录自《观堂集林·唐写本云谣集杂曲子跋》

（二〇）

有明一代，乐府道衰，《写情》《扣舷》，尚有宋、元遗响，仁、宣以后，兹事几绝。独文愍（夏言）以魁硕之才，起而振之，豪壮典丽，与于湖、剑南为近。

录自《观堂外集·庚辛之间读书记·桂翁词跋》

（二一）

欧公《蝶恋花》"面旋落花"云云，字字沈响，殊不可及。

陈乃乾录自王国维旧藏《六一词》眉间批语

（二二）

温飞卿《菩萨蛮》"雨后却斜阳，杏花零落香"，少游之"雨余芳草斜阳，杏花零落（当作'乱'）燕泥香"，虽自此脱胎，而实有出蓝之妙。

陈乃乾录自王国维旧藏《词辨》眉间批语

（二三）

白石尚有骨，玉田则一乞人耳。

陈乃乾录自王国维旧藏《词辨》眉间批语

（二四）

美成词多作态，故不是大家气象。若同叔、永叔，虽不作态，而"一笑百媚生"矣。此天才与人力之别也。

陈乃乾录自王国维旧藏《词辨》眉间批语

（二五）

周介存谓："白石以诗法入词，门径浅狭，如孙过庭书，但便后人模仿。"予谓近人所以崇拜玉田，亦由于此。

陈乃乾录自王国维旧藏《词辨》眉间批语

（二六）

予于词，五代喜李后主、冯正中，而不喜《花间》。宋喜同叔、永叔、子瞻、少游，而不喜美成。南宋只爱稼轩一人，而最恶梦窗、玉田。介存《词辨》所选词，颇多不当人意，而其论词则多独到之语。始知天下固有具眼人，非予一人之私见也。

陈乃乾录自王国维旧藏《词辨》眉间批语

（二七）

（朱希真）《满路花·风情》无限风情，令人玩索。

陈鸿祥从王国维旧藏《草堂诗馀》眉批录出

（二八）

朱竹垞《蝶恋花·重游晋祠题壁》，其"天涯芳草"二句，南宋后即不多见，无论近人。

罗振常录自王国维旧藏《箧中词》批语

（二九）

　　王君静安将刊其所为《人间词》，诒书告余曰："知我词者莫如子，叙之亦莫如子宜。"余与君处十年矣，比年以来，君颇以词自娱。余虽不能词，然喜读词，每夜漏始下，一灯荧然，玩古人之作，未尝不与君共。君成一阕，易一字，未尝不以讯余。既而睽离，苟有所作，未尝不邮以示余也。然则余于君之词，又乌可以无言乎？夫自南宋以后，斯道之不振久矣。元、明及国初诸老，非无警句也，然不免乎局促者，气困于雕琢也。嘉、道以后之词，非不谐美也，然无救于浅薄者，意竭于摹拟也。君之于词，于五代喜李后主、冯中正，于北宋喜永叔、子瞻、少游、美成，于南宋除稼轩、白石外，所嗜盖鲜矣。尤痛诋梦窗、玉田，谓梦窗砌字，玉田垒句，一雕琢，一敷衍，其病不同，而同归于浅薄。六百年来词之不振，实自此始。其持论如此。及读君自所为词，则诚往复幽咽，动摇人心，快而沉，直而能曲。不屑屑于言词之末，而名句间出，殆往往度越前人。至其言近而指远，意决而辞婉，自永叔以后，殆未有工如君者也。君始为词时，亦不自意其至此，而卒至此者，天也，非人之所能为也。若夫观物之微，托兴之深，则又君诗词之特色，求之古代作者，罕有伦比。呜呼！不胜古人，不足以与古人并，君其知之矣。世有疑余言者乎，则何不取古人之词与君词比类而观之也？光绪丙午三月，山阴樊志厚叙。

录自《海宁王静安先生遗书·苕华词》

（三十）

去岁夏，王君静安集其所为词，得六十余阕，名曰《人间词甲稿》，余既叙而行之矣。今冬，复汇所作词为《乙稿》，丐余为之叙。余其敢辞，乃称曰：文学之事，其内足以摅己而外足以感人者，意与境二者而已。上焉者意与境浑，其次或以境胜，或以意胜，苟缺其一，不足以言文学。原夫文学之所以有意境者，以其能观也。出于观我者，意余于境；而出于观物者，境多于意。然非物无以见我，而观我之时，又自有我在。故二者常互相错综，能有所偏重，而不能有所偏废也。文学之工不工，亦视其意境之有无与其深浅而已。自夫人不能观古人之所观，而徒学古人之所作，于是始有伪文学。学者便之，相尚以辞，相习以模拟，遂不复知意境之为何物，岂不悲哉！苟持此以观古今人之词，则其得失，可得而言焉。温、韦之精艳，所以不如正中者，意境有深浅也。珠玉所以逊六一，小山所以愧淮海者，意境异也。美成晚出，始以辞采擅长，然终不失为北宋人之词者，有意境也。南宋词人之有意境者，唯一稼轩，然亦若不欲以意境胜。白石之词，气体雅健耳，至于意境，则去北宋人远甚。及梦窗、玉田出，并不求诸气体，而惟文字之是务，于是词之道熄矣。自元迄明，益以不振。至于国朝，而纳兰侍卫以天赋之才，崛起于方兴之族，其所为词，悲凉顽艳，独有得于意境之深，可谓豪杰之士奋乎百世之下者矣。同时朱、陈，既非劲敌；后世项、蒋，尤难鼎足。至乾、嘉以降，审乎体格韵律之间者愈微，而意味之溢于字句之表者愈浅。岂非拘泥文字，而不求诸意境之失欤？抑观我观物之事自有天在，固难期诸流俗欤？余与静安，均夙持此论。静安之为词，真能以意境胜，夫古今词人以意胜者，莫若欧阳公；以境胜者，莫若秦少游；至意、境两浑，则惟太白、后主、正中数人足以当之。静安之词，大抵意深于欧，而境次于秦。至其合作，如《甲稿·浣溪沙》之"天末同云"、《蝶恋花》之"昨夜梦中"，《乙稿·蝶恋花》之"百尺朱楼"等阕，皆意境两忘，物我一体；高蹈乎八荒之表，而抗心乎千秋之间；骎骎乎两汉之疆域，广于三代、贞观之政治，隆于武德矣。方之侍卫，岂徒伯仲。此固君所得于天者独深，抑岂非致力于意境之效也。至君词之体裁，亦与五代、北宋为近，然君词之所以为五代、北宋之词者，以其有意境在。若以其体裁故，而至遽指为五代、北宋，此又君之不任受，固当与梦窗、玉田之徒，专事摹拟者，同类而笑之也。光绪三十三年十月，山阴樊志厚叙。

录自《海宁王静安先生遗书·茗华词》

人间词甲稿

如梦令

点滴空阶疏雨。迢递严城更鼓。睡浅梦初成，又被东风吹去。无据。无据。斜汉垂垂欲曙。

浣溪沙

路转峰回出画塘。一山枫叶背残阳。看来浑不似秋光。　　隔座听歌人似玉。六街归骑月如霜。客中行乐只寻常。

临江仙

过眼韶华何处也？萧萧又是秋声！极天衰草暮云平。斜阳漏处，一塔枕孤城。　　独立荒寒谁语？蓦回头、宫阙峥嵘。红墙隔雾未分明。依依残照，独拥最高层。

浣溪沙

草偃云低渐合围。雕弓声急马如飞。笑呼从骑载禽归。　　万事不如身手好，一生须惜少年时。那能白首下书帷。

又

霜落千林木叶丹。远山如在有无间。经秋何事亦屠颜。　　且向田家拼泥饮，聊从卜肆憩征鞍。只应游戏在尘寰。

好事近

夜起倚危楼，楼角玉绳低亚。唯有月明霜冷，浸万家鸳瓦。人间何苦又悲秋，正是伤春罢。却向春风亭畔，数梧桐叶下。

又

愁展翠罗衾，半是余温半泪。不辨坠欢新恨，是人间滋味。几年相守郁金堂，草草浑闲事。独向西风林下，望红尘一骑。

采桑子

高城鼓动兰钲地，睡也还醒。醉也还醒。忽听孤鸿三两声。人生只似风前絮，欢也零星。悲也零星。都作连江点点萍。

西　河

垂柳里。兰舟当日曾系。千帆过尽，只伊人、不随书至。怪渠道著我侬心，一般思妇游子。　　昨宵梦，分明记。几回飞渡烟水。西风吹断，伴灯花、摇摇欲坠。宵深待到凤凰山，声声啼鸠催起。　　锦书宛在怀袖底。人迢迢、紫塞千里。算是不曾相忆。倘有情、早合归来，休寄一纸无聊相思字。

摸鱼儿　秋柳

问断肠、江南江北。年时如许春色。碧阑干外无边柳，舞落迟迟红日。沙岸^①直。又道是、连朝寒雨送行客。烟笼数驿。剩今日天涯，衰条折尽，月落晓风急。　　金城路，多少人间行役。当年风度曾识。北征司马今头白，唯有攀条沾臆。君莫折^②。君不见、舞衣寸寸填沟洫。细腰谁惜？算只有多情，昏鸦点点，攒向断枝立。

蝶恋花

谁道江南^③秋已尽。衰柳毵毵，尚弄鹅黄影。落日疏林光炯炯。不辞立尽西楼暝。　　万点栖鸦浑未定。潋滟金波，又幂青松顶。何处江南无此景。只愁没个闲人领。

鹧鸪天

列炬归来酒未醒。六街人静马蹄轻。月中薄雾漫漫白，桥外

---

① "沙岸"一作"长堤"。

② "君莫折"一作"都狼藉"。

③ "江南"一作"人间"。

渔灯点点青。　　从醉里，忆平生。可怜心事太峥嵘。更堪此夜
西楼梦，摘得星辰满袖行。

点绛唇

　　万顷蓬壶，梦中昨夜扁舟去。萦回岛屿。中有舟行路。　　波
上楼台，波底层层俯。何人住。断崖如锯。不见停桡处。

又

　　高峡流云，人随飞鸟穿云去。数峰著雨。相对青无语。　　岭
上金光，岭下苍烟沍。人间曙。疏林平楚。历历来时路。

踏莎行

　　绝顶无云，昨宵有雨。我来此地闻天语。疏钟暝直乱峰回，
孤僧晓度寒溪去。　　是处青山，前生俦侣。招邀尽入闲庭户。
朝朝含笑复含颦，人间相媚争如许。

清平乐

　　樱桃花底。相见颓云髻。的的银釭^① 无限意。消得和衣浓

---

①　"釭"一作"钉"。

睡。　　当时草草西窗。都成别后思量。料得^① 天涯异日，应^②
思今夜凄凉。

浣溪沙

月底栖雅当叶看，推窗跕跕坠枝间。霜高风定独凭栏。　　觅
句心肝终复在，掩书涕泪苦无端。^③ 可怜衣带为谁宽？

青玉案

姑苏台上乌啼曙。剩霸业，今如许。醉后不堪仍吊古。月中
杨柳，水边楼阁，犹自教歌舞。　　野花开遍真娘墓。绝代红颜
委朝露。算是人生赢得处。千秋诗料，一抔黄土，十里寒螀语。

满庭芳

水抱孤城，雪开远戍，垂柳点点栖鸦。晚潮初落，残日漾平
沙。白鸟悠悠自去，汀州外、无限蒹葭。西风起、飞花如雪，冉
冉去帆斜。　　天涯。还忆旧，香尘随马，明月窥车。渐秋风镜
里，暗换年华。纵使长条无恙，重来处、攀折堪嗟。人何许，朱

---

①　"料得"一作"遮莫"。
②　"应"一作"转"。
③　两句一作"为制新词髭尽断，偶听悲剧泪无端"。

楼一角，寂寞倚残霞。

蝶恋花

阅尽天涯离别苦。不道归来，零落花如许。花底相看无一语。绿窗春与天俱莫。　　待把相思灯下诉。一缕新欢，旧恨千千缕。最是人间留不住。朱颜辞镜花辞树。

玉楼春

今年花事垂垂过。明岁开应更嚲？看花终古少年多，只恐少年非属我。　　劝君莫厌尊罍大。醉倒且拚花底卧。君看今日树头花，不是去年枝上朵。

阮郎归

女贞花白草迷离。江南梅雨时。阴阴帘幕万家垂。穿帘双燕飞。朱阁外，碧窗西。行人一舸归。清溪转处柳阴底。① 当窗人画眉。

浣溪沙

天末同云黯四垂。失行孤雁逆风飞。江湖寥落尔安归？　　陌

---

① "底"一作"低"。

上金丸看落羽，闺中素手试调醯。[1] 今朝[2] 欢宴胜平时。

又

山寺微茫背夕曛。鸟飞不到半山昏。上方孤磬定行云。　　试上高峰窥皓月，偶开天眼觑红尘。可怜身是眼中人。

青玉案

江南秋色垂垂暮。算幽事，浑无数。日日沧浪亭畔路。西风林下，夕阳水际，独自寻诗去。　　可怜愁与闲俱赴。待把尘劳截愁住。灯影幢幢天欲曙。闲中心事，忙中情味，并入西楼雨。

浣溪沙

昨夜新看北固山。今朝又上广陵船。金焦在眼苦难攀。　　猛雨自随汀雁落，湿云常与暮鸦寒。人天相对作愁颜。

鹊桥仙

沉沉戍鼓，萧萧厩马，起视霜华满地。猛然记得别伊时，正

---

①　两句一作"陌上挟丸公子笑，座中调醯丽人嬉"。

②　"朝"一作"宵"。

今夕邮亭天气。　　北征车辙，南征归梦，知是调停无计。人间
事事不堪凭，但除却无凭两字。

又

绣衾初展，银钉旋剔，不尽灯前欢语。人间岁岁似今宵，便
胜却貂蝉无数。　　霎时送远，经年怨别，镜里朱颜难驻。封侯
觅得也寻常，何况是封侯无据！

减字木兰花

皋兰被径。月底栏干闲独凭。修竹娟娟。风里时闻响佩环。
蓦然深省。起踏中庭千个影。依尽人间。一梦钧天只惘然。

鹧鸪天

阁道风飘五丈旗。层楼突兀与云齐。空余明月连钱列，不照
红葩倒井披。　　频摸索，且攀跻。千门万户是耶非？人间总是
堪疑处，惟有兹疑不可疑。

浣溪沙

夜永衾寒梦不成。当轩减尽半天星。带霜宫阙日初升。　　客
里欢娱和睡减，年来哀乐与词增。更缘何物遣孤灯？

又

画舫离筵乐^①未停。潇潇暮雨阖间城。那堪还向曲中听。　　只恨当时形影密，不关今日^②别离轻。梦回酒醒忆平生。

又

才过苕溪又霅溪。短松疏竹媚朝辉。去年此际远人归。　　烧后更无千里草，雾中不隔万家鸡。风光浑异去年时。

贺新郎

月落飞乌鹊。更声声、暗催残岁，城头寒柝。曾记年时游冶处，偏反一栏红药。和士女、盈盈欢谑。眼底春光何处也？只极天、野烧明山郭。侧身望，天地窄。　　遣愁何计频商略。恨今宵、书城空拥，愁城难落。陋室风多青灯地，中有千秋魂魄。似诉尽、人间纷浊。七尺微躯百年里，那能消、今古闲哀乐。与蝴蝶，遽然觉。

人月圆　梅

天公应自嫌寥落，随意著幽花。月中霜里，数枝临水，水底

---

① "乐"一作"手"。
② "日"一作"朝"。

横斜。　　萧然四顾，疏林远①渚，寂寞天涯。一声鹤唳，殷勤唤起，大地清华。

卜算子　水仙

罗袜悄无尘，金屋浑难贮。月底溪边一晌看，便恐凌波去。独自惜幽芳，不敢矜迟莫。却笑孤山万树梅，狼藉花如许。

八声甘州

直青山缺处是孤城②，倒悬③浸明湖。森千帆影里④，参差宫阙，风展旌旐。向晚棹声渐急⑤，萧瑟杂菰蒲。列炬⑥严城去，灯火千衢。　　不道繁华如许，又万家爆竹，隔院笙竽。叹沈沈人海，不与慰羁孤！剩终朝、襟裾相对，纵委蛇、人已厌狂疏。呼灯且觅朱家去，痛饮屠苏。

浣溪沙

曾识卢家玳瑁梁。觅巢新燕屡回翔。不堪重问郁金堂。　　今

---

① 　"远"一作"绕"。

② 　"是孤城"一作"倚东南"。

③ 　"倒悬"一作"万堞"。

④ 　此句一作"看片帆指处"。

⑤ 　此句一作"向晚橹声渐数"。

⑥ 　"列炬"一作"一骑"。

雨相看非旧雨，故乡罕乐况他乡。人间何地著疏狂。

踏莎行　元夕

　　绰约衣裳，凄迷香麝。华灯素面光交射。天公倍放月婵娟，人间解与春游冶。　　乌鹊无声，鱼龙不夜。九衢忙杀闲车马。归来落月挂西窗，邻鸡四起兰钰爇。

蝶恋花

　　急景流年真一箭。残雪声中，省识东风面。风里垂杨千万线，昨宵染就鹅黄浅。　　又是廉纤春雨暗。倚遍危楼，高处人难见。已恨平芜随雁远，暝烟更界平芜断。

又

　　窣地重帘围画省。帘外红墙，高与银河①并。开尽隔墙桃与杏。人间望眼何由骋。　　举首忽惊明月冷。月里依稀，认得山河影。问取常娥②浑未肯。相携素手层城③顶。

---

① “银河”一作“青天”。
② “常娥”一作“嫦娥”。
③ “层城”一作“阆风”。

又

独向沧浪亭外路。六曲栏干，曲曲垂杨树。展尽鹅黄千万缕。月中并作蒙蒙雾。　　一片流云无觅处。云里疏星，不共云流去。闭置小窗真自误。人间夜色还如许。

浣溪沙

舟逐清溪弯复弯。垂杨开处见青山。髟髟绿发覆烟鬟。　　夹岸莺花迟日里，归船箫鼓夕阳间。一生难得是春闲。

临江仙

闻说金微郎戍处，昨宵梦向金微。不知今又过辽西。千屯沙上暗，万骑月中嘶。　　郎似梅花侬似叶，揭来手抚空枝。可怜开谢不同时。漫言花落早，只是叶生迟。

南歌子

又是乌西匿，初看雁北翔。好与报檀郎。春来宵渐短，莫思量！

荷叶杯　戏效花间体

手把金尊酒满。相劝。情极不能羞。乍调筝处又回眸。留摩留。留摩留。

又

矮纸数行草草。书到。总道苦相思。朱颜今日未应非。归摩归。归摩归。

又

无赖灯花又结。照别。休作一生拼。明朝此际客舟寒。欢摩欢。欢摩欢。

又

谁道闲愁如海。零碎。雨过一池沤。时时飞絮上帘钩。愁摩愁。愁摩愁。

又

昨夜绣衾孤拥。幽梦。一霎钿车尘。道旁依约见天人。真摩真。真摩真。

又

隐隐轻雷何处？将曙。隔牖见疏星。一庭芳树乱啼莺。醒摩醒。醒摩醒。

蝶恋花

窈窕燕姬年十五。惯曳长裾，不作纤纤步。众里嫣然通一顾。人间颜色如尘土。　一树亭亭花乍^①吐。除却天然，欲赠浑无语。当面吴娘夸善舞。可怜总被腰肢误。

玉楼春

西园花落深堪扫。过眼韶华真草草。开时寂寂尚无人，今日偏嗔摇落早。　昨朝却走西山道。花事山中浑未了。数峰和雨对斜阳，十里杜鹃红似烧。

蝶恋花

辛苦钱塘江上水。日日西流，日日东趋海。两岸^②越山浑洞里。可能销得英雄气。　说与江潮应不至。潮落潮生，几换人间世。千载荒台麋鹿死。灵胥抱愤终何是。

又

谁道江南春事了。废苑朱藤，开尽无人到。高柳数行临古

①　"乍"一作"下"。

②　"两岸"一作"终古"。

道。一藤红遍千枝杪。　　冉冉赤云将绿绕。回首林间，无限斜阳好。若是春归归合早。余春只搅人怀抱。

水龙吟　杨花 用章质夫苏子瞻唱和韵

开时不与人看，如何一霎蒙蒙坠。日长无绪，回廊小立，迷离情思。细雨池塘，斜阳院落，重门深闭。正参差欲住，轻衫掠处，又特地、因风起。　　花事阑珊到汝，更休寻、满枝琼缀。算来只合，人间哀乐，者般零碎。一样飘零，宁为尘土，勿随流水。怕盈盈、一片春江，都贮得离人泪。

点绛唇

暗里追凉，扁舟径掠垂杨过。湿萤火大。一一风前堕。　　坐觉西南，紫电排云破。严城锁。高歌无和。万舫沉沉卧。

蝶恋花

莫斗婵娟弓样月。只坐蛾眉，消得千谣诼。臂上宫砂那不灭。古来积毁能销骨。　　手把齐纨相诀绝。懒祝西^①风，再使人间热。镜里朱颜犹未歇。不辞自媚朝和夕^②。

---

① "西"一作"秋"。
② "夕"一作"月"。

人间词乙稿

浣溪沙

七月西风动地吹。黄埃和叶满城飞。征人一日换缌衣。　　金马岂真堪避世？海鸥应是未忘机？故人今有问归期。

又

城郭秋生一夜凉。独骑瘦马傍宫墙。参差霜阙带朝阳。　　旋解冻痕生绿雾，倒涵高树作金光。人间夜色尚苍苍。

扫花游

疏林挂日，正雾淡烟收，苍然平楚。绕林细路。听沉沉落叶，玉骢踏去。背日丹枫，到眼秋光如许。正延伫。便一片飞来，说与迟暮。　　欢事难再溯！是载酒携柑，旧曾游处。清歌未住。又黄鹂趁拍，飞花入俎。今日重来，除是斜晖如故。隐高树。有寒鸦、相呼俦侣。

祝英台近

月初残，门小掩，看上大堤去。徒御喧阗，行子黯无语。为谁收拾离颜？一腔红泪，待留向，孤衾偷注。　　马蹄驻。但觉怨慕悲凉，条风过平楚。树上啼鹃，又诉岁华暮。思量只有人间，年年征路。纵有恨，都无啼处。

浣溪沙

乍向西邻斗草过。药栏红日尚婆娑。一春只遣睡消磨。　　发为沉酣从委枕，脸缘微笑暂生涡。这回好梦莫惊他。

虞美人

犀比六博消长昼。五白惊呼骤。不须辛苦问亏成。一霎尊前了了见浮生。　　笙歌散后人微倦。归路风吹面。西窗落月荡花枝。又是人间酒醒梦回时。

减字木兰花

乱山四倚。人马崎岖行井底。路逐峰旋。斜日杏花明一山。销沉就里。终古兴亡离别意。依旧年年。迤逦骡纲^①度上关。

---

① "纲"一作"网"。

蝶恋花

连岭去天知几尺。岭上秦关，关上元时阙。谁信京华尘里客。独来绝塞看明月。　　如此高寒真欲绝。眼底千山，一半溶溶白。小立西风吹索帻。人间几度生华发。

又

帘幕深深香雾重。四照朱颜，银烛光浮动。一霎新欢千万种。人间今夜浑如梦。　　小语灯前和目送。密意芳心，不放罗帏空。看取博山闲袅凤。蒙蒙一气双烟共。

又

手剔银灯惊烬短。拥髻无言，脉脉生清怨。此恨今宵争得浅？思量旧日深恩遍！　　月影移帘风过院，待到归来，传尽中宫箭。① 故拥绣衾遮素面。赚他醉里频频唤。

浣溪沙

似水轻纱不隔香。金波初转小回廊。离离丛菊已深黄。　　尽

---

① 此三句一作"花影一帘和月转，直恁凄凉，此境何曾惯？"

撤华灯招素月，更缘人面发花光。人间何处有严霜？

蝶恋花

落日千山啼杜宇。送得归人，不遣居人住。[①] 自是精魂先魄去。凄凉病榻无多语。　　往事悠悠容细数。见说他生，又恐他生误。[②] 纵使兹盟终不负。那时能记今生否？

菩萨蛮

高楼直挽银河住。当时曾笑牵牛处。今夕渡河津。牵牛应笑人。　　桐梢垂露脚。梢上惊乌掠。灯焰不成青。绿窗纱半明。

应天长

紫骝却照春波绿。波上荡舟人似玉。似相知，羞相逐。一响低头犹送目。　　鬓云敧，眉黛蹙。应恨这番匆促。恼（乱）一时心曲。[③] 手中双桨速。

菩萨蛮

红楼遥隔廉纤雨。沉沉暝色笼高树。树影到侬窗。君家

---

① 此三句一作"冉冉蘅皋春又暮。千里生还，一诀成终古！"

② 此两句一作"见说来生，只恐来生误"。

③ 诸本皆无"乱"字，此句缺一字便不合词律，今据陈乃文辑本《静安词》补。

灯火光。　　风枝和影弄。似妾西窗梦。梦醒即天涯。打窗闻落花。

又

玉盘寸断葱芽嫩。鸾刀细割羊肩进。不敢厌腥臊。缘君亲手调。　　红炉颓素面。醉把貂裘缓。归路有余狂。天街宵踏霜。

鹧鸪天

楼外秋千索尚悬。霜高素月慢[①]流天。倾残玉碗难成醉，滴尽铜壶不解眠。　　人寂寂，夜厌厌。北窗情味似枯禅。不缘此夜金闺梦，那信人间尚少年。

浣溪沙

花影闲窗压几重。连环新解玉玲珑。日长无事等匆匆。　　静听斑骓深巷里，坐看飞鸟镜屏中。乍梳云髻那时松。

又

爱棹扁舟傍岸行。红妆素舸斗轻盈。脸边舷外晚霞明。　　为

---

① "慢"一作"正"。

惜花香停短棹，戏窥鬓影拨流萍。玉钗斜立小蜻蜓。

蝶恋花

忆挂孤帆东海畔。咫尺神山，海上年年见。几度天风吹棹转。望中楼阁阴晴变。　　金阙荒凉瑶草短。到得蓬莱，又值蓬莱浅。只恐飞尘^①沧海满^②。人间精卫知何限？

喜迁莺

秋雨霁，晚烟拖。宫阙与云摩。片云流月入明河。鸦鹊散金波。　　宜春院。披香殿。雾里梧桐一片。华灯簇处动笙歌。复道属车过。

蝶恋花

翠幕轻寒无著处。好梦初回^③，枕上惺忪语。残夜小楼浑欲曙。四山积雪明如许。　　莫遣良辰闲过去。起瀹龙团，对雪烹肥荠。此景人间殊不负。檐前冻雀还知否？

---

① "飞尘"一作"尘扬"。
② "满"一作"遍"。
③ "回"一作"还"。

虞美人

金鞭珠弹嬉春日^①。门户初相识。未能羞涩但娇痴。却立风前散发衬凝脂。　　近来瞥见都无语。但觉双眉聚。不知何日始工愁。记取那回花下一低头。

齐天乐　蟋蟀用姜石帚原韵

天涯已自悲秋极^②，何须更闻虫语。乍响瑶阶，旋穿绣闼，更入画屏深处。喁喁似诉。有几许哀丝，佐伊机杼。一夜东堂，暗抽离恨万千绪。　　空庭相^③和秋雨。又南城罢柝，西院停杵。试问王孙，苍茫岁晚，那有闲愁无^④数？宵深谩与。怕梦隐春酣，万家儿女。不识孤吟，劳人床下苦。

点绛唇

波逐流云，棹歌袅袅^⑤凌波去。数声和橹。远入蒹葭浦。　　落日中流，几点闲鸥鹭。低飞处。菰蒲无数。瑟瑟风前语。

---

① 此句一作"弄梅骑竹嬉游日"。

② "秋"一作"愁"。

③ "相"一作"桐"。

④ "无"一作"此"。

⑤ "袅袅"一作"缓缓"。

蝶恋花

　　春到临春花正妩。迟日阑干，蜂蝶飞无数。谁遣一春抛却去？马蹄日日章台路。　　几度寻春春不遇。不见春来，那识春归处？斜日晚风杨柳渚。马头何处无飞絮。

静庵诗稿

杂诗（戊戌四月）

　　飘风自北来，吹我中庭树。乌鸟覆其巢，向晦归何处？西山扬颓光，须臾复霾雾。儵儵长夜间，漫漫不知曙。旨蓄既以馨，桑土又云腐。欲从鸿鹄翔，铩羽不能遽。阴阳陶万汇，温溧固有数。亮无未雨谋，苍苍何喜怒。

　　美人如桃李，灼灼照我颜。贻我绝代宝，昆山青琅玕。一朝各千里，执手涕泛澜。我身局斗室，我魂驰关山。神光互离合，咫尺不得攀。惜哉此瑰宝，久弃巾箱间。日月如矢激，倏忽鬓毛斑。我诵《唐棣》诗，愧恶当奚言。

　　豫章生七年，荏染不成株。其上蠹梗楠，郁郁干云衢。匠石忽惊视，谓与凡材殊。诘朝事斤斧，浃辰涂丹朱。明堂高且严，佚荡天人居。虹梁抗日月，菡萏纷扶敷。顾此豫章苗，谓为中欂栌。付彼拙工辈，刻削失其初。柯干未云坚，不如栎与樗。中道失所养，幽怨当何如。

嘉兴道中（己亥）

　　舟入嘉兴郭，清光拂客衣。朝阳承月上，远树与星稀。岁富多新筑，潮平露旧矶。如闻迎大府，河上有旌旗。

八月十五夜月

一餐灵药便长生，眼见山河几变更。留得当年好颜色，嫦娥底事太无情？

红豆词

南国秋深可奈何，手持红豆几摩挲。累累本是无情物，谁把闲愁付与他？

门外青骢郭外舟，人生无奈是离愁。不辞苦向东风祝，到处人间作石尤。

别浦盈盈水又波，凭栏渺渺思如何？纵教踏破江南种，只恐春来茁更多。

匀圆万颗争相似，暗数千回不厌痴。留取他年银烛下，拈来细与话相思。

题梅花画箑

梦中恐怖诸天堕，眼底尘埃百斛强。苦忆罗浮山下住，万梅花里一胡床。

题友人三十小像

劝君惜取镜中姿，三十光阴隙里驰。四海一身原偶寄，千金三致岂前期。论才君自轻侪辈，学道余犹半黯痴。差喜平生同一癖，宵深爱诵剑南诗。

几看昆池累劫灰，俄惊沧海又楼台。早知世界由心造，无奈悲欢触绪来。翁埠潮回千顷月，超山雪尽万株梅。卜邻莫忘他年约，同醉中山酒一杯。

杂　感

侧身天地苦拘挛，姑射神人未可攀。云若无心常淡淡，川如不竞岂潺潺。驰怀敷水条山里，托意开元武德间。终古诗人太无赖，苦求乐土向尘寰。

书古书中故纸（癸卯）

昨夜书中得故纸，今朝随意写新诗。长捐箧底终无恙，比入怀中便足奇。黯淡谁能知汝恨，沾涂亦自笑余痴。书成付与炉中火，了却人间是与非。

端　居

端居多暇日，自与尘世疏。处处得幽赏，时时读异书。高吟惊户牖，清谈霏琼琚。有时作儿戏，距跃绕庭除。角力不耻北，说隐自忘愚。虽惭云中鹤，终胜辕下驹。如此复不乐，问君意何如？

阳春煦万物，嘉树自敷荣。枳棘茁其旁，既锄还复生。我生三十载，役役苦不平。如何万物长，自作牺与牲？安得吾丧我，表里洞澄莹。纤云归大壑，皓月行太清。不然苍苍者，褫我聪与明。冥然逐嗜欲，如蛾赴寒檠。何为方寸地，矛戟森纵横？闻道既未得，逐物又未能。衮衮百年内，持此欲何成！

孟夏天气柔，草木日夕长。远山入吾庐，顾影自骀荡。晴川带芳甸，十里平如掌。时与二三子，披草越林莽。清旷淡人虑，幽蒨遗世网。归来倚小阁，坐待新月上。渔火散微星，暮钟发疏响。高谈达夜分，往往入遐想。咏此聊自娱，亦以示吾党。

嘲杜鹃

去国千年万事非，蜀山回首梦依稀。自家惯作他乡客，犹自朝朝劝客归。

干卿何事苦依依，尘世由来爱别离。岁岁天涯啼血尽，不知催得几人归？

五月十五夜坐雨赋此

积雨经旬烟满湖，先生小疾未全苏。水声粗悍如骄将，天色凄凉似病夫。江上痴云犹易散，胸中妄念苦难除。何当直上千峰顶，看取金波涌太虚。

游通州湖心亭

扁舟出西郭，言访湖中寺。野鸟困樊笼，奋然思展翅。入门缘亭坳，尘劳始一憩。方愁亭午热，清风飒然至。新荷三两翻，蕖葵去无际。湖光槛底明，山色樽前坠。人生苦局促，俯仰多悲悸。山川非吾故，纷然独相媚。嗟尔不能言，安得同把臂。

六月二十七日宿硖石

新秋一夜蚊如市，唤起劳人使自思。试问何乡堪著我，欲求大道况多歧。人生过处唯存悔，知识增时只益疑。欲语此怀谁与共，鼾声四起斗离离。

秋夜即事

萧然饭罢步鱼矶，东寺疏钟度夕霏。一百八声亲数彻，不知清露湿人衣。

偶成二首

我身即我敌，外物非所虞。人生免襁褓，役物固有余。网罟一朝作，鱼鸟失宁居。矫矫骅与骝，垂耳服我车。玉女粲然笑，照我读奇书。嗟汝矜智巧，坐此还自屠。一日战百虑，兹事与生俱。膏明兰自烧，古语良非虚。

蠕蠕茧中蛹，自缚还自钻。解铃虎颔下，只待系者还。大患固在我，他求宁非谩。所以古达人，独求心所安。翩然鸿鹄举，山水恣汗漫。奇花散碉谷，嗒嗒鸣鹧鸾。悠然七尺外，独得我所观。至人更卓绝，古井浩无澜。中夜搏嗜欲，甲裳朱且殷。凯歌唱明发，筋力亦云单。蝉蜕人间世，兀然入泥洹。此语闻自昔，践之良独难。厥途果奚从，吾欲问瞿昙。

拼 飞

拼飞懒逐九秋雕，孤耿真成八月蜩。偶作山游难尽兴，独寻僧话亦无聊。欢场只自增萧瑟，人海何由慰寂寥。不有言愁诗句在，闲愁那得暂时消。

重游狼山寺

不过招提半载余，秋高重访素师居。揭来桑下还三宿，便拟山中构一庐。此地果容成小隐，百年那厌读奇书。君看岭外嚣尘上，讵有吾侪息影区。

尘 劳

迢迢征雁过东皋，谡谡长松卷怒涛。苦觉秋风欺病骨，不堪宵梦续尘劳。至今呵壁天无语，终古埋忧地不牢。投阁沉渊争一间，子云何事《反离骚》？

来日二首

来日滔滔来，去日滔滔去。适然百年内，与此七尺遇。尔从何处来，行将徂何处？扶服径幽谷，途远日又暮。雪然一罅开，熹微知天曙。便欲从此逝，荆棘窘余步。税驾知何所，漫漫就前路。常恐一掷中，失此黄金注。我力既云痡，哲人倘见度。瞻望弗可及，求之缣与素。

宇宙何寥廓，吾知则有涯。面墙见人影，真面固难知。箘簬半在水，本末互参池。持刀剚作矢，劲直固无亏。耳目不足凭，何况胸所思？人生一大梦，未审觉何时。相逢梦中人，谁为析余疑。吾侪皆肉眼，何用试金篦？

登狼山支云塔

数峰明媚互招寻，孤塔峥嵘试一临。槛底江流仍日夜，岩间海草未销沉。蓬莱自合今时浅，哀乐偏于我辈深。局促百年何足道，沧桑回首亦骎骎。

病中即事（甲辰）

滴残春雨住无期，开尽园花卧不知。因病废书增寂寞，强颜入世苦支离。拟随桑户游方外，未免扬朱泣路歧。闻道南山薇蕨美，膏车径去莫迟疑。

暮 春

晨翻书帙鸟无哗，晚步郊原草正芽。院落春深新著燕，池塘雨过乱鸣蛙。心闲差许观身世，病起初能玩物华。但使猖狂过百岁，不嫌孤负此生涯。

冯　生

众庶冯生自足悲，真人何事困馔饳。家贫且贷河侯粟，行苦终思牧女糜。溟海巨鹏将徙日，雪山大道未成时。生平不索长生药，但索丹方可忍饥。

晓　步

兴来随意步南阡，夹道垂杨相带妍。万木沉酣新雨后，百昌苏醒晓风前。四时可爱唯春日，一事能狂便少年。我与野鸥申后约，不辞旦旦冒寒烟。

蚕

余家浙水滨，栽桑径百里。年年三四月，春蚕盈筐筐。蠕蠕食复息，蠢蠢眠又起。口腹虽累人，操作终自己。丝尽口卒屠，织就鸳鸯被。一朝毛羽成，委之如敝屣。岜岜索其偶，如马遭鞭箠。呴濡视遗卵，怡然即泥滓。明年二三月，儵儵长孙子。茫茫千万载，辗转周复始。嗟汝竟何为，草草阅生死。岂伊悦此生，抑由天所畀。畀者固不仁，悦者长已矣。劝君歌少息，人生亦如此。

平　生

平生苦忆挈卢敖，东过蓬莱浴海涛。何处云中闻犬吠，至今湖畔尚乌号。人间地狱真无间，死后泥洹枉自豪。终古众生无度日，世尊只合老尘嚣。

秀　州

看月不知清夜长，归桡渐入秀州乡。天边远树山千叠，风里垂杨态万方。一自名园窜狐兔，至今渌水少鸳鸯。不须为唱梅村曲，芳草萋萋自断肠。

偶　成

文章千古事，亦与时荣枯。并世盛作者，人握灵蛇珠。朝菌媚初日，容色非不腴。飘风夕以至，零落委泥涂。且复舍之去，周流观石渠。蔽亏东观籍，繁会南郭竽。譬如贰负尸，桎梏南山隅。恒干块犹存，精气荡无余。小子懵无状，亦复事操觚。自忘宿瘤质，揽镜学施朱。东家与西舍，假得紫罗襦。主者虽不索，跬步终趑趄。且当养毛羽，勿作南溟图。

九日游留园

朝朝吴市踏红尘，日日萧斋兀欠伸。到眼名园初属我，出城山色便迎人。奇峰颇欲作人立，乔木居然阅世新。忍放良辰等闲过，不辞归路雨沾巾。

天 寒

天寒木落冻云铺，万点城头未定乌。只分杨朱叹歧路，不应阮籍哭穷途。穷途回驾原非失，歧路亡羊信可吁。驾得灵槎三十丈，空携片石访成都。

欲 觅

欲觅吾心已自难，更从何处把心安？诗缘病辍弥无赖，忧与生来讵有端。起看月中霜万瓦，卧闻风里竹千竿。沧浪亭北君迁树，何限栖雅噪暮寒。

出 门

出门惘惘知奚适，白日昭昭未易昏。但解购书那计读，且消今日敢论旬。百年顿尽追怀里，一夜难为怨别人。我欲乘龙问羲叔，两般谁幻又谁真？

过石门

我行迫季冬，及此风雨夕。狂飙掠舷过，声声如裂帛。后船窘呼号，似闻楼橹折。孤怀不能寐，高枕听淅沥。须臾风雨止，微光漏舷隙。悠然发清兴，起坐岸我帻。片月挂东林，垂垂两岸白。小松如人长，离立四五尺。老桑最丑怪，亦复可怡悦。疏竹带轻飔，摇摇正秀绝。生平几见汝，对面若不识。今夕独何夕，著意媚孤客。非徒豁双眸，直欲奋六翮。此顷能百年，岂惜长行役。

留园玉兰花（乙巳）

庭中新种玉兰树，枝长干短花无数。灿如幼女冠六珈，踯躅墙阴不能步。今朝送客城西隅，留园名花天下无。拔地扶疏三四丈，倚天绰约百余株。我上东楼频目极，楼西花海花西日。海上银涛突兀来，日边瑶阙参差出。南圃辛夷亦已花，雪山缺处露朝霞。闲凭危槛久徙倚，眼底层层生绛纱。窈窕吴娘自矜许，却来花底羞无语。直令椒麝黯无香，坐使红颜色消沮。将归小住更凝眸，暝色催人不可留。归来径卧添愁怅，万花倒插藻井上。

坐 致

坐致虞唐亦太痴，许身稷契更奚为？谁能妄把平成业，换却平生万首诗。

五月二十三夜出阊门驱车至觅渡桥

小斋竟日兀营营，忽试霜蹄四马轻。萤火时从风里堕，雉垣

173

偏向电边明。静中观我原无碍，忙里哦诗却易成。归路不妨冒雷雨，兹游快绝冠平生。

将理归装，得马湘兰画幅，喜而赋此

旧苑风流独擅场，土苴当日睨侯王。书生归舸真奇绝，载得金陵马四娘。

小石丛兰别样清，朱丝细字亦精神。君家宰相成何事？羞杀千秋冯玉英。（马士英善绘事，其遗墨流传人间者，世人丑之，往往改其名为冯玉英云。）

集外诗

读史二十首

一

回首西陲势渺茫，东迁种族几星霜。何当踏破双芒屩，却向昆仑望故乡。

二

两条云岭摩天出，九曲黄河绕地回。自是当年游牧地，有人曾号伏羲来。

三

憭憭生存起竞争，流传神话使人惊。铜头铁额今安在？始信轩皇苦用兵。

四

澶漫江淮万里春，九黎才格又苗民。即今魋髻穷山里，此是江南旧主人。

五

二帝精魂死不孤，嵇山陵庙似苍梧。耄年未罢征苗旅，神武如斯旷代无。

六

铜刀岁岁战东欧，石弩年年出挹娄。毕竟中原开化早，已闻昉铁贡梁州。

七

谁向钧天听乐过，秦中自古鬼神多。即今《诅楚文》犹在，才告巫咸又亚驼。

八

《春秋》谜语苦难诠，历史开山数腐迁。前后固应无此作，一书上下两千年。

九

汉作（一作"凿"）昆池始见煤，当年赍力信雄哉。于今莫笑胡僧妄，本是洪荒劫后灰。

十

挥戈大启汉山河，武帝雄材世讵多。轻骑今朝绝大漠，楼川明日下洋河。

十一

慧光东照日炎炎，河陇降王正款边。不是金人先入汉，永平谁证梦中缘？

十二

西域纵横尽百城，张陈远略逊甘英。千秋壮观君知否，黑海东头望大秦。

十三

三方并帝古未有，两贤相厄我所闻。何来洒落樽前语，天下英雄惟使君。

十四

北临洛水拜陵园，奉表迁都大义存。纵使暮年终作贼，江东那更有桓温。

十五

江南天子皆词客，河北诸王尽将才。乍歌乐府《兰陵曲》，又见湘东玉轴灰。

十六

晋阳蜿蜿起飞龙，北面倾心事犬戎。亲出渭桥擒颉利，文皇端不愧英雄！

十七

南海商船来大食，西京祆寺建波斯。远人尽有如归乐，知是唐家全盛时。

十八

五国风霜惨不支，崖山波浪浩无牙。当年国势陵迟甚，争怪诸贤唱攘夷。

十九

黑水金山启伯图，长驱远摭世间无。至今碧眼黄须客，犹自惊魂说拔都。

二十

东海人奴盖世雄，卷舒八道势如风。碧蹄倘得擒渠反，大壑何由起蜇龙。

戏效季英作口号诗

一

舟过瞿塘东复东，竹枝声里杜鹃红。白云低渡沧江去，巫峡冥冥十二峰。

二

朱楼高出五云间，落日凭栏翠袖寒。寄语塞鸿休北度，明朝飞雪满关山。

三

夜深微雨洒帘栊，惆怅西园满地红。侬李夭桃元自落，人间未免怨东风。

四

双阙凌霄不可攀，明河流向阙中间。银灯一队经驰道，道是君王夜宴还。

五

雨后山泉百道飞，冥冥江树子规啼。蜀山此去无多路，要为催人不得归。

六

十年肠断寄征衣，雪满天山未解围。却听邻娃谈故事，封侯大婿黑头归。

题《殷虚书契考释》

不关意气尚青春，风雨相看如（一作"各"）怆神。南沈北柯俱老病，先生华发鬓边新。

咏东坡

两山、君扢两先生招集东山左阿弥旅馆，作坡公生日，愧无佳语，因录古人成句。

堂堂复堂堂，子瞻出峨嵋。少读范滂传，晚和渊明诗。

集外词

菩萨蛮

西风水上摇征梦。舟轻不碍孤帆重。江阔树冥冥。荒鸡叫雾醒。　　舟穿妆阁底。楼上佳人起。蓦入欲通辞。数声柔舻枝。

蝶恋花

落落盘根真得地。涧畔双松，相背呈奇态。势欲拼飞终复坠。苍龙下饮东溪水。　　溪上平岗千叠翠。万树亭亭，争作拏云势。总为自家生意遂。人间爱道为渠媚。

醉落魄

柳烟淡薄。月中闲杀秋千索。踏青挑菜都过却。陡忆今朝，又失湔裙约。　　落红一阵飘帘幕。隔帘错怨东风恶。披衣小立阑干角。摇荡花枝，哑哑南飞鹊。

虞美人

杜鹃千里啼春晚。故国春心断。海门空阔月皑皑。依旧素车白马夜潮来。　山川城郭都非故。恩怨须臾误。人间孤愤最难平。消得几回潮落又潮生。

鹧鸪天　庚申除夕和吴伯宛舍人

绛蜡红梅竞作花。客中惊又度年华。离离长柄垂天斗，隐隐轻雷隔巷车。　斟酿醑，和尖叉。新词飞寄舍人家。可将平日丝纶手，系取今宵赴壑蛇。

百字令　题孙隘庵《南窗寄傲图》（戊午）

楚灵均后数柴桑，第一伤心人物。招屈亭前千古水，流向浔阳百折。夷叔西陵，山阳下国，此恨那堪说。寂寥千载，有人同此伊郁。　堪叹招隐图成，赤明龙汉，小劫须臾阅。试与披图寻甲子，尚记义熙年月。归鸟心期，孤云身世，容易成华发。乔松无恙，素心还问霜杰。

霜花腴　用梦窗韵补寿彊村侍郎（己未）

海漘倦客，是赤明延康，旧日衣冠。坡老黎村，冬郎闽峤，

182

中年陶写应难。醉乡尽宽。更紫萸、黄菊尊前。剩沧江、梦绕觚棱，斗边槎外恨高寒。　　回首凤城花事，便玉河烟柳，总带栖蝉。写艳霜边，疏芳篱下，消磨十样蛮笺。载将画船。荡素波、凉月娟娟。倩郦泉、与驻秋容，重来扶醉看。

清平乐　况夔笙太守索题《香南雅集图》（庚申）

蕙兰同畹。著意风光转。劫后芳华仍畹晚。得似凤城初见。　　旧人惟有何戡。玉宸宫调曾谙。肠断杜陵诗句，落花时节江南。

长短句（乙巳至己酉）

少年游

　　垂杨门外，疏灯影里，上马帽檐斜。紫陌霜浓，青松月冷，炬火散林鸦。　　酒醒起看①西窗上，翠竹影交加。跌宕歌词，纵横书卷，不与遣年华。

阮郎归

　　美人消息隔重关。川途弯复弯。沈沈空翠压征鞍。马前山复山。浓泼黛，缓拖鬟。当年看复看。只余眉样在人间。相逢艰复艰。

蝶恋花

　　昨夜梦中多少恨。细马香车，两两行相近。对面似怜人瘦损。众中不惜搴帷问。　　陌上轻雷听隐辚。②梦里难从，觉后

---

① 此句一作"归来惊看"。
② "隐辚"一作"渐稳"。

那堪讯。蜡泪窗前堆一寸。人间只有相思分！

虞美人

　　碧苔深锁长门路。[1] 总为蛾眉误。自来积毁骨能销。何况真红一点臂砂娇。[2]　　妾身但使分明在。肯把朱颜悔。从今不复梦承恩。且自簪花[3] 坐赏镜中人。

浣溪沙

　　六郡良家最少年。戎装骏马照山川。闲抛金弹落飞鸢。　　何处高楼无可醉？谁家红袖不相怜？人间那信有华颠。

点绛唇

　　厚地高天，侧身颇觉平生左。小斋如舸。自许回旋可。　　聊复浮生，得此须臾我。乾坤大。霜林独坐。红叶纷纷堕。

蝶恋花

　　满地霜华浓似雪。人语西风，瘦马嘶残月。一曲《阳关》浑

---

① 　此句一作"纷纷谣诼何须数？"
② 　此两句一作"世间白骨尚能销。何况玉肌一点守宫娇！"
③ 　"簪花"一作"开奁"。

未彻。车声渐共歌声咽。　　换尽天涯芳草色。陌上深深，依旧
年时辙。自是浮生无可说。人间第一耽离别。

又

斗[1] 觉宵来情绪恶。新月生时，黯黯伤离索。此夜清光浑似
昨。不辞自下深深幕。　　何物尊前哀与乐？已坠前欢，无据他
年约！几度烛花开又落。人间须信思量错。

又

百尺朱楼临大道。楼外轻雷，不间昏和晓。独倚阑干人窈
窕。闲中数尽行人小。　　一霎车尘生树杪。陌上楼头，都向尘
中老。薄晚西风吹雨到。明朝又是伤流潦。

又

黯淡灯花开又落。此夜云踪，知向谁边著。频弄玉钗思旧
约。知君未忍浑抛却。　　妾意苦专君苦博。君似朝阳，妾似倾
阳藿。但与百花相斗作。君恩妾命原非薄。

浣溪沙

掩卷平生有百端。饱更忧患转冥顽。偶听啼鴃怨春残。　　坐

―――――――――

① "斗"一作"陡"。

觉无^① 何消白日，更缘随例弄丹铅，闲愁无分况清欢。

清平乐

　　垂杨深^② 院。院落双飞^③ 燕。翠幕银灯春不浅。记得那时初见。　　眼波廲^④ 晕微流。尊前却按《凉州》。^⑤ 拼取一生肠断，消他几度回眸。

浣溪沙

　　漫作年时别泪看。西窗蜡炬尚泛澜。不堪重梦十年间。　　斗柄又垂天直北，官书坐会^⑥ 岁将阑。更无人解忆长安。

谒金门

　　孤檠^⑦ 侧。诉尽十年踪迹。残夜银釭无气力。绿窗寒恻恻。　　落叶瑶阶狼藉。高树露华凝碧。露点声疏人语密。旧欢

---

① "无"一作"亡"。
② "深"一作"小"。
③ "飞"一作"归"。
④ "廲"一作"脸"。
⑤ "凉州"一作"梁州"。
⑥ "官书坐会"一作"客愁坐逼"。
⑦ "檠"一作"灯"。

无处觅。

苏幕遮

倦凭阑，低拥髻。丰颊秀^①眉，犹是年时意。昨夜西窗残梦里。一霎幽欢，不似人间世。　　恨来迟，防醒易。梦里惊疑，何况醒时际？凉月满窗人不寐。香印成灰，总作回肠字。

浣溪沙

本事新词定有无。斜行小草字模糊。^②灯前肠断为谁书？　　隐几窥君新制作，背灯数妾旧欢娱。区区情事总难符。

蝶恋花

袅袅鞭丝冲落絮。归去临春，试问春何许？小阁重帘天易暮。^③隔帘阵阵飞红雨。　　刻意伤春谁与诉。^④闷拥罗衾，动作经旬度。^⑤已恨年华留不住。争^⑥知恨里年华去！

---

① "秀"一作"修"。
② 此句一作"这般绮语太胡卢"。
③ "暮"一作"暑"。
④ "谁与诉"一作"无说处"。
⑤ "度"一作"卧"。
⑥ "争"一作"那"。

又

窗外绿阴添几许。剩有朱樱，尚系残红住。老尽莺雏无一语。飞来衔得樱桃去。　　坐看画梁双燕乳。燕语呢喃，似惜人迟暮。自是思量渠不与。人间总被思量误。

点绛唇

屏却相思，近来知道都无益。不成抛掷。梦里终相觅。　　醒后楼台，与梦俱明灭。西窗白。纷纷凉月。一院丁香雪。

清平乐

斜行淡墨。袖得伊书迹。满纸相思容易说。只爱年年离别。　　罗衾独拥黄昏。春来几点啼痕？厚薄不^①关妾命，浅深只问君恩！

浣溪沙

已落芙蓉并叶凋。半枯萧艾过墙高。日斜孤馆易魂销。　　坐觉清秋归荡荡，眼看白日去昭昭。人间争度渐长宵。

---

① "不"一作"只"。

蝶恋花

月到东南秋正半。双阙中间，浩荡流银汉。谁起水精帘下看。风前隐隐闻箫管。　　凉露湿衣风拂面。坐爱清光，分照恩和怨。苑柳宫槐浑一片。长门西去昭阳殿。

菩萨蛮

回廊小立秋将半。婆娑树影当阶乱。高树是东家。月华笼露华。　　碧阑干十二。都作回肠字。独有倚阑人。断肠君不闻。

第二　诸子学说

孔子之学说

叙　论

伦理学者，就人之行为以研究道德之观念、道德之判断等之一学科也。为人间立标准，定价值，命令之，禁止之，以求意志之轨范，以知人间究竟之目的，即如何而可至最善之域是也。故此学乃研究道德之学理者，知的而非实践的也。知与实行有别，知学理者不必能实践之，不知学理者或能实践之。盖以学理为知，实践关于意志故也。伦理学与实践道德之殊别如此。然若云伦理学纯为知的，故不能实践，是语亦未免太过。何则？由纯正之智识，知完全之学理，则可为实行之指导，达所欲至之目的地，其裨益岂浅鲜哉？故学理与实践当相伴而不相离，实践之先不可不研究学理也。

泰西之伦理，皆出自科学，惟骛理论，不问实行之如何。泰东之伦理，则重修德之实行，不问理论之如何。此为实行的，彼为思辨的也。是由于东西地理及人种关系之异，又其道德思想之根本与道德的生活之状态亦异，故有此差别也。夫中国一切学问中，实以伦理学为最重，而其伦理学又倾于实践，故理论之一面不免索莫。然吾人欲就东洋伦理根本之儒教，完全第一流之道德家孔子之说，于知识上研究之，亦非全不可能也。然儒家之伦理说以行为主，即最实践者，故欲以科学之方法研究之，自极困难。但欲为此种研究，不得不先述中国先秦之二大思潮焉。

周末时之二大思潮，可分为南北二派。北派气局雄大，意志强健，不偏于理论而专为实行。南派反之，气象幽玄，理想高超，不涉于实践而专为思辨。是盖地理之影响使然也。今吾人欲求其例，则于楚人有老子，思辨之代表也；于鲁人有孔子，实践之代表也。孔子之思想，社会的也；老子之思想，非社会的也。老子离现实而论自然之大道，彼之"道"超于相对之域而绝对不变，虽存于客观，然无得而名之。老子以此"道"为宇宙一切万象之根本原理。故其思辨也，使一切之现象界皆为于相对的矛盾的之物而反转之。如"知其雄，守其雌"，"知其白，守其黑"，"知其荣，守其辱"；或云"有"，或云"无"，或云"盈"，或云"虚"，或云"强"，或云"弱"：皆为相对之矛盾观念，常保消极以预想积极者也。故其伦理及政治思想专为消极主义，慕太古敦朴之政，而任人性之自然，以恬淡而无为为善。若自其厌世的立脚地观之，则由激于周季之时势，愤而作此激越非社会的之言者也。孔子则反之，综合尧舜三代先王之道而组织之，即欲依客观之礼以经纶社会也。至其根本原理则信天命，自天道绎之而得"仁"，即从"天人合一"观以立人间行为之规矩准绳。故孔子者北方雄健之意志家也，老子者南方幽玄之理想家也。

继彼幽玄之理想者为列子，列子之后有庄子。发挥此雄健之意志者有子思、孟子、荀子。要之，儒与道之二大分派，对立于先秦之时，而传其二大思潮于后世。此外尚有墨翟唱"兼爱"功利之说，似儒家；杨朱唱利己快乐说，似道家；鹖冠子为折衷派；韩非子为法家等。诸子百家之说，纵横如云，灿然如星，周末之文华极一时之炳耀。是盖因成周封建政体之坏颓，唤起各人思想界之自由，洵可谓之为希世之壮观也！

老庄之说通行于两汉，至魏晋而大盛，其弊流于清谈，以任放旷达自喜，或作为神仙说，经六朝至唐时复大盛，至追谥老子为太上玄元皇帝。然而当汉之末也，佛教侵入，经三国至六朝之际，至于梁而最盛。其势力之伟大渐驾儒道而上之。入隋，遂有唱三教一致论者。其后复大盛于唐，经宋元明至今焉。

儒教因汉武帝之奖励，出董仲舒，而继先秦之思潮，回复秦火之厄。至西汉之末有扬雄者，合儒与道，立一家言。六朝之际，儒为佛老所抑。至隋有王通，用之作策论。有唐一代，唯韩愈一人维持之。经五代至宋，复勃然而兴，几有凌先秦儒家而上之之势。即北宋时二程子唱"性命穷理"说，南宋时经朱子手而大成，作"理气"论。同时有陆象山之"心即理"说。入明，而为王阳明之"知行合一"说。其后至国朝，考证学大行。故中国亘古今而有最大势力者，实为儒教。国家亦历代采用之。何则？儒教贵实践躬行，而以养成完全之道德政治家为目的，而有为之人才亦皆笼罩于此中故也。

孔子者，"述而不作，信而好古"（按，《论语·述而》），实践躬行之学者也。上至三皇五帝，下至夏殷周诸圣贤之学说，无不集合而组织之，以大成儒教。其圆满之德，如春，深渊之智，如海。又多才艺，至其感化力之伟大，人格之完全，古今东西，未见其比。其说主好古、实践，故欲研究之者，当先研究夫子所研究之《诗》《书》《易》《礼》等古书，及夫子之遗书《大学》《论语》《孝经》，子思之《中庸》，《孟子》之书等，以考察其说。夫子晚年所最研钻者为《易》，读之"韦编三绝"。虽有谓《易·十翼》非孔子之作者，然余欲述孔子之形而上学，姑引用而论断之。

第一编　形而上学

第一章　天道及天命

儒家"天道""天命"之天之观念，其意义有数种，今分之为有形之天，无象之天二者，更分无象之天（为）主宰之天、自然之理法、宇宙之本原及命四者。"大道"云者，乃自然理法宇宙本原之活泼流行之原动力也；"命"者，则其实现以分诸人者也。

第一节　有形之天

苍苍者天，茫茫者天，悠悠者天，无涯无际，日月星辰森然罗列，以运行焉，以代谢焉。岳岳者地，漠漠者地，草木繁荣，禽兽滋殖，其广也载华岳而不重，其厚也振河海而不泄。天地上下之间，风霜雨露，一阴一阳以为消长，一寒一暑以为往来，参差交错，变化而无穷者，是形体之天也。

《诗》曰："悠悠苍天"，"彼苍者天"，"谓天盖高，不敢不局；谓地盖厚，不敢不蹐"，"倬彼云汉，昭回于天"，"鸢飞戾天"等。（按，《黍离》《黄鸟》《正月》《云汉》《旱麓》）

《论语》："巍巍乎唯天为大。"（按，《泰伯》）

《易》上《象》传："日月丽乎天。"下《象》："日月得天而能久照。"《系辞》："天尊地卑，乾坤定矣。""在天成象，在地成形。"

是皆言形体之天也。

第二节　无象之天

一、主宰之天

前所言有形之天，惟为形体者；今所言无象之天，则为思索者，故最不可不研究之。

主宰者，谓一神灵之物，管理命令一切万物之义也。如上帝、皇天、神、造物主等，皆为神秘不可知者也。

当太古蒙昧之时，人人概为感想的，而智识尚未发达。故现象界有变化，见风雨、电雷、日月蚀、星异、地震等时，忽生恐惧之念，遂以为天有一种人间以上之不可思议之灵力，因畏之敬之，至欲避之。其弊遂陷怪诞迷罔，至惴惴然以礼拜形体。盖知天之神秘，实自天地之形体始。故古人之神秘感想，至此遂将无象之主宰力，与形体同一视之，此所以崇拜形体之天者也。无论何国之民，其原始时代莫不如是。今吾先论天之观念，然后再论自然之理法、宇宙之本原等。主宰之天之证如左：

　　《书经·益稷》："禹曰：'安止汝，惟几惟康，其弼直，惟动丕应徯志，以昭受上帝，天其申命用休。'"

　　又，《[秦]（泰）誓》："惟天地，万物父母。"

　　又："敢用玄牡，敢昭于上天神后。"（按，《汤诰》）

　　《[大]（太）甲》"先王顾諟天之明命，以承上下神祇，社稷宗庙。"

　　又："皇天眷佑有商，使嗣王克终厥德。"

　　《金縢》："秋，大熟，未获，天大雷电以风，禾则（按，此字衍）尽偃，大木斯拔，邦人大恐。"

　　《易》："自天佑之，吉，无不利。"（按，《大有》）

主宰之例证甚多，散见于《书》《易》等古书中。至有灵感想之天，则散见于《尚书》中。自然[理]（法）的之天，则尤多见于《周易》中。

孔子对是等感想的感念，于知识上思惟之，此孔子伦理说之渊源，且其观念之所以高远者也。

二、自然之理法与宇宙之本原

浩浩乎无涯无际之天地间，气化生生流行不息，一切之现象界，皆被时间空间之二形式，与原因结果之律此三者所管理者也。

时间者，谓统一切现象之变化，而一切现象于其中，自一状态而变为他状态，能无限分截之延长之之谓也。空间者，谓一切现象物于其中，常在及继在且俱在者，亦可以无限分截之延长之。至是二者之异，则空间为俱在，时间唯继起。今若唯有时间而无空间，则物之俱在，决不得证明之。何则？盖空间离俱在，即不能存在；既无俱在，则无常在、继在之理；常在、继在而不存在，则无充塞时间中之物，故时间自身亦不能自进行经过也。若反之，唯有空间而无时间，则物之继起，决不能证明之。既无继起，则物之俱在不得而知之。何则？盖客观之常在，对于俱在之中之变化而言之，即与继在俱在相对者也。因继起之变化，乃知常在之不变化；因常在之不变化，乃知继起之变化。无继起之变化，即不能知常在之不变化；无常在之不变化，则不能知继起之变化。要知此二者，吾人自思想上之论理见之，见虽相同一，然若继起之时间既消灭，则物象变化之思想亦消灭，现象界毕竟归于虚无。空间不能据自身证其俱在也。故时间之继起，空间之俱在，其特性虽大相异，然皆不能相离，若相分离，则现象界之事尽虚无迷妄，遂不可解。故知两者之相关，直不可须臾离也。此两者合而为一，即为吾人之悟性，以应用原因结果之律，是彼叔本华氏之卓论也。吾人今当更进一步，以考察因果律之如何。

在客观界经验之实体，呈错综之状态。其状态决非始终不动者，而或生或灭，彼等因其生灭之状态相连络，不问如何，必无有单独自存者。盖彼等悉因其前后之事实，以受规定，互相倚赖。今若于客观界中生一状态，则先之者必有他状态，然后新状态始生。又若其前之状态尚存，则次生之新状态必不能起。此新旧相继之现象，是曰继起。故此等状态，因继续而生者，皆有相互之关系。其始生之状态，吾人名之曰"原因"，后起者名之曰"结果"。故结果者决不能存在于其生来以前，纯然为一新状态。盖结果之名，即由此前之原因而始生。故结果之生，变化也。所谓结果原因之规律者，则即关于此变化之规则，即所以管理之之理法也。此律之唯一应用之范围，唯在变化。此而有一结果，则已示变化之存在；此而有一变化，则已示原因。而凡一切原因，又不可无共于其原因之原因，盖于时间继起之原因结果，相连续而发生，是谓之连锁。

既如上说，则因果律者，乃一状态变而为他状态时必然之理法也。因时间上之异，而名前者为原因，后者为结果。而吾人当论自然之理法之天道时，所得于叔本华氏者，岂浅鲜哉！

夫一切之生灭变化恍惚无常者，皆吾人经验之客观现象界所在之状态也。因果律之继起存在，虽前已详言之，然而因果律虽为行于现象界之法则，然应用此律之原理究如何乎？康德氏之说曰："吾人之知识，惟存于现象界中，不能入本体界也。"彼于《纯理二律相背论》中云："宇宙不可无第一原因，又第一原因非实在。"盖一论现象界，而一预想现象界以外之物者也。叔本华氏之意与之同，以为无第一原因。然叔氏谓存于现（象）界之变化外者，尚有"物质"与"物力"。物质者，为一切变化发生之根本，不为变化所侵，不增不减者也。物力者，已不变化，而能使一切变化，不增不减者也。是二者超然于时间空间以外。此外，叔氏又说世界之本体之"意志"是盲目的冲动，而使现象界发现之根本力，又超绝时间、空间、因果律，而为绝对无差别之物也。要之，物质与物力乃生原因结果之原子，而意志则统一切万有，而使之发现之大活力，即世界之本体也。

孔子亦以宇宙间一切现象，自时间、空间、因果律三者规定之，是实千古之卓识，而与叔本华氏稍相合也。

仰视茫茫之宇宙，则见一切之现象界，皆以一定不易之法则行于其间。如日月之代谢，[尽]（昼）夜之[昼]（变）迁，四时之推移，风雨霜露云雾雷电等皆然也。又如禽兽虫鱼草木人类等之有雌雄二性者，无一非相对的法则之消长。是法则即《易》所云之"阴阳二气"。阴阳二气进动，则于时间中生万物；其静止也，则于空间中见物象。自其进动之方面，即自时间上观之，时必不可无变化，是即因果律之所由生也。故孔子以一切现象世界为阴阳二气之流行，即阳动而阴静，以为盈虚消长，新陈代谢，变化无穷，因果律即自行于其中。统括是等之原理，即为"天道"即"理"。"理"为充满宇宙之生生活泼的本原，超绝一切之现象界，而管理流行于一切现象间之阴阳二气等，而亘永久而不变不灭者也，若自流行于一切之现象界观之，是名"天道"，即自然之理法。自其超绝一切现象界，统括管理此等之力观之，即名"天理"，即宇宙之本原。故《易》曰：

"易有太极，是生两仪，两仪生四象。"（按，《系辞》上）

《彖》辞曰："大哉乾元！万物资始，乃统天，云行雨施，品物流形。"（按，《乾》）

"天行健，君子以自强不息。"（按，《乾》）

"一阴一阳之谓道。"（按，《系辞》上）

"生生之谓易。"（按，《系辞》上）

"太极"谓无差别的始原也。"乾元"谓天之原理。"云行雨施""一阴一阳""生生"等，谓之自然。所谓"天行健"者，合自然之理法与宇宙之本原相言之也。又《论语》曰：

逝者斯如夫，不舍昼夜！（按，《子罕》）

言自然之理法生生而无间也。

《论语》："子贡曰：'子如不言，则小子何述焉？'子曰：'天何言哉！四时行焉，百物生焉，天何言哉！'"（按，《阳货》）

《礼记·哀公问》："哀公曰：'敢问君子何贵乎天道也？'孔子曰：'贵其不已，如日月东西相从而不已也，是天道也。无为而成，是天道也。已成而明，是天道也。'"

是等皆言自然与原理者也。

> 《中庸》："诚者，天之道也。诚之者，人之道也。诚者不勉而中，不思而得，从容中道，圣人也。诚之者，择善而固执之者也。"

子思自孔子之说出，故更进一步，以"诚"为宇宙万有之根本的原理，而宇宙之万有则自此本体所发现之现象也。万有从本体发现为"高明""博厚"二形式。高明为天，有继起性，即时间的也。博厚为地，有延长性，即空间的也。合而为一，则无限无穷，经"悠久"而不已。

今以《易》理、叔本华氏之说互相比较，则其原理虽大有径庭，然叔氏之物质、物力与《易》之阴阳二气，皆使物变化之本质或动力，在其变化以外，则二者之说相似也。此外，因果律为伴一切变化之法则，故有变化即有因果律。孔子虽不说此，然儒之"天理"，子思之"诚"，叔本华之"意志"，皆为宇宙之本原，发现万有之一大活动力，固不甚相异也。

若夫老子之"道"为"恍兮惚兮""窈兮冥兮"，绝对的自然之道，与斯披诺若（今译斯宾诺莎）之一元的"理"相似。若自彼所云"有物浑成，先天地生"观之，则万物开发之本体，皆恒久不变者。故曰："名"，无可名。"无名，天地之始；有名，万物之母"（按，《老子》一章）也。何则？若云"无"，则已与"有"

相对，故曰此道无可名，而静寂自然，绝对无差别的也。一切之规定皆法此静寂自然之化。《易》哲理反之，以"生生"为活泼进动的，一切之人间行为则之，是实其大异之所存也。

以上自然之理法皆依据于《易》者。是书孔子尝极力研究之，故得视为夫子之思想。然孔子为实践躬行者，故据最可凭信之《论语》观之，则可以明道德为人之先天的自然。故于下"有命说"中当引《论语》为证。

三、有命说

于上章既略论孔子以前之"天"之观念，孔子于《易》，但言"天道"，但其实在本人性之自然以立"人道"，故略说人道之本源之天道耳。故《论语》曰："子罕言利，与命，与仁。"（按，《子罕》）又曰："夫子之言性与天道，不可得而闻也。"（按，《公冶长》）则其置重人道，而不详言高远之天道可知。"命"者何？自然之理之实现，而分配于人之运命也。孔子以此"命"为知的，情的。"知的"务主言自然之理，"情的"兼理法与主宰而言之。二者易混，欲详细别之，至难也。今引二三例以示其别。

《论语·为政》："四十而不惑，五十而知天命。"
《尧曰》："不知命，无以为君子也。"
《里仁》："朝闻道，夕死可矣。"

观此诸说，则命由于智识，而为自然之理也。（是言道德观念之本原为天，而天即自然也。）又从情上观之如左：

《论语·雍也》："伯牛有疾，子问之，自牖执其手，曰：'亡之！命矣夫！'"

《先进》："颜渊死，子曰：'噫！天丧予！天丧予！'"

《宪问》"公伯寮诉子路于季孙"节："道之将行也与，命也！道之将废也与，命也！公伯寮其如命何！"

《雍也》："子见南子，子路不说。夫子矢之曰：'予所否者，天厌之！天厌之！'"

《述而》："天生德于予，桓魋其如予何！"

《子罕》："子畏于匡，曰：'文王既没，文不在兹乎！天之将丧斯文也，后死者不得与于斯文也！天之未丧斯文也，匡人其如予何！'"

《八佾》："获罪于天，无所祷也。"

《季氏》："君子畏天命，小人不畏天命。"

此等其中皆含有感激悲愤之意，故知为情也。然元本为理，而发为情，故决非迷妄的感想。征彼之"不语怪力乱神"（按，《述而》），则孔子之遵道理明矣。但信念本为感情的，故在自然之理法中，亦与主宰的之思想相混同。

盖孔子由知，究理，依情，立信念。既立之后，以刚健之意志守之，即"知""情""意"融合，以为安心立命之地，以达

"仁"之观念。盖"仁"与"天"即"理"，同为一物。故孔子既合理与情，即知道，知体道，又信之以刚健之意志，保持行动之，是以于人间之运命，死生穷达吉凶祸福等，漠然视之，无忧无惧，悠然安之，唯道是从，利害得丧，不能撄其心，不能夺其志。是即儒教之观念所以高洁远大，东洋之伦理之所以美备也。

《论语·雍也》："谁能出不由户？何莫由斯道也？"

又《里仁》："富与贵，是人之所欲也，不以其道得之，不处也。贫与贱，是人之所恶也，不以其道得之，不去也。"

《述而》："富而可求也，虽执鞭之士，吾亦为之；如不可求，从吾所好。"

《学而》："子贡曰：'贫而无谄，富而无骄，何如？'子曰：'可也，未若贫而乐，富而好礼者也。'"

《里仁》："不仁者不可以久处约，不可以长处乐。仁者安仁，知者利仁。"

《述而》："子曰：'饭疏食饮水，曲肱而枕之，乐亦在其中矣。不义而富且贵，于我如浮云。'"

《子罕》："岁寒，然后知松柏之后凋也。"

《颜渊》："爱之欲其生，恶之欲其死。既欲其生，又欲其死，是惑也。"

《[子路]（宪问）》："子曰：'不怨天，不尤人，下学而上达，知我者其天乎！'"

不为显荣利达所束缚，知斯道，安斯道，乐天知命，故其胸襟如光风霁月，其德行则圆满潇洒也。

要之，理想与实际，往往冲突龃龉，而人间之运命，又有善恶。故人言善人不必得幸福之运命，恶人不必得悲惨之运命，行德者不必得福，不德者不必罹祸。实亦不然。须视其时代境遇如何，不能一定也。如孔、孟之坎坷穷厄，苏格拉底、基督之惨死，颜渊之夭，盗跖之寿，始皇之暴戾，曹孟德、司马昭之逆，克林威尔之悖理，或如楠正成，或如足利尊氏等，征诸古今之例，有大德之人尝悲惨，大不德之人常侥幸，成败利〔达〕（钝），洵不可以一定也哉！

人本来有自由意志，故人间之运命，皆因人为之如何而如何耳。盖运命者，皆因其时代之趋潮，其人之门阀、境地、才识、技俩等以为变迁者也。若时有大豪杰出，虽能自造运命，然自然之因果律常干涉之，终至不得伸张其自由意志也。盖有一原因，必有一结果，一结果后，或为他原因而复生他结果。故社会之事，复杂错综，个人之力终不得不受一制限。故前所述时代、身干、境地、才识等数者相一致，则得幸运。若此中有不一致之处，则不免于不幸。是实运命之所以不定者也。故于某度意志得以自由，至此以上，亦不得不遵自然之理法。故孔子欲遵道理，即顺自然之理法，实行吾意志之可成则为善，不可能则守其分，可以进则进，可以退则退，可以行则行，可以止则止，可以取则取，可以舍则舍，一切如道理而行之。此孔子之"任天主义"也。

盖孔子明知道德为善，遵之行之，人人必受幸福。然世有盛衰，社会有污隆，行道德者不必获福，故依道德以立命安心。此孔子所以执"自由意志说"与"宿命论"之中庸，即所谓"有命说"是也。

自由意志论者，以人间意志本自由，不受如运命之规定之限制，唯由人力主张之者也。宿命论反之，以宇宙万物一切皆天之所命，而皆受其限制，虽人间之意志，决不能自由。人间之运命既定于先天，而人力之所无如何者也，故不如各安其分。是最极端之说，而与今日进化之理法决不相容者也。若一切从宿命说，则流于保守退步，志气委靡，遂不能转其境地。《论语》：子夏谕司马牛曰："商闻之：死生有命，富贵在天。"（按，《颜渊》）往往有解为极端之宿命说者，然是决非孔子之意。顺当生之道而生，顺当死之道而死，是自然也。顺道而得富贵则善，不得则从吾所好而安命，是亦自然也。孔子之有命说，当如此解。然若从宿命说，死生既于先天中定之，富贵亦从先天中定之，毕竟后天之人力归于无用，不得不陷于委靡也。

人间自由意志论，虽为今日最有力之进取的说，但失之极端，亦非无弊也。其弊则以意志能自由，为善亦能自由，为恶亦自由。故至争名趋势以陷于变诈虚妄，而不能安于吾之素位，龌龊卑鄙，逐世之潮流以为浮沉，是洵不知自己之力欲造运命而却漂没于世之潮流者，故青年血气之人，不可不反省也。

比较前所言，则孔子之说，既非极端之宿命说，亦非极端之自由说，盖居于此二者之间，尽吾人力，即顺自然理法之道以行动云为者也。即可进则进，若不能则已，安吾素以乐吾道，极平和之说也。然而后世腐儒等，不能知生生的进化，唯以保守的解释之，亦非夫子之旨也。

不知儒教有一种之功名的活气。《论语》云："去仁，恶乎成名？"（按，《里仁》）又云："君子疾没世而名不称焉。"（按，《卫灵公》）据此即足以知彼现实功名的之意志矣。

要之，孔子之命，即任天主义。深信自然之理，养绝对之观念，遵一切道理之动静，不问死生、穷达、荣枯、盛衰等，纯反于愦愦之功利快乐主义，故于道德实践上大有价值也。

第三节　"天人合一"与"仁"之观念

吾人于前章既略解"天"之观念，自《易》之哲学说，明自然之理法，今当述"天人合一"与"仁"之观念。

据《易》之说，则基天地之二大法则，以立人道，而说仁义之道德律。

> 《说卦》曰："昔者圣人之作《易》也，将以顺性命之理。是以立天之道，曰阴与阳；立地之道，曰柔与刚；立人之道，曰仁与义。兼三才而两之。"
>
> 又，《系辞》："《易》之为书也，广大悉备：有天道焉，有人道焉，有地道焉。"

由是等观之，仁配阴柔，义合阳刚，准据天地之自然的法则以立人道，即仁义。然从此说，则仁义毕竟为客观的，他律的。故当更进一步如左：

> 一阴一阳之谓道，继之者善也，成之者性也。仁者
> 见之谓之仁，知者见之谓之知。（按，《系辞》上）

阴阳为天地间自然流行之气，化万物成其性，在人则成男女性，自然有道德的性故。

> 《序卦》："有天地然后有万物，有万物然后有男
> 女，有男女然后有夫妇，有夫妇然后有父子，有父子
> 然后有君臣，有君臣然后有上下，有上下然后礼义有
> 所错。"

即言从自然之作用以生成道德，而为客观之次序。

> 《系辞》："天地设位，而《易》行乎其中矣，成性
> 存存，道义之门。"
> 又，《说卦》："和顺于道德而理于义，穷理尽性以
> 至于命。"
> 《文言》："夫大人者，与天地合其德，与日月合
> 其明，与四时合其序，与鬼神合其吉凶，先天而天弗
> 违，后天而奉天时。天且不违，而况于人乎？况于鬼
> 神乎？"

天地间自然之气化流行，生生化化，行于其间，成自然之性。性之根原即天。究理则知性，知性即知天，是为宋儒性命穷理说之

渊源。天人合其德，至此成所谓《易》之"天人合一"观。今再进一步，论他书中之合一观。

> 《诗》："天生烝民，有物有则。民之秉彝，好此懿德。"（按，《大雅·烝民》）
>
> 《中庸》："天之生物，必因其材而笃焉。"
>
> 又："诚者，天之道也；诚之者，人之道也。'诚'者，不勉而中，不思而得，从容中道，圣人也。'诚之'者，择善而固执之者也。"

《诗》言德性为先天的。《中庸》之"诚"即天人合一之观念，而宇宙之根本的活动力也。子思演绎之曰：

> "天命之谓性，率性之谓道，修道之谓教。"
>
> 又："自诚明，谓之性；自明诚，谓之教。诚则明矣，明则诚矣。唯天下至诚为能尽其性；能尽其性则能尽人之性，能尽人之性则能尽物之性，能尽物之性则可以赞天地之化育，可以赞天地之化育，则可以与天地参矣。"

吾人之道德性自先天有之，决非后天者也。故宇宙之根本原理之［纯］（绝）对的"诚"，能合天人为一。天道流行而成人性，人性生仁义。仁义在客观则为法则，在主观则为吾性情。故性归于天，与理相合。天道即诚，生生不息，宇宙之本体也。至此儒教之天人合一观始大成。吾人从此可得见仁之观念矣。

　　《系辞》:"天地之大德曰生。"
　　又:"生生之谓易。"

夫"仁"为平等、圆满、生生、绝对的之观念。自客观的观之,即为天道,即自然理也,实在也。自主观的解之,即具于吾性中者也。其解虽有异,至究竟则必须此两者合而为一,始能至无差别绝对之域。故仁之观念为生生的理,普遍于万物,不能为之立定义也。

　　《论语》:"天何言哉!四时行焉,百物生焉,天何言哉!"(按,《阳货》)

言自然的即无意识的理法之活动也。又云:

　　吾道一以贯之。(按,《里仁》)

融合天人,以"仁"贯之。其欲达之之方法则为"忠恕"。忠尽我心,恕及于人之道,是为社会的仁之发现。能超然解脱,悠然乐者,即得达此仁之理想之人,安心立命之地,皆自此理想把持之。

　　《论语》:"'莫春者,春服既成,冠者五六人,童子六七人,浴乎沂,风乎舞雩。咏而归。'夫子喟然叹

曰：'吾与点也！'"（按，《先进》）

顺应自然之理法，笃信天命，不为利害所乱，无窒无碍，绰绰裕裕，浑然圆满，其言如春风和气。吾人至此，能不言夫子"仁"之观念为最高尚远大者乎！

孔子知致物格，经五十年而后始"知天命"，以达此绝对的"仁"之观念。抑绝对者，何谓也？绝对云者，超乎相对或差别之境，以抵不变不灭之域，必无我自然，始能至之。此理想的天，即仁之观念。达此境地时，中心浩瀚，无所为而行者（无）不合于道。

> 《子罕》："颜渊喟然叹曰：'仰之弥高，钻之弥坚。瞻之在前，忽焉在后。……欲罢不能，既竭吾才，如有所立，卓尔，虽欲从之，末由也已！'"
>
> 《述而》："子谓颜渊曰：'用之则行，舍之则藏，惟我与尔有是夫！'"

其理想之高远，能因用舍行藏之时，权变自在，斯可谓智德圆满无碍，而行为亦无凝滞也矣。孟子曰"可欲之谓善，有诸于（按，此字衍）己者（按，此字衍）之谓信，充实之谓美，充实而有光辉之谓大，大而化之之谓圣，圣而不可知之（之）谓神"（按，《孟子·尽心》），即是也。

以上综合主宰、自然本原等天之观念，与天人合一，与仁之观念言之。而孔子之形而上学根本观念既终，今更进一步，而于下章论孔子之伦理说。

第二编　伦理说

第二章　道德之标准

第一节　社会之仁

人之生于此世也，各依其目的而动。惟其目的有大小，小者为大者所包括，大者又为更大者所包（括）由此递进，其究竟之目的果何在乎？

人本社交的动物，自有道德的本性，与其他互相倚赖关系以立社会，故其行亦互有影响。自己意志受社会意志之制裁，以生个人与社会、社会与国家、君臣父子夫妇长幼朋友男女贵贱亲疏等错杂之关系。于是遂有道德律以规定人间之行为，而达正确圆满之目的地者，惟道德能之。行为之合于道德则善，反于道德则恶。故人间究竟之目的，在据纯正之道理，而修德以为一完全之人。既为完全之人，则又当己立立人，己达达人，人己并立，而求圆满之幸福。所谓人生之目的不过如是而已。

就人间行为之判断，于西洋有动机论、结果论二派。动机论者，行为之善惟在动机之纯正耳，结果之如何，非所顾也。结果论者，日日行为之结果善，则其行为亦善，动机之如何，可不问也。前者为直觉派，后者为功利派。儒学直觉派也。然自今日之伦理学上观之，则前二说皆有所偏倚，即非动机、结果二者皆善，不足为完全无缺之行为。然东洋之伦理说，惟取动机不顾结果之处亦不少，如"杀身成仁"等是也。

孔子自天之观念演绎而得"仁"，以达平等圆满绝对无差别之理想为终极之目的。至其绝对的仁，则非聪明睿知之圣人，不易达此境。欲进此境，必先实践社会的仁。社会的仁，忠恕是也。故欲进绝对之境，不可不自差别之境进也。故仁自其内包观之，则为心之德，而包括一切诸德；然自其外延观之，则抽象的概念而普［通］（遍）的形式也。此形式虽不变，其内容则因时与处而殊。故自特别观之，则名特别之仁；自普遍观之，则名普遍之仁。普遍之仁，为平等之观念，包括其他之礼义智信等。特别之仁为特别的狭义之仁，如"智仁勇"之仁是也。仁于主观，则为吾性情；仁于客观，则发现于社会，为礼义之法则。

一、普遍（之仁）

普遍之仁乃博大之观念为之，如忠恕，如博爱等，有总括社会广泛之意义，而礼义智孝弟忠信等皆包于此中。当其实现于社会上，则为礼为义为智为孝为弟为忠为信，仁乏别也。曰孝曰弟者，事吾父兄尊长之仁也；曰忠曰信者，社交之仁。故爱先自吾家族以及他家族。观《论语》言孝弟"为仁之本"（按，《学而》），可知即其根本自亲以及疏之义也。此仁之差别义也。

《中庸》曰："天下之达道五，所以行之者三。曰：君臣也，父子也，夫妇也，昆弟也，朋友之交也。五者，天下之达道也。知仁勇三者，天下之达德也。所以行之者一也。"

是为孔子所述之五伦，曰：君臣之义，父子之亲，夫妇之礼，昆弟之序，朋友之信。知此五者，所谓"知"也；知此五者而体之，"仁"也；体此五者而行之，"勇"也。此五者又为仁义礼智信之五常。是等尽为仁之内容，而自其差别的方面观之。若普遍之仁则总括是等一切者也。

　　《论语·里仁》："'吾道一以贯之。'曾子曰：'夫子之道，忠恕而已矣。'"

　　又，《雍也》："夫仁者，己欲立而立人，己欲达而达人。"

　　《卫灵公》："子曰：'其恕乎！己所不欲，勿施于人。'"

　　《颜渊》："子曰：爱人。"

　　《学而》："泛爱众，而亲仁。"

　　《公冶长》："子曰：'老者安之，朋友信之，信（按，此字衍）少［老］（者）怀之。'"

是皆说普遍之仁者也。

　　要之，孔子仁之观念，若自普遍言之，则为高远之理想；若自实际言之，则为有义礼智孝弟忠信等之别，以为应用之具。故能全达此等之义礼智孝弟忠信等，即为普遍之仁。

　　至达仁之法则，孔子因弟子之才力而作种种之说。于颜渊，则为"克己复礼"（按，《颜渊》）；仲弓，则曰："出门如见大宾，使民如承大祭。己所不欲，勿施于人。在邦无怨，在家无怨"等（按，同上）；司马牛，则曰："'仁者，其言也讱。'曰：'其言也讱，斯谓之仁已乎？'子曰：'为之难，言之得无讱乎！'"（按，同上）樊迟，则曰："仁者先难而后获，可谓仁矣。"（按，《雍也》）皆自其人与时地而变化者。由是观之，则仁之内容毕竟非可一定言之明矣。故"子曰：可与共学，未可与适道；可与适道，未可与立；可与立，未可与权"（按，《子罕》）。

或人以孔子之仁爱，似英国之"爱他"说，是语吾人尚不可全以为然。如彼英人阿当斯密斯氏（今译亚当·斯密，1723—1790，英国经济学家、伦理学家）之"同情"，哈提孙氏（今译哈奇生，1694—1746，英国哲学家）之"情操"，巴特拉氏（今译巴特勒，1692—1752，英国伦理学家）之"良心"说等，均视为"爱他"之根原出于天性，遂以此为行为之标准，与孟子之"良心"说稍相类似。然孔子不明言人性之善恶，其仁之观念则从高大之天之观念出，其爱又复如前章所述，因普遍而生差别。故其根柢上已大相异。惟孔子重感情之处稍与彼说相似。今若必欲论孔子，则孔子为唱理性之直觉论者，自其克己严肃处观之，实与希腊斯特亚学派（今译斯多噶派）及德之康德之说有所符合。盖孔子之说为合乎情、入乎理之圆满说也，其伦理之价值即在于此。

二、特别之仁

即狭义之仁论，达普遍之一部，或普遍之仁之方法者。如：

《论语·宪问》："仁者必有勇，勇者不必有仁。"

又："仁者不忧，知者不惑，勇者不惧。"

《雍也》："知者乐水，仁者乐山。知者动，仁者静。知者乐，仁者寿。"

《中庸》："知仁勇三者，天下之达德也。"

等将知仁勇分为三者，各相对立，则非"普遍"可知。其言仁者安静，知者流动，勇者敢为，已异其用。故自知仁由知、行仁由勇观之，则仁究不属于知勇二者，故自差别之方面狭义解说之，为特别仁。

三、至善

孔子大理想之仁，非容易达之。欲达之者，宜先自卑近之差别渐进；欲自卑近渐进，当就个人之行为判别善恶；判别善恶；在致知格物。

《大学》曰："欲修其身者，先正其心；欲正其心者，先诚其意；欲诚其意者，先致其知；致知在格物。"

又："物有本末，事有终始，知所先后，则近道矣。"

就致知格物而言之，朱子曰："欲致吾之知，在即物而穷其理也。盖人心之灵，莫不有知，而天下之物，莫不有理。惟于理有未穷，故其知有不尽也。是以大学始教，必使学者即凡天下之物，莫不因其已知之理而益穷之，以求至乎其极。至于用力之久，而一旦豁然贯通焉，则众物之表里精粗无不到也（按，此字衍），而吾心之全体大用无不明矣。此之谓格物，此之谓知之至也。"是二者谓心有知悉万里之灵能，即理性，故穷客观的之物理，以扩大其知，以判别善恶。王阳明曰："致知者，致吾良知之所知。格物者，就吾意所发之事物，去其不正，而归于正。诚意者，良知与意念相一也。"要之，王阳明说良知判断善恶，纯为主观的；朱熹穷客观的物理以扩吾理性而判断善恶；即一行而一知，一简易而一繁衍是也。故各持一理，一基良心，一唱理性，是以其说之分离而不相入也。

从孔子之重行贵知处思之，则致知格物，可谓会此二说而一者。故自知之一面观（之），则朱子之说是；自行之一面观之，则阳明之说近也。

人生究竟之目的，在遵道理以求完全圆满之幸福，故《大学》言究竟之目的，在"止于至善"。

知止而后有定，定而后能静，静而后能安，安而后能虑，虑而后能得。

"至善"即绝对善。"止至善"则定、静而安，是为终极之理想，即"仁"也。故仁为完全圆满之目的地。欲达此境域者，即以致知格物诚意修身为根本。故知孔子贵理性。

孔子以至善为终极标准，故一切之事之违仁者，皆为不善。是以——

　　　　《里仁》："子曰：不仁者不可以久处约，不可以长
　　　处乐。"
　　　　又曰："我未见好仁者，恶不仁者。好仁者无以尚
　　　之；恶不仁者，其为仁矣，不使不仁者加乎其身。"

不仁，恶也，不时发动以破坏仁者也。故欲向仁，务避不仁之行
动，是以致知格物修身诚意之必要也。
　　吾人可据是分孔子之说，为直觉、中庸、克己、忠恕等，而
细论之。

（一）直觉说
　　吾人于前章说孔子之天人合一观，兹当论孔子之为直觉派。
如前所论，孔子既说知与行之相关，又兼重理与情。后之学者往
往自见解之如何而互相分离。今先就孔子之人性问题论。
　　孔子不就人性问题而论善恶，唯就行为而论善善恶恶。

　　　　《论语·阳货》："性相近也，习相远也。"

是言谓人性本无善恶，唯因其习惯之如何，而为善为恶至相隔绝
耳。又

　　　　《卫灵公》："子曰：有教无类。"

谓人之善恶之别者，皆以习惯之故，有教育即可有善而无恶矣。

又

> 《季氏》："子曰：生而知之者，上也；学而知之者，
> 次也；困而学之，又其次也。困而不学，民斯为下矣。"

谓人性有四品，故程、朱即此而分为气质之性，及理义之天性。
孔子又论情之方面，

> 《诗》（曰）"天生蒸民，有物有则，民之秉彝，好
> 此懿德。"孔子读之曰："为此诗者，其知道乎！"（按，
> 《孟子·告子》）

谓人性好善，是为孟子性善论之根原。孔子于人性问题，不精细
研究，故不言善恶。唯自其天人合一观而曰：

> 诚者，天之道也。诚之者，人之道也。

二者乃道德人中所自有者。又

> "子曰：道不远人。人之为道而远人，不可为道。"
> （按，《中庸》）
> 《论语·卫（灵）公》："人能弘道，非道弘人。"

是则无论何人，皆有先天的能性。更进一步，则《季氏》"生而

知之者上也"，《雍也》"人之生也直，而（按，此字衍）罔之生也幸而免"之说，皆可以证明。

第一（条），备言人能直觉辨别是非善恶；但是非谓常人，谓睿智之圣人也。第二条，程子解"直"为"理"，而杨龟山以之为"情"。但孔子以为理与情并重，又因时与地而异。其"直"之解释，如"斯民也，三代之所以直道而行也"（按，《卫灵公》）之解"直"为理，答叶公之问之"直"，则情也。故"人之生也直"之（直），解之为"理"，或稍妥也。以上可知孔子为"贵理性之直觉派"也。

故孔子恰如康德为动机论者，动机纯正则其结果之善恶如何可不顾。故《论语》曰：

> "志士仁人，无求生以害仁，有杀身以成仁。"（按，《卫灵公》）
>
> 又：殷有三仁。（按，《微子》）

仁，动机也。苟能行仁，则其结果如何可不顾。是所以谓直觉说也。

孔子就人之行为以言情与理之当调和。

> 《子路》："叶公［谓］（语）孔子曰：'吾党有直躬者，其父攘羊，而子证之。'孔子曰：'吾党之直者异于是，父为子隐，子为父隐，直在其中矣。'"

自情解之，则理纵令公平，但不适于情时，则不得以之为善。

《宪问》："曰：'以德报怨，何如？'子曰：'何以
报德？以直报怨，以德报德。'"

"以德报怨"者，去差别之平等仁也。故《礼记》夫子言宽身之
仁。"以直报怨"者，有差别的义也，理也。情与理二者以调和
为务。此孔子之说所以最酝藉最稳当者也。

（二）中庸说

孔子恐人之行为之走于极端，因言执中即义，养中庸的良
心。然欲达此标准，其事至难。故孔子自曰："天下国家可均也，
爵禄可辞也，白刃可蹈也，中庸不可能也！"（按，《中庸》）中庸
之德，希腊之阿里士多德氏亦尝言之，其说曰：勇在粗暴与怯懦
之中间。言其本质、关系、分量，及时与地等，然后能之。盖人
之行动云为皆由于知情意之合同关系。故中庸当视其本质、关
系、分量、时地等，若是等均不得其宜，则决不能中庸。故——

《中庸》曰："道之不行也，我知之矣：知者过之，
愚者不及也。道之不明也，我知之矣：贤者过之，不肖
者不及也。"
《论语·先进》："子曰：师也过，商也不及。"
又："子曰：过犹不及。"
《子路》："不得中行而与之，必也狂狷乎！狂者进

取，狷者有所不为也。"

　《雍也》："中庸之为德，其至矣乎！民鲜能（按，
此字衍）（久）矣。"

据此观，则中庸者，无知行之过不及，并立而调和者也。此中庸
又因时与地而变化，是实至难之事，所谓"可与立，未可与权"
是也。

　德者，中庸的良心之我完备之状态也。道者，对于他而行之
也。故德者主观的，道者客观的。要之，此中庸的良心，非所谓
先天的良心之情，乃因理性而治成之情，换言之，即理与情融合
适宜，而行之以公正之意志是也。

　中庸的良心，虽为主观的，但制中庸，则为客观的之礼。故
通社会国家上下贵贱皆须普遍的或差别的之法，此法即礼是也。
礼之本质为情，形式为文，此本质与形式相合而为礼。恭敬辞逊
之心之所动者，情也；动容周旋之现于外形者，文也。弃本质而
尚形式，是为虚礼；弃形式而守本质，是为素朴。故——

　《雍也》："质胜文则野，文胜质则史。文质彬彬，
然后君子。"

文与质整然中和，此中庸。君子尚难之。故孔子忧失其本，于
《八佾》言曰：

　"礼，与其奢也宁俭。丧，与其易也宁戚。"

又："绘事后素。曰：'礼后乎？'子曰：'起予者，
商也！始可与言《诗》已矣！'"

前者言礼之本质为情，故曰与其走于形式，不若守本质。后者言
礼之本质，［别］（虽）为情，然无文饰之之形式，则难名之为礼。
于是比较上虽若以情为重，但此二者若不中和，则究不得名之为
真礼。故——

《礼记·仲尼燕居》："子曰：师也（按，此字衍），
尔过；而商也不及。""夫礼，所以制中也。"

如此之礼，虽自主观的本质与客观的形式相合而成，但当实际行
之也，则当据义以断之。义为判别事物之知力，故为行礼必然之
要素。

《卫灵（公）》："子曰：君子义以为质，礼以行之。"

义与礼之异同：礼主敬，义知敬，是其相似处；义为判别，即知
也，礼为文饰，即形式的，是其异处。孟子曰："义，路也。礼，
门也。"（按，《万章》下）实则此二者互相关联而不可离者也。礼
为体，而其内容中有义为之用。欲行义，则礼必从之。故礼兼义
而义亦兼礼。礼与义分离，则礼为恭敬辞让玉帛交际等，义为辞
受取予死生去就等。

　　至此，礼之本质即情，其形式即文，与义相合。其体虽整

然，然用之不得，失于严酷，宜流动贯通，情意相和。

《学而》："有子曰：礼之用，和为贵。"

但若过于流动，一任于情，则又失礼之谨严。故又曰：

有所不行，知和而和，不以礼节之，亦不可行也。

此礼谓谨严之体也。

吾人至此于礼之为何物，当了然矣。盖孔子实以此礼为中正之客观的法则，以经纬社会国家者也。

《礼记·经［界］（解）》："（礼）之于正国也，犹衡之于轻重也，绳墨之于曲直也，规矩之于方圆也。故衡诚悬，不可欺也（按，此字衍）以轻重；绳墨诚陈（按，原误作'诚陈绳墨'）不可欺以曲直；规矩［陈］（诚）设，不可欺以方圆。君子审礼（按，原误作'审礼君子'），不可诬以奸诈。是故隆礼由礼，谓之有方之士；不隆礼不由礼，谓之无方之民。敬让之道也。故以奉宗庙则敬；以入朝廷，则贵（贱）有位；以处家室，则父子亲，兄弟和；以处乡里，则长幼有序。孔子曰：'安上治民，莫善于礼。'此之谓也。"

礼如衡、绳墨、规矩等之规定轻重（按，原误作"轻重规定"）、曲直、方圆以错杂之。社会国家中之一切行动云为，人从之者善，背之者恶。此礼所以为中庸的，又客观之法则也。《礼记》立人之十伦，曰：

> 事鬼神之道，君臣之义，父子之伦，贵贱之等，亲疏之杀，爵赏之施，夫妇之别，政事之均，长幼之序，上下之际。

是［我］（均）社会的秩序也，又其为中庸的：

> 《论语·泰伯》："恭而无礼则劳，慎而无礼则葸，勇而无礼则乱，直而无礼则绞。"

（三）克己说

孔子之学，即欲达其理想之仁，先当励精克己，屏己之私欲。既克则当［傅］（博）学明理，以锻成刚健正大之意志。既锻成刚［建］（健）正大之意志，始能处道而实行之。其说虽稍偏于情之一面，但于个人之严肃端庄，于伦理实践上有非常之价值。

> 《子罕》："子绝四：毋意、毋必、毋固、毋我也。"
> 《卫灵公》："子曰：君子求诸己，小人求诸人。""躬自厚而薄责于人，则远怨矣。"
> 又曰："不曰如之何如之何者，吾（末）如之何也

已矣！"

《宪问》："不患人之不己知，患其不能也。"

是谓修克励精自德，为之己而非有待于他也。

《公冶长》："颜渊曰：'愿无伐善，无施劳。'"

谓修养温厚克己之德以推及于人也。

克己、修德、博学、明理，若不实行，往往陷极端之弊害。故——

《阳货》子六言六蔽说，曰："好仁不好学，其蔽也愚。好知不好学，其蔽也荡。好信不好学，其蔽也贼。好直不好学，其蔽也绞。好勇不好学，其蔽也乱。好刚不好学，其蔽也狂。"

于希腊有西尼克派，即（犬）儒派之极端克己说，及斯特亚学派之克己说，德国有康德之严肃主义等，皆此说也。而其中如斯特亚学派，为重自然，安天命，贵理性，以实践励行为目的，最似儒教。然孔子之克己说，非若他说尽绝诸情，不过从实践励行上立此说。故其归着为中庸，为复礼。

《论语·颜渊》："颜渊问仁，子曰：'克己复礼为仁。一日克己复礼，天下归仁焉。为仁由己，而由人乎

哉？'颜渊曰：'请问其目？'子曰：'非礼勿视，非礼
勿听，非礼勿言，非礼勿动。'"

是言为仁之法在克我私欲，复中庸之礼，使一切之视听言动，皆顺于礼，始为实行仁也。

要之，此说在励精苦学，修吾之行，以练习刚健不屈之意志而实践之。至其归著，则仍在复中庸之礼，以达于仁。夫一切克己说，皆在严肃端正，锻炼个人，虽于道德实行之点，迥非俗所能比拟，然于情之一面，弃而不顾，故往往不免失之过甚，如西尼克则此弊尤甚，独孔子能以中庸防此弊耳。

（四）忠恕说

吾人于前章中，既详论直觉、中庸、克己诸说，今当论其最广大最主要之忠恕说。

忠，尽吾心也；恕，推己以及人也。自普遍上观之，则为社会上之博爱，洵足以一贯诸说，以达于完全圆满之仁之理想。故——

《论语·里仁》："子曰：'参乎！吾道一以贯之。'"

又："曾子曰：夫子之道，忠恕而已矣。"

《卫灵公》："子贡问曰：'有一言而可以终身行之者乎？子曰：'其恕乎！己所不欲，勿施于人。'"

又："'赐（也）！女以予为多学而识之者与？'对曰：'然，非与？'曰：'非也，予一以贯之。'"

> 又《雍也》："夫仁者，己欲立而立人，己欲达而
> 达人。"

是盖谓用此以包括其他一切之语言，使之一贯，使之普遍，而为必不可不行之道。但忠恕究何故不可不行乎？则自孔子之天人合一观观之，则以在人之理性为先天的，即以人为有道德性之社交的动物。故

> 《论语》："人之生也直。"（按，《雍也》）
> 《序卦》："有天地然后有万物，有万物然后有男女，
> 有男女然后有夫妇，有夫妇然后有父子，有父子然后有
> 君臣，有君臣然后有上下，有上下然后礼义有所错。"

即谓人道乃自然顺人之道德的能性以生成者，即礼义之（所）由生。盖以人本为社交的动物。故曰："仁者，人也，亲亲为大。"（按，《中庸》）故吾人不可不据己之性情以行仁。其故以道德本为自律的，仁又为人性之所本有，开发之即为人道故也。仁，差别的也：自亲而疏，自近而远；普遍的也：欲推己及人，则当以己心为标准。其途有二种：一，正面的：

> 夫仁者，己欲立而立人，己欲达而达人。（按，
> 《雍也》）

是为希望他人与己同一发达，故合于是者，仁也，善也。一，反

面的：

己所不欲，勿施于人。

是为禁止之言，背此者，不仁也，恶也。

故此忠恕说，为网罗君臣父子夫妇兄弟朋友贵贱亲疏等一切社会上国家上之差别，而施之以平等之诚与爱之道，即达普遍一贯之仁之道。

《公冶长》："子曰：'老者安之，朋友信之，少者怀之。'"

自老者、朋友、少者三者而观之，虽似有差别，然而自总合是等一切社会而观之，则普遍之仁也。

要之，忠恕者，在达己达人，即以己与人共立于圆满为目的。故是非个人的，乃社会的。是实此说所以凌驾一切诸说，亦其意义之所以广泛也。

第三章　德

第一节　德之意义与仁之内容

德有二意：一，伦理的感觉，照之于理性，以养高尚之情操，由意志而实现习练之，则吾性可善，即所谓道德的德是也。一，为关于研究真理，或以之教人等知的德也。于东洋之德，仅有前者。虽孔子亦尝言知，然非独立，而但为道德上之知也。

韩愈曰："博爱之谓仁，行而宜之之谓义，由是而之焉之谓道，足（乎）己于（按，此字衍）无待于外之谓德。"道者，必不可不行之法则也，是为客观的。德者，谓吾心得是道而行之之（按，此字衍），[生]（是）主观的状态也。

吾人既于前章论孔子之仁，为包容其他一切诸德之普遍之德，即对己之德，与对家族及社会国家等之德，皆存于此中。但先以家族间之德为根本，然后渐逐推及社会国家。故以孝弟为本，而综合忠信义礼智等诸德，即普遍之仁。故仁为德之全称，其他不过为其一部分而已。

孔子何故因时与地，应其人而言抽象之仁，而不与之以具体的定义乎？是为吾人最不可不注意者。盖孔子明知进化之理：今日之人之德，不必即为后世之德；后世之德，不必即为今日之德。其故因德乃随各时代以进化，与政体风俗人情等有种种之关系，而生种种之差别者也。故孔子以为，于未来之世，或生大学问家，或生大德行家，此等学问家德行家之德之行，反胜于今日，亦未可知。故于《子罕》曰：

后生可畏，焉知来者之不如今也。

是语谓未来之进化，不可预想。知是语就人物一面观之，因为生生的进化，但其意义不惟止于人物，虽德亦然。

又曰："由！知德者鲜矣。"（按，《卫灵公》）

又:"中庸之为德,其至矣乎! 民鲜能(按,此字衍)久矣!"

是盖谓得德之难也。

以此之故,孔子于"仁""德",不与一定之意义,惟抽象普遍形容之。至其内容,诸德则因时与地与人以为变更,是实为科学的分解之所难,亦为孔子之说明巧处。孔子之德,分解列举之虽甚难,但今亦不能不举其大要于左,以研究其种类:

第二节　德之种类

仁　仁,前已再三论之,为普遍的之仁。表中一切诸德,莫不为其所网罗包容,即博爱、忠恕、一贯的之仁是也。但于殊别之时,则为慈惠或爱等。

表中知、勇、克己、中庸、敏、俭,皆对己之德。对人之德分两端:一为家族,一为社会及国家。

关于家族之德,曰孝弟、慈严、夫妇之礼、友爱等,而尤以孝弟为百行之本。关于社会及国家之德,曰忠、信、直、宽、惠、温、良、恭、让等,而尤以礼为普遍,又为社会上之秩序,又义亦普遍而差别的。

今将对己之德以及对他之德略解之于下。

(甲)对己

知　知者,知也,含有智慧之意;若扩大其意,则为智识。故欲得真智识,必不可不学。盖学非为人也,为我也。孔子已尝

德　表

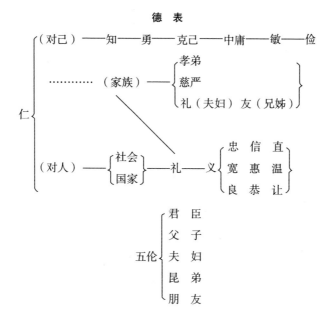

明言为自己之德矣。其注重在研究一切学问以明智，则当事物而无疑惑。故孔子曰："[智]（知）者不惑。"（按，《宪问》）但此知乃欲行道之本，即王阳明所言之"知行合一"，乃与行相关者也。

　　勇　勇为决行吾意志之力，虽属于己，而不受仁与义之指择。故曰："见义不为，无勇也。"（按，《为政》）又曰："仁者必有勇。"曰："勇者不惧。"（按，《宪问》）但勇与知有密接之关系，不可或离。故曰："好勇不好学，其蔽也乱。"其义即非道德之智识所生之勇，则不得为德。要之，知与勇实际上为合成其他诸德所生者，故不可分离。知者知道德，勇者实行之。

　　克己　克己前章已论之，兹不再详言，约而论之，为抑自己之私欲而克之，刻苦励精以达于道，是为自己之德，勤勉等属之是也。

　　中庸　中庸前章亦论之，兹惟撮其要曰：中庸者无过不及之中庸的良心，是亦为自己德，客观的礼、主观的节制等皆属之。

敏　敏，敏捷也，对事务而言。故曰："敏则有功。"（按,《阳货》）顺于道而敏捷处事，自己之德也。

俭　俭，节俭也，节省冗费以俟他日之利用。"与其奢也宁俭"之类，是亦为属自己之德，然与其他有关系。

（乙）对人

家族的

孝　孝之为德，为德行之根本，人伦之第一，事亲能尽爱敬之谓也。孝者，子对于亲之纯粹爱情，即人之天性也。

> 《论语》曰：孝弟"为仁之本"。
>
> 《孝经》曰："子曰：夫孝，德之本也，教之所由生也。"
>
> 又曰："夫孝，天之经也。"又曰："天地之性，人为贵。人之行莫大于孝。"

而孝以爱与敬为主。故——

> 《孝经》曰："子曰：爱亲者不敢恶于人，敬亲者不敢慢于人。爱敬尽于事亲，而德教加于百姓，刑于四海。盖天子之孝也。"
>
> 又曰："资于事父以事母而爱同，资于事父以事君而敬同。故母取其爱，君取其敬，兼之者父也。"
>
> 又曰："教民亲爱，莫善于孝。"

又曰:"君子之事亲孝,故忠可移于君。"

自家族的爱敬进推及天下,以孝为治国家之根本。

《论语》:"孟懿子问孝。子曰:无违。""子曰:生事之以礼,死葬之以礼,祭之以礼。"(按,《为政》)

《孝经》:"身体发肤,受之父母,不敢毁伤,孝之始也。立身行道,扬名于后世,以显父母,孝之终也。夫孝始于事亲,中于事君,终于立身。"

前者谓终亲之生,勿违于理,惟以礼将其爱敬而事之,既殁则终以葬祭之礼。后者谓事亲又以事亲之道事君,而终之以立身,是孝为最大者也。此外孔子应弟子之问,而从多方面言之者:

《[谓](论)语》:"孟武伯问孝。子曰:'父母唯其疾之忧。'子游问孝。子曰:'今之孝者,是谓能养,至于犬马,皆能有养,不敬,何以别乎?'子夏问孝。子曰:'色难。有事,弟子服其劳,有酒食,先生馔,曾是以为孝乎!'"(按,《为政》)(此句本于《礼记》:"孝子之有深爱者,必有和气;有和气者,必有愉色;有愉色者,必有婉容。"言事亲之际,惟色为难耳。)

以上之说,皆以情即诚实为本,而节以礼。故孔子以孝德为重大可知。

弟　弟，事兄顺长之德也，姊妹间亦同，在家族中与孝相关系，而发而为敬为义，然后推及社会。故——

《孝经》："以〔弟〕（敬）事长则曰（按，此字衍）顺。"

又："事兄弟，故顺可移于长。"

"教民礼顺，莫善于弟。"

又："教以弟，所以敬天下之为人兄者也。"

又："长幼顺故上下治。"

"孝弟之至，通于神明，光于四海，无所不暨。"

弟者，谓对长者敬而从顺之也，是为家族的关系之本，扩之即可以治社会国家。故孝弟为一切德行之起原。又孝在社会国家则为仁，弟在社会国家则为义，故为人伦大本也。而不孝不弟，即为乱伦。

慈与严：东洋风行家长制度，故论卑对尊之道则甚详，论尊对于卑之道则甚疏。然亦有论及者。

慈　慈为父母对子之纯粹爱情，即慈爱。孔子于此德，未显言之，惟曰："父子之道，天性也。"又："曾子曰：若夫慈爱恭敬，安亲扬名，既闻命矣。"（按，《孝经》）此德与孝俱为先天所有的，而根本的为最纯美之情也。无此情，则亲子之道不立。盖孝弟者卑对尊之德，此则尊对卑之德也。

严　严用以救溺爱者，《孝经》所谓严亲严兄是也，是为家长所专有。

孔子于夫妇间惟曰"礼"，不明言"爱"。又兄姊对于弟妹之友爱，亦未详言之。然而《左传》十礼中尝言君令、父慈、兄爱、夫和、姑慈，皆尊对卑之德也。

礼　夫妇为人伦之根本，为五伦之一。孔子惟于《中庸》述之，惟夫妇间但规之以礼，而不言情。其故以夫妇之爱情本出于男女相爱之天性，有最大势力，人之原始，皆在于此。但男女之爱，往往失之极端，致乱大伦。故复云礼以节制爱，是亦自东洋家长制度之严肃出者也。然夫妇之爱，为根本上纯美之情，以爱为根本，而纪纲之以礼，其庶乎可矣。

友　为兄姊对于弟妹之友爱，亦纯美之情，但孔子之说不详。然孔子抽象的之仁，其内容含有许多差别之爱，故此等之爱，皆包括于仁中，不可忘也。

社会及国家的

礼　礼，如前章所说，中庸之显于客观之形式也。然此实通家族社会国家而维持其秩序，故能于主观上知之行之，实为最大之德。故云："克己复礼"，"为仁由己"（按，《论语·颜渊》）。而以礼裁制君臣父子夫妇兄弟朋友丧祭冠婚等一切国家及社会之事。

义　义，前章中已与礼略论其义，是为差别的仁，乃道也，非德也。然自主观上之得于心而观之，则亦为德；自差别处观之，则知的即理也。故——

　　《论语》曰："君子之于天下也，无适也，无莫也，义之与比。"

又："君子喻（于）义，小人喻（于）利"（按,《里仁》）等。

是谓遵道理而行之义，一切社会国家家族道德上之裁断，莫不由之，而与礼相表里者也。有君臣之义、家族之义、国家之义、人对人之义等，即所谓人道之正义也。得之我心而践行之，是为正义之德，是为诸德中之最大者。

忠　忠，对人而尽我心之谓也。孔子以忠信相连而论之，于社会上曰"言忠信，行笃敬"（按,《卫灵公》）等。忠必笃实而行之，所谓诚是也。国家君臣之际，与义合是为忠义，为人伦之重大者，加恕则为仁。

信　信，为社交的，为人交际上不可缺之德，与忠相联，而不能离，为朋友间最切实之德。故孔子能去"兵"去"食"，而独不去"信"（按,《颜渊》），即无信则不立。盖无信则社会国家必致虚伪浮薄，不能完全成立。故又曰："信则民任焉。"（按,《尧曰》）是社会与国家相通之德也。

直　直，即正直，或刚直等之德。孔子尝屡屡言之，曰"直哉史鱼！"（按,《卫灵公》)曰"直道"（按,《微子》），曰"举直"（按,《为政》）等，要之，不外为公正无私从理而已。又有时从情之方面言之，参照前章。

宽　宽，宽弘也。《论语·阳货》举仁之内容曰"恭宽信敏惠"，而以宽为此中最大之德。故曰"宽则得众"，是为君子之德。

惠　惠，恩惠也，惠则足以使人，又为君德。孔子名此二者为君人之德。虽宽弘恩惠，为社会上之德，然若敷衍之，则大有裨益。

温　温，温厚也。"温良恭俭让"五者之一，谓接人宜稳和笃实。

良　良，良直也，又善良，谓对人无偏心，无邪心，方正之德也。

恭　恭，恭敬也。礼义之根本，敬为其主，恭表出之故也。得恭则不侮，是为人人交际上不可少之德。

让　让，谦逊也，亦与恭敬等同为交际上之美德。

盖礼与义，家族社会国家共之。忠信宽惠，社会国家共之。独直温良恭让，但为社会的德耳。

以上诸德，均为仁之差别的内容，总括之即为普遍之仁。

此外于女子之德，则言贞操从顺等。

德虽因时代政体与国民等而生差异，然而以上诸德，则为东洋之特德，至今日犹用之。于今日若自社会国家上论之，则道德的德为公共心、慈善心、爱国心等。对于自己，则为自重、热心、洁白、清洁、活泼、顺序等。见于知力上，为精密、熟虑、慎重、智慧等。于家族，为尊对卑之慈爱亲切等。于妇德，为慈爱、贞淑、端正、柔和、公平等诸德。

第四章　教育

第一节　人格之完成　德之修养

孔子教育之目的，可从二方面观察之：一、修己之德以锻成意志，而为完全之人物，以达高尚之仁；一、锻炼意志修德而治平天下。故前为纯粹之道德家，后为道德的政事家。以修身为第一义，治人为第二义。故——

> 《大学》曰："古之欲明明德于天下者，先治其国；欲治其国者，先齐其家；欲齐其家者，先修其身；欲修其身者，先正其心；欲正其心者，先诚其意；欲诚其意者，先致其知；致知在格物。"

致知格物说于前至善之章已论之，今惟论孔子之如何完成人格，如何修养德性于下。

孔子之主眼在德行，即德育是也。故所言之学问，即知育，不过修先王之道而修德耳。故既知之，则当行之，阳明所谓之知行一致是也。孔子自身，以绝对之智力而理会天道。其教育法则，能为实践的，自近而远，自卑而高。先教弟子以日常起居、饮食、洒扫、应对等，渐进而教之修心。其所教之书，即《诗》《书》《礼》；其所教之艺，则文行忠信，礼乐射御书数等六艺。射御，体育也。弟子通六艺者七十二人。"德行：颜渊、闵子骞、冉伯牛、仲弓。言语：宰我、子贡。政事：冉有、季路。文学：子游、子夏。"（按，《先进》）其他曾参、有若、子张等，一时人材郁然。其教授法各应其力，因其人之高下而为多方面的。凡问答，使弟子各以己力发明之，勉学之。故孔子之教授法，可名之为开发心性之法也。故——

《述而》曰："子曰：不愤不启，不悱不发，举一隅
不以三隅反，则不复也。"

德不可得而学。故学问不过欲得智识耳，从此智识以陶冶吾之情
与意，始能得善良之品性，即德是也。孔子欲完成人格以使之有
德，故于欲知情意融和之前，先涵养美情，渐与知情合而锻炼意
志，以造作品性。于是始知所立，和气蔼然，其乐无极，是即达
仁之理想，而人格完成矣。故——

《泰伯》曰："兴于诗，立于礼，成于乐。"

诗，动美感的；礼，知的又意志的；乐，则所以融和此二者。苟
今若无礼以为节制，一任情之放任，则纵有美感，亦往往动摇，
逸于法度之外。然若惟泥于礼，则失之严重而不适于用。故调和
此二者，则在于乎。

既锻成圆满之人物后，无论在朝在野，其行动云为，皆无窒
碍，且可为学问之法。

《述而》曰："志于道，据于德，依于仁，游于艺。"

是谓先立志讲道，习练之而得于心，愈修养而至于仁。仁，完全
之德也。既得此德后，更从容习礼乐射御书数等日用实践之事，
"游于艺"者，此之谓也。

修德之先，必不可不先有完全之智识，苟无完全之智识，则

不知其德为何物。故于《阳货》篇言六言六蔽：

> "好仁不好学，其蔽也愚。好知不好学，其蔽也荡。
> 好信不好学，其蔽也贼。好直不好学，其蔽也绞。好勇
> 不好学，其蔽也乱。好刚不好学，其蔽也狂。"
>
> 又《为政》曰："学而不思则罔，思而不学则殆。"

即谓无智识则暗昧，而不能知完全之德。

然又恐惟于智识一面而不能言行一致，于是复说以下各条：

> 《宪问》："有德者必有言，有言者不必有德。"
> 又："君子耻其言而过其行。"
> 《雍也》："君子博学于文，约之以礼。"
> 《子张》："子夏曰：博学而笃志，[问切]（切问）
> 而近思，仁在其中矣。"

此一切所言，皆谓德行为本；智识不足知之。再进一步，则如：

> 《雍也》："知之者不如好之者，好之者不如乐
> 之者。"

知道德者不及好道德者，好道德者又不及乐道德者，是为形容入
道德之深。要之，欲养德必就圣贤之书学之，先得道德的智识，
以陶冶性情，使成强健之意志，更于行为上反复习练之，遂为自

我之品性。是为孔子教学之要领也。

第二节 政事家

能修得以上一切完全之德，即所谓仁者，亦可以之治平天下国家，是为孔子之第二目的。至此，道德与政治遂合，而非完全之道德家矣。既可以之治国家，故君主必应具此德。故——

> 《大学》曰："物格而后知至，知至而后意诚，意诚而后心正，心正而后身修，身修而后家齐，家齐而后国治，国治而后天下平。"
>
> 又《论语·宪问》曰："修己以安百姓。"
>
> 《［季氏］（颜渊）》："君子之德风，小人之德草，草上之风必偃。"
>
> 《为政》："为政以德，譬如北辰，居其所，而众星共之。"

谓政事家必具完全之德，以行道德的政治。然在治国，则一切当遵先王之制度、礼乐刑政等，次所记者是也。

第五章 政治

第一节 道德的政治 先王之道 礼乐刑政

孔子之伦理说，前章既已论之，今当论其政治说。惟孔子之政治，本为道德政治，故惟评其梗概。

孔子者，君主封建制之政治家，欲祖述尧舜、夏殷周三代先王之道，由斯道而治天下。故言君主有大威德统御诸侯，亦能治其民服从其君主。是则承认君权之无上，而以道德一贯上下之间者也。故于——

> 《泰伯》曰："民可使由之，不可使知之。"
> 《颜渊》："君君，臣臣，父父，子子。"

前者专制主义也；后者以人道一贯上下者也。

孔子参酌尧舜三代制度而取舍之，欲施完全之封建政治。故答颜渊问为邦曰：

> 行夏之时，乘殷之辂，服周之冕，乐则《韶》舞，放郑声，远佞人。郑声淫，佞人殆。（按，《卫灵公》）

是谓用夏之历法，从殷之质素之道，行周之华美之礼制，去淫声，远恶人，奏舜之音乐：是盖欲采尧舜三代政之所长，而折衷之者也。

故知孔子者，虽崇拜其理想中之人物如尧舜者，然实则不过阳崇拜之耳。又孔子之理想在周，故曰："周监于二代，郁郁乎文哉！吾从周。"（按，《八佾》）又曰："[予]（吾）不复梦见周公。"（按，《述而》）又曰："如有用我者，吾其为东周乎！"（按，《阳货》）盖孔子之政治思想纯在周代，不难想像也。

经礼三百，曲礼三千，是为孔子治人之具。礼乐用以陶冶人心，而政刑则以法制禁令刑罚治民。前者为道德，在修人心；后者为政法，在律人身。虽此二者相合，然后成为政治，但其所最重者，则在礼乐。故于——

　　《为政》："道之以政，齐之以刑，民免而无耻。道之以德，齐之以礼，有耻且格。"
　　《子路》："名不正，则言不顺；言不顺，则事不成；事不成，则礼乐不兴；礼乐不兴，则刑罚不中；刑罚不中，则民无所［措］（错）手足。"

盖以道德为先务，而刑罚惟治不从之具耳。

　　《里仁》："能以礼让，为国乎何有！不能以礼让为国，如礼何！"
　　《子路》："上好礼，则民莫敢不敬；上好义，则民莫敢不服；上好信，则民莫敢不用情。夫如是，则四方之民，襁负其子而至矣。"

此外答子贡之问，有去"兵"去"食"犹取"信"之言，又"举直［措］（错）诸枉，能使枉者直"（按，《颜渊》）等语，欲一切皆从道德以完成己之人格，又举贤才以治国安天下也。概而言之，则孔子政治思想，一遵先王之道，为君主封建专制主义，专尚保守，又恐君悖理暴行，致民心离叛，因复以道德贯通上下以规律之。因此德与政遂相混同。又孔子最慕盛周时之文华，故一切典章制度，皆以周公遗法为则，参夏殷二代之制，去其不善者。在今日观之，虽无精论之价值，然在当时则为最完全之政治，是实由于时代之进化使然。故若以今评古，无异于未来之评今也。要之，孔子之说，其可取者，不在其政治上，而在其道德上。孔子之道德，能经二千余年管理东方大半之人心者，实其道德之严正，且能实践故也。

第三编　结　论

吾人于前数章既论述孔子之伦理说，今当综合其要领而以终此篇。

孔子于研究《易》哲学时，因阴阳二气之于时间上变化继起，遂知左右现象界之自然的理法，于是遂悟天道为生生的，为宇宙之根本原理，而说其理想上之天。故天自"理"之一面观之，乃无意识的理法之活动；自"情"之一面观之，则有意志而管辖一切万有者也。夫子实混此两方面而言之。故于知识上言之，则现象界有因果律以规定一切，是为自然之理法。又宇宙之根原虽为天道，然人间之意志亦不能完全自由。故自感情上言之，则所谓［王］（天）者不过一种之命法。然苟遵道而行，而为所当为，不为其所不当为，则于道德自身中有一种之快乐。故当顺道理，尽人力，若不可能，则安其分。是以知孔子非自由意志论者，又非执极端之宿命说者，而为执其中庸之有命说，所谓任天主义是也。

孔子"天"之观念如此。又主能（按，此字衍）人间理性之为先天的物，即自客观上观之则为天道，而自主观上言之，则吾理性也。自致知格物而穷物理，广修自己心以去私欲，而逍遥于无我、自然、绝对、无差别之理想界，是为其天人合一之观念，即绝对的仁是也。是实为孔子伦理说之渊源。欲达此境，必积长年月之修养，非有大理会力与大德行者不能达也。故不详言此高远之学理，而但说人人所能行之实践道德也。

孔子从"天"之观念演绎而得"仁"，其发现于社会的为忠恕。一贯普遍之仁，其内容有义礼［孝智］（智孝）弟忠信等，又知仁勇等狭义之仁，亦为此一部分。普遍之仁，为包括一切诸德之全称抽象的大概念也。故此德虽不变，至其内容则因时与地与人而异其德，是亦为孔子明进化之理，故不与"仁"以一定之定义之证，亦为孔子说法之机变巧妙之处也。

孔子以达其大理想之仁，即"止于至善"为目的，然而不能人人达之，故先说达之之法，即直觉、中庸、克己、忠恕等是也。

直觉说乃（不）据理性而判断者，然孔子具之。中庸说则以情为本，以理调和之，养成无过不及之中庸的良心。其表出于社会也，则为礼，一切行动云为皆以是为标准。毕竟所谓中行、中庸者皆谓知行之融和也。又说［自］（因）时地与人，而道德有权变，故不能于数量上论断之。夫子之温和浑厚，而其行无不中节，职由斯说。克己说为克私欲以复礼，而至于仁之励精严肃主义。忠恕说则由博爱及同情以达普遍之仁者也。

是社会的仁而包括一切诸［说］（德）者也，此绝对的之

［观］（仁）之德。而特别之仁，则为知、勇、克己、中庸、敏、俭等。对于家族，则为孝弟、慈严、夫妇之礼、兄姊之友爱等。对于社会国家，则为礼、义、忠、信、直、宽、惠、温、良、恭、让等。礼义亦通于家族，为此数者中最大者。又此中最重者，为关于家族、君臣、朋友之德，换言之，即君臣、父子、夫妇、昆弟、朋友五伦，而孝弟又为是一切之根本。对自己之德与对他人之德，相关而并行之。是即孔子之形而上学与伦理说之大要也。

孔子教育之目的有二：一，锻炼道德的意志，以完全人格，即道德当一以身体之。［道］（一），又当为有为之政治家，出而治平国家。故一以道（德）为目的，一以政治为目的。孔子之观此二者，毫无差异。故曰："天下有道则见，无道则隐。"（按，《泰伯》）其教授法因人材之高下以为问答，使以自己之力勉学，是即开发教授也。而其教育之宗旨，德育最重，知育不过供给成德之智识。至于体育，则使弟子学习射御各科是也。

政治，在参酌先王之制度，以礼乐治天下，是为德教政治。政与刑则所以处治破坏德育者。政体，为君主封建制。君主独有大权，然须备至仁之德以统御一切，举贤能而使当治国之任，以礼保持社会国家之秩序。臣当守义，服事于君。在家，则为父子、夫妇、兄弟；在社会，则为朋友：皆当修德。自家族以及天下，此所谓德教政治也。

孔子之人生观，在明道理、尽吾力，而躬践道德，至其终极，则以信天命为安心之地，故超然不为生死穷达富贵利害得丧所羁束。是主义虽甚高洁，然一不慎，则流于保守、退步、极端之宿命说，此则于今日进化之理法上决不能许者也。

东方伦理之缺点，在详言卑对于尊之道，而不详言尊对于卑之道，以是足知家长制度之严峻专制，而其抑制女子则尤甚。故女子之德多有压制过酷者。此实由于男尊女卑，封建专制之习惯使然也，而今日不得不改正之也。

以上全论述孔子之学说，今当就孔子人物一言以结之。

吾人所最惊叹者，则为孔子感化之力伟大，及其说法之巧妙也。盖夫子之德，圆满无缺。其言为春风和气，蔼然可亲，故虽疏野傲慢之人，亦无不被其感化，而化为沈著温厚者，如子路是也。

孔子人物之伟大，道德之完全，虽更无待细说，然孔子又忠实之尊王、爱国、慷慨家也。孔子见周末封建政体之败坏紊乱，诸侯之僭乱悖逆，蔑视君上，杀伐攻略无有宁日，乃与其徒游说四方，期再兴王室，一复西周之盛。故孔子政治的思想常在周公，故曰："我不复梦见周公。"又曰"如有用我者，吾其为东周乎！"等语。又曰："天下有道，则礼乐征伐自天子出。天下无道，则礼乐征伐自诸侯出。"（按，《季氏》）其忠愤热诚溢于言表。惟以时运衰颓，究非人力所及，故虽大圣如孔子，亦终不能达其意，终身流离困厄，备尝艰苦，不能行其德。故其激越之言曰："道不行，乘桴浮于海。"（按，《公冶长》）又曰："女奚不曰：其为人也，发愤忘食，乐以忘忧，不知老之将至？"（按，《述而》）

呜呼！是何等悲壮感愤乎！天何以不眷此大圣人？何故不用大圣人以整理国家？天乎！人乎！吾人不得不怪人间之命运果无定也。嗟时代之衰微，叹人心之腐败，乱臣贼子横行于世，滔滔者天下皆是也。于是既不能以个人之力挽回天运，退而作《春秋》，大义炳耀，使千秋万岁乱臣贼子肝胆俱寒。又为学不厌，教人不倦，谆谆熏陶子弟，悠然有余裕。信命而任天，故不怨天，不尤人，以终其天年。故孟轲赞夫子曰："自生民以来，未有如（按，此字衍）夫子！"（按，《孟子·公孙丑》）非溢美之言也。

　　《教育世界》161—165 号，1907 年 11 月至 1908 年 1 月

子思之学说

第一章　传及其著书

孔子年十九，娶于宋之亓官氏，一岁而生伯鱼。伯鱼之生也，鲁昭公以鲤赐孔子，荣君之贶，故名之曰"鲤"，字伯鱼。伯鱼年五十，先孔子卒。即伯鱼之卒，当孔子六十九岁也。《论语》（按，《先进》）曰：

> 颜渊死，颜路请子之车以为之椁。子曰："［材］（才）不［材］（才），亦各言其子也。鲤也死，有棺而无椁。吾不徒行以为之椁，以吾从大夫之后，不可徒行也。"

以此观之，伯鱼之卒在颜渊之前，而又在孔子在鲁之时，即当在孔子年六十八岁返鲁以后也。不然，则当在孔子五十五岁以前。而子思之生亦当在孔子五十岁前后也。然据《孟子》《檀弓》《汉书·艺文志》皆云子思晚年为鲁穆公之师。穆公即位在周威烈王十九年。如子思之生在孔子五十前后，则此时当年九十明矣，其说难信。故若以伯鱼之死在孔子返鲁以后，而子思之生略前于此，则子思之为穆公师时，年七十七八，是尚可信也。《困学纪闻》之说亦如此，则《孔子家语》谓伯鱼年五十而死，是也。

子思生于孔子之晚年，伯鱼之子也。孔子不甚注意于其子之教育，观陈亢问伯鱼之语，而曰"闻君子之远其子"（按，《论语·季氏》），可以见已。又伯鱼似非甚明哲之人。孔子就颜渊之死，而曰："［材］（才）不［材］（才），亦各言其子也。"则颜渊与伯鱼，其贤明之度之相去明矣。就伯鱼之事，史传无一言之者。

子思之事迹，史传不详。《孔丛子》谓子思被围于宋，然其书不可信。刘向《说苑》曰：子思在卫甚苦，田子方赠以狐白裘，不受。孟子亦言其居卫之事。又其晚年为鲁穆公之师，出于《孟子》《檀弓》《艺文志》。由此观之，子思之年当至八十岁，而经过孔子学派全盛之时代者也。

子思不知学于何人，意七十子之徒皆其师乎？唯韩愈《送王埙序》曰："子思之学盖出曾子。"此不过想象之说，故以"盖"字疑之。伊川信之，至朱子遂去"盖"之一字。观《檀弓》：曾子谓子思曰"伋"，汝云云，语气虽似师弟，然观其下文所述，乃敌体之问答，不能以《檀弓》之词而遂断为曾子之门人也。

孔子之学说之根柢，仁也。仁者不可名状，又人之所以不可不仁，不能由理论证明之，譬诸无基础之宫室，此其缺点也。比之老子自宇宙之根本说来者，甚为薄弱。老子之说出，孔子之说危，此必然之势也。于是子思乃从宇宙说起，以证人伦之为宇宙必然之法则。《中庸》之本意即在于此。曾子，孔子之徒也，故用社会上之文字而谓之曰"忠恕"。然子思用更普遍之文字而谓之曰"诚"。前者社会问题，后者宇宙问题也。此二者虽不必相矛盾，决不可同类视之也。故吾人以《中庸》为反于孔子之正传，乃孔子学派对老子而欲保其独立之位置而作者也。然《中庸》实儒教哲学之渊源，通孟子而至宋代，遂成伟大之哲学者也。

第二章　本　论

第一节　形而上学

孔子之"仁"，伦理的概念也，圣人之本能也。曾子窥破此本能，而谓之曰"忠恕"。忠恕所以维持人类社会者，而子思以"诚"之一字形容之，更进而以"诚"为各人之本性。苟人率其性而行，则行而无不正。故曰："天命之谓性，率性之谓道。"（按，《中庸》）是以彝伦存于人之天性中。后世儒教哲学之根本全在于此。然《中庸》于思索之涂径，不止于此。以为人之性质之动而合于彝伦也，恰如鸢之飞，鱼之跃，此等皆自然而能然者。寻其所以然之源，则由于"诚"之发现。故一切万物，"诚"而已矣，故曰："诚者物之终始，不诚无物。"而"诚"者是一而非二，有性而无量。自其为万物之根本观之，与叔本华之"意志"相似，故曰："洋洋乎发育万物，峻极于天。"而诚又非盲目的活动，而有智力的成分者也，故曰："至诚之道，可以前知。国家将兴，必有祯祥；国家将亡，必有妖孽。见乎蓍龟，动乎四体，祸福将至，善必先知之，不善必先知之，故至诚如神。"诚，绝对也，不变也，无始终也，常活动也，故曰："故至诚无息，不

息则久，久则征，征则悠远，悠远则博厚，博厚则高明。"而诚
者一切万物之本性，又人之本性也。

由此观之，子思以有伦理的意义之诚，为宇宙之根本主义，
因之为各物之本性。故自子思目中观之，伦理的法则与物理的法
则、生理的法则，皆同一也。自其发现之方面言之，虽千差万
别，然求其根本，则无出于诚之外者。故曰："天地之道可一言
而尽也。其为物不贰，则其生物不测。"而人之能返于诚者与自
然无异，即与天地合体者也。故曰："唯天下至诚为能尽其性，
能尽其性则能尽人之性，能尽人之性则能尽物之性，能尽物之性
则可以赞天地之化育，可以赞天地之化育则可以与天地参矣。"
（按，以上引文均见《中庸》）

如此，以"诚"为宇宙之根本主义，为人类之本性，故彝伦
者人性先天中所有者也。其驳击蔑视社会、排斥伦理之徒，可谓
十分用意。今不问其论据之是非，如此飘然而涉宇宙问题，孔子
之所梦想不到也。孔子平时之所说者，社会内耳，人情上耳，诗
书执礼耳，与子思之说，其大小、广狭、精粗之差，果何如乎？
宜哉荀卿洞察之，曰："略法先王而不知其统，犹然而材剧志大，
闻见杂博。案往旧造说，谓之五行，甚僻违而无类，幽隐而无
说，闭约而无解。案饰其辞而祗敬之曰：此真先君子之言也。子
思唱之，孟轲和之。"（按，《非十二子》篇）

第二节　伦理学

若夫一切之事，一切之物，而皆为诚之发现，则人率其性，
自无不合于道，教育之事可废矣。子思欲救此失，于是谓人性

诚也，然其知之与行也，人各不同。知有种种之阶级：其上者"生而知之"，其次"学而知之"，其下"困而知之"。行亦有"安""利""勉强"之别。故人之本性虽为诚，然有不知其诚者，于是有教育之必要；有知之而不能行者，于是有训练之必要。果然，则知与行可谓妨碍诚之发现者也；即妨之者非知与行，然必有妨碍之者明矣。至此而子思所建设之一元论，不得不破而为二元论，即一面"诚"有伦理的实现性，一面有妨碍之者是也。

其所以有矛盾者，由"诚"有二义：一，伦理上之意义；一，实在之意义也。子思混而一之以证人性之诚。其说宇宙之法则时，只有实在之意义；而其说人性也，又有伦理上之意义，而不悟其与事实相矛盾。于是至孟子，而不得不唱"性""欲"二元论，亦自然之势也。

《教育世界》104 号，1905 年 7 月

孟子之学说

第一章　传及其著书

孟子之生卒年月，古来诸说纷纷不定。第一，以孟子自言"君子之泽五世而斩，小人之泽五世而斩，予未得为孔子徒也，予私淑诸人也"（按，《离娄》下）观之，则其不及子思之门可知。《史记》列传曰"受业于子思之门人"是也。蔡孔炘《孟子年谱》定孟子之生年月日，为周烈王四年己酉四月二日，即去孔子之卒一百零七年也。

孟子驺人也，名轲，字子舆。幼受母教，长而受业于子思之门人。道既通，适魏，惠王不能用。事齐宣王，位在三卿之中，说宣王以仁政王天下。时天下方合从连横，以攻伐为贤，孟子乃述唐虞三代之德，人皆以为迂远而阔于事情，不遇而去。曰："夫天未欲平治天下也，如欲平治天下，当今之世，舍我其谁也！"（按，《公孙丑》下）访滕文公，文公当世之贤君，其信孟子亦最笃，然以国小，不能行其志。

孟子与苏、张同时游于诸侯之间，而其所说则冰炭不相容，视苏、张之徒如豚犬耳。"景春曰：'公孙衍、张仪岂不诚大丈夫哉！一怒而诸侯惧，安居而天下息。'孟子曰：'是焉得为大丈夫乎！子未学礼乎？丈夫之冠也，父命之。女子之嫁也，母命之，往送之门，戒之曰："往之女家，必敬必戒，无违夫子！"以顺为正者，妾妇之道也。居天下之广居，立天下之正位，行天下之大道，得志，与民由之，不得志，独行其道。富贵不能淫，贫贱不能移，威武不能屈：此之谓大丈夫！'"（按，《滕文公》下）当天下混乱之时，以正自持，屹然而不动，足以想见其有豪杰之风。孟子之名声既洽于诸侯，四方之士相与谈论者颇多。淳于髡责孟子以"援天下"，与告子论性尤盛。孟子既不遇时，往来宋、鲁、滕、薛之间，不得行道之地，乃以阐明孔子之教、排斥杨、墨之徒为己任，曰："能言距杨、墨者，圣人之徒也。"（按，《滕文公》下）孟子之卒，一曰周赧王二十六年正月十五日，然则距烈王四年之生，八十四年矣。

第二章　本　论

第一节　人之性善也

（一）孟子之继承子思之学说，决无可疑者。孟子曰："悦亲有道，反身不诚，不悦乎亲矣。诚身有道，不明乎善，不诚其身矣。是故诚者天之道也；思诚者人之道也。至诚而不动者，未之有也；不诚未有能动者也。"（按，《离娄》上）此与《中庸》之文正同。《中庸》第二十章，曰："顺乎亲有道，反诸身不诚，不顺乎亲矣。诚身有道，不明乎善，不诚乎身矣。诚者，天之道也；诚之者，人之道也。"孟子又曰："尽其心者，知其性也，知其性则知天矣。存其心，养其性，所以事天也。"（按，《尽心》上）又曰："万物皆备于我矣，反身而诚，乐莫大焉。"（按，《尽心》上）皆谓人之性即天之性也。而《中庸》亦云："唯天下至诚为能尽其性，能尽其性则能尽人之性；能尽人之性则能尽物之性；能尽物之性则可以赞天地之化育；可以赞天地之化育，则可以与天地参矣。"亦谓天之性与人之性一，即与孟子之言，其所归，一也。孟子曰："动容周旋中礼者，盛德之至也。"（按，《尽心》下）此与《中庸》所谓"诚者不勉而中，不思而得，从容中道，圣人也"，其意正同。由是观之，则《史记》谓孟子"受业于子思之门人"，非无据之言也。即孟子与子思同以"诚"为人之性。然"诚"者何？毕竟谓伦理的法则之渊源耳。伦理的法则，社会之所谓善也，故孟子从师说而断人性为善。

（二）孟子不但用演绎法以证人性之善，又以归纳法证明之，即于经验上证人性之善，曰："今人乍见孺子将入于井，皆有怵惕恻隐之心，非所以内交于孺子之父母也，非所以要誉于乡党朋友也，非恶其声而然也。由是观之，无恻隐之心非人也，无羞恶之心非人也，无辞让之心非人也，无是非之心非人也。"此世俗之所谓人情，而孟子名之曰："不忍人之心。"更进而论之曰："恻隐之心，仁之端也；羞恶之心，义之端也；辞让之心，礼之端也；是非之心，智之端也。人之有是四端也，犹其有四体也。"（按，《公孙丑》上）即谓仁义礼智四者，人先天中所具有也。故曰："万物皆备于我矣。""物"者非谓具体的物象，而谓伦理的法则也。高诱《淮南子注》曰："物，犹事也。"即孟子先天良心论者也。曰："人之所不学而能者其良能也，所不虑而知者其良

知也。孩提之童无不知爱其亲者，及其长也，无不知敬其兄也。亲亲，仁也；敬长，义也。无他，达之天下也。"（按，《尽心》上）

第二节　欲

如此立论，于是孟子之说又不得不与子思生同一之矛盾。夫人性固善，然人类日常之行动，何以往往逸于伦理之轨范乎？天下之变乱纷纷不已，非证明此事实乎？若此等变化之根柢不在吾人之心性上，则社会的现象何以有此方面乎？孟子亦认之，曰："山径之蹊间，介然用之而成路，为间不用，则茅塞之矣。"（按，《尽心》下）其意以为人性虽善，然有蔽之者，则不能发挥其善。然则所以蔽之者何？曰：欲也。故曰："养心莫善于寡欲。其为人也寡欲，虽有不存焉者寡矣；其为人也多欲，虽有存焉者寡矣。"（按，《尽心》下）然孟子自其先天良心论观之，（一）以欲为比良心，非根本的。（二）以欲虽有蔽善之消极的性质，而无现于行动之积极的性质者也。荀子则不然，以欲为积极的性质，而伦理之法则不过制抑之之消极的作用耳。

第三节　修身论

至此，吾人得知修为之为何。吾人之修为毕竟在发挥我本心之善耳。苟能发挥之，则凡人化而为圣人。此发挥之之方法，在养"浩然之气"。所谓"浩然之气"，善化之意志也。能陶冶意志而与性之善融合，则谓之曰"浩然之气"。然性绝对、无限也，故此气亦不可不绝对、无限。故曰："其为气也，至大至刚，以直养而无害，则塞于天地之间。其为气也，配义与道，无是，馁也。是集义所生者，非义袭而取之也。行有不慊于心，则馁矣。"
（按，《公孙丑》上）孟子又用牛山之喻，曰：

> 牛山之木尝美矣。……此岂山之性也哉？虽存乎人
> 者，岂无仁义之心哉？其所以放其良心者，亦犹斧斤之
> 于木也。旦旦而伐之，可以为美乎？其日夜之所息，平
> 旦之气，其好恶与人相近也者几希。则其旦昼之所为，
> 有梏亡之矣。梏之反复，则其夜气不足以存。夜气不足
> 以存，则其违禽兽不远矣。人见其禽兽也，而以为未尝
> 有才焉者，是岂人之情也哉！（按，《告子》上）

此言本心之自发的活动者，以为人心之向善，如木之萌蘖，待时
而出。然若多行不善，则不能发之。虽不能发，然其势滋生而不
已。何以知之？曰：今人睡醒，目未见恶色，耳未闻恶声，恍然
独坐，当是时，精神洒落如冰释，所谓"夜气"也。扩而充之，
则自无不善。故曰："苟得其养，无物不长；苟失其养，无物不
消。"孟子又认发挥本心之困难，故曰："一日暴之，十日寒之，
未有能生者也。"（按，同上）要之，其全体之说皆立于性、欲二
元论之上者也。

第四节　政治论

个人之精神，社会现象之渊源也。然个人之精神之焦点则在
其生活之欲望，衣食住之欲望即是也。人类为满足此欲望而活动
者也，不达此欲，则如伦理何？管子曰："仓廪食而知礼节，衣

食足而知荣辱。"故希求衣食之欲,与尊重伦理之念,人间精神之两极端也。两者之中不能全其一而禁其他。孟子曰:"无恒产而有恒心者,惟士为能。若民则无恒产,因无恒心。"(按,《梁惠王》上)而欲使有恒心,必先制民之产,故又曰:"是故明君制民之产,必使仰足以事父母,俯足以畜妻子,乐岁终身饱,凶年免于死亡,然后驱而之善,故民之从之也轻。"

然则"制民之产"之道如何?举其主要者如左:(一)勿夺民时;(二)设数罟斧斤之禁;(三)应人口而颁土地;(四)轻赋敛。此其大纲也。然孟子又知行政机关之运转,必不可不征相当之租税,故白圭欲二十而取一,孟子以为非尧舜之道:

……孟子曰:"子之道,貉道也。万室之国,一人陶,则可乎?"曰:"不可,器不足用也。"曰:"夫貉,五谷不生,惟黍生之,无城郭宫室宗庙祭祀之礼,无诸侯币帛饔飧,无百官有司:故二十取一而足也。今居中国,去人伦,无君子,如之何其可也!"(按,《告子》下)

而所以行如此之政治者,不忍人之心之发现也。曰:"人皆有不忍人之心。先王有不忍人之心,斯有不忍人之政矣。以不忍人之心行不忍人之政,治天下可运[诸](之)掌上。"(按,《公孙丑》上)故孟子之政治说得约之如左:(一)不忍人之心;(二)不忍人之政。[右](盖)以人类生活之欲为根柢而出发者,于此生欲之满足后,始修礼讲乐,以发挥彝伦,以复其本心之善也。

第三章 结 论

以上所论述，孟子所极力主张者，所谓孟子之本领也。于一面主张人性之善，一面主张生欲之必然。甲，伦理上之假定；乙，政治上之假定也。此外有所谓欲者，乃与善性相对立，而妨碍其发现。"生欲"与"欲"：一必然的，一偶然的也。偶然之欲可制，必然之生欲不可制。故生欲之横溢者即欲也。故善与欲可视为心理上之二元。生欲之胜者常人，而善性之胜者士人也。此孟子学说之系统也。

《教育世界》104 号，1905 年 7 月

孟子之伦理思想一斑

今就孟子之伦理思想中，论其属于直觉论的方面者，如次。

在孟子之伦理思想中，其最要之根本观念，为仁义礼智，更约言之，则仁义二者是也。王子垫章曰："何谓尚志？曰：仁义而已矣。杀一无罪，非仁也；非其有而取之，非义也。居恶在？仁是也。路恶在？义是也。居仁由义，大人之事［毕］（备）矣。"（按，《尽心》上）即谓舍"仁义"二字外，无可为理想者也。今按：以仁为德，则当以义为义务。孟子之所谓义，含有公正之意，即反对一切不公平之行为之意。然自广义言之，则又含有正义公道之意，即一切道德上法则或义务之意也。孔子惟说"仁"，至孟子始加以"义"之一字。《孟子》七篇中，其说正义之尊严性者不一而足，是即孟子伦理思想之特色，而亦由社会风纪变迁，不得不设为严峻之客观的法则，以防当时恣肆之倾向耳。孟子以义为直觉的，即离却一切理由条件，而绝对的督责吾人之命令。以此点言，则孟子之于伦理上似有直觉论派之面目焉。曰："行一不义，杀一不辜，而得天下，皆不为也。"（按，《公孙丑》上）"古之人未尝不欲仕也，又恶不由其道，不由其道而［住］（往）者，与钻穴隙之类也。"（按，《滕文公》下）"非礼之礼，非义之义，大人弗为。"（按，《离娄》下）"大匠诲人，必以规矩，学者亦必以规矩。"（按，《告子》上）"御者且羞与射者比，比而得禽兽，虽若丘陵，弗为也。如枉道而从彼，何也？且子过矣，枉己者未有能直人者也。"（按，《滕文公》下）"非其义也，非其道也，禄之以天下，弗顾也；系马千驷，弗视也。非其义也，非其道也，一介不以与人，一介不以取诸人。"（按，《万章》上）"大人者，言不必行，行不必果，惟义所在。"（按，《离娄》下）由此等思想考之，则孟子之所谓"义"，其视为直觉的，绝对的，而强人以实行之之道德上规则或义务，益昭然无可疑已。

虽然，孟子之于义，亦非谓不论何时何地皆毫不可破灭者也。彼亦以为义有大小轻重之别，轻而小之义有时不能不让重而大之义，即于一种定规外，许有例外之义是也。举其一例，"淳于髡曰：'男女授受不亲，礼与？'孟子曰：'礼也。'曰：'嫂溺，则援之以手乎？'曰：'嫂溺不援，是豺狼也。男女授受不亲，礼也；嫂溺，援之以手者，权也。'"（按，《离娄》上）所谓"权"者即指例外之义言。然则为全大义而破小义者，亦孟子之所是认者也。其后继之曰："'今天下溺矣，夫子之不援，何也？'曰：'天下溺，援之以道；嫂溺，援之以手。子欲手援天下乎？'"在孟子意中，以为救济天下者，舍仁义之正道外，无有他策，固宜其为此言。但其为是言者，以天下之溺与嫂之溺，异其轻重耳。假使天下之溺与嫂之溺同，则如何？舍权道外，别无救济天下之道。而救济天下又为义之重大者，则如何？吾人自理论上推之，则知孟子既是认前者，其于后者，亦不得不是认之者也。且孟子亦尝承认义之有融通性，可援一二例证之，曰："以礼食，则饥而死；不以礼食，则得食：必以礼乎？亲迎则（不）得妻，不亲

迎则得妻：必亲迎乎？"（按，《告子》下）孟子于此，谓礼食、亲
迎是礼之轻者；饥死灭性，无妻灭人伦，是食色之重者。弃前者
而全后者，固理之所当然。然又设辞以辨之曰："紾兄之臂而夺
之食，则得食；不紾则不得食：则将紾之乎？逾东家之墙而搂其
处子，则得妻；不搂则不得妻：则将搂之乎？"（按，同上）此谓
有重大于食色之义在，即不得不弃食色而全义也。是明明谓义之
有融通性也。此外又有一例："万章问曰：'《诗》云："娶妻如之
何？必告父母。"信斯言也，宜莫如舜。舜之不告而娶，何也？'
孟子曰：'不（按，当衍）告则不得娶。男女居室，人之大伦也。
如告，则废人之大伦，以怼父母，是以不告也。'"（按，《万章》上）
由此观之，是孟子于伦理上，实立一种系统观，而谓个人之义
务，皆各有相当之位置阶级，遇有不得已之时，亦可为其重者大
者，而破灭其轻者小者也。从此思想，则与所谓"非礼之礼，非
义之义，大人弗为"之言，明明相异。然则孟子于实际上，殆未
尝不以一种"非礼之礼，非义之义"，即所谓"权"者，认为正
当之行为也。吾人欲解孟子之真意，不得不设为一言，以解决此
问题，曰：人得以比较种种义务而通融于其间者，就特殊义务之
自身言之，即被统摄于"仁义礼智"或"孝弟忠信"等通则之下
之个个的义务耳；谓义务有大小轻重者，惟同在一通则内之种种
义务间，乃有大小轻重耳。如孝，一通则也，而其中有以口腹之
养为孝者，有以心志之养为孝者，前者重（按，当为"轻"）而后
者轻（按，当为"重"），故若二者相冲突，则当舍前者而取后者。
若夫忠孝仁义等通则之自身，则皆有个个独立之绝对的权威，其
间不应有大小轻重之别，故不能以其一为其他之手段。孟子所谓

不枉己、不破义，毕竟指此等通则言，非指个个特殊之义务言也。解此则孟子之真意，其庶乎得之矣。

虽然，自他方面观之，则夫谓一切义务间有轻重之关系，而有一最终之标准者，孟子于此说，似未尝不承认之。究令如前之说，孟子乃以仁义忠孝等为个个独立之直觉原理，然遇有相互冲突之际，即如欲忠则不能孝，欲孝则不能忠之际，彼将若何判断之乎？当是之时，取其一而舍其他乎？抑诉诸更高之标准，而两者兼全乎？此等问题非超出乎直觉说之立脚地外，决无解释之道。而孟子于此，究取何种见解，则吾人莫由知之，惟由次举一例以略窥其意见耳。

> 桃应问曰："舜为天子，皋陶为士，瞽瞍杀人，则如之何？"孟子曰："执之而已矣。""然则舜不禁与？"曰："夫舜恶得而禁之？夫有所受之也。""然则舜如之何？"曰："舜视弃天下犹弃敝屣也。窃负而逃，遵海滨而处，终身欣然，乐而忘天下。"（按，《尽心》上）

是即假设"义"与"孝"相冲突之例，欲进而解决之者也。大体上以直觉说为立脚地之孟子，于此似〔于〕（已）穷于为答。法者受之于古，虽天子不得私之，然行法于其亲，如孝道何？曰"窃负而逃"，此不既属遁辞耶？且孟子之意，或以为如是者，义与孝可两全，然吾人不得不谓之曰：彼实舍义而取孝者也。何则？负有罪之父而逃，是仍破法蔑义之为也。设有以是语孟子者，彼必应之曰："是非蔑义，惟不得已而出于权耳。"参诸"嫂

265

溺"之例，则孟子或有此思想欤？然如此持论，则又越于直觉说之立脚地，不以义与孝为相并而立之绝对的标准，而既于二者之间，与以轻重之别矣。由舜之大孝推之，则为亲而弃天下，宁有其事；然若舜弃天下，而天下大乱，生民涂炭，则舜如之何？孟子苟设想及此，而与以明答，则吾人于孟子说之立脚地当更明了，而惜其未有之也。

要之，孟子于大体上似属直觉说，然亦稍加以立极论之思想。（立极论者谓立一究竟之标准以为一切义务之根据。）彼以不杀人为仁，然有时亦以杀人为合于天理者，则彼之非严义之直觉论者，不可争也。

今谓仁义礼智（姑从孟子大体之见言之）不以自身以外之理由为根据，而为直觉的道德上之法则及观念，然如此道德上之直觉的（法则）及观念，吾人如何而有之乎？自内乎？将自外乎？先天的乎？将经验的乎？又以之为自内者、为先天的者矣，然将如固有论者之言，谓人之有生，即既以明了之观念，而存于心中乎？抑将如发达论者之言，谓其始不过为一朦胧之冲动，惟由经验，以徐徐发展之，而后能为明了之意识乎？解此点者，属孟子伦理说中之心理论、性理论方面。按：孟子始研究心理、性理之问题，而以之为其伦理说或德育之基础。此为中国伦理史上极当注意之事。彼宋儒一派之性理论毕竟渊源于此耳。然则孟子于道德上之观念，果谓其起原何自乎？吾人以为彼之思想一面似属固有论，他面又似属发达论，曰：

人之所不学而能者，其良能也；所不虑而知者，其

良知也。孩提之童无不知爱其亲者；及其长也，无不知
敬其兄也。亲亲，仁也；敬长，义也。（按，《尽心》上）

此非谓无经验无教育之小儿，亦尚有仁义之德及观念乎？然孟子
又以为人皆有不忍人之心，见孺子入井，则人皆欲救之。此恻隐
之心非有所求于他，特自然流露之冲动耳。曰："无恻隐之心，
非人也；无羞恶之心，非人也；无辞让之心，非人也；无是非之
心，非人也。恻隐之心，仁之端也；羞恶之心，义之端也；辞让
之心，礼之端也；是非之心，智之端也。……凡有四端于我者，
知皆扩而充之矣，若火之始然，泉之始达。苟能充之，足以保四
海；苟不充之，不足以事父母。"（按，《公孙丑》上）由是观之，
则孟子意中似又谓吾人之生而既有者，非仁义礼智之德，惟既有
其冲动感情，而适宜扩充之，则足以达于仁义礼智之德或观念云
尔。曰"不学而［知］（能）""不虑而［能］（知）"，即无论何人
皆有此四端冲动之意也。曰"孩提之童"无不知"爱亲""敬长"
者，其所谓"知"，盖非（知）爱敬之合理，非知其为道德上之
善，易言以明之，即非有所谓仁义之知识观念，惟既有爱敬之心
（心即情），以为其自然之冲动而已。彼于"敬兄"之上，特加
"及长"一语，此最宜注意者也。以此为解，则不但适合心理上
事实，且于孟子之本意为不背矣。然则在常人生来之状态，果可
曰，"四端"之外，未有仁义礼智之观念及德乎？孟子以为诚然。
然吾人之性实亦有仁义礼智在，曰："仁义礼智非由外铄也，我
固有之也。"（按，《告子》上）是孟子于既发之性与未发之性，即
已在现实之状态之性与尚在将有或可有之状态之性，亦明明区别

之，而于可有而未发之性，则视人为皆有仁义礼智之德者，此即吾人现实之性所当求而达之之目的也。论者或谓孟子之学本无已发未发之说，其言诚是，吾人亦知孟子之所谓性，非搀入佛老思想之宋儒之所谓性也。彼对性之见解乃经验的，即非离却既发之情之超经验的性，而宁含于情之中之性也。其曰"仁义礼智我固有之"者，即谓其未发达之萌芽，为吾人所固有者云耳。但彼之意中实亦别性为二：即一为理想之性，但发展其萌芽，即可现完全之德；一为含于情中之性，虽现实而未完全，而前者即为后者所当达之之目的，斯固不可争之事实也。吾人谓孟子区别既发未发之性，意盖如此，与宋儒之思想固不可混视也。

谓吾人于理想之性本有仁义之德，此即孟子性善论之根据。吾人于此，谓孟子实发孔子、子思所未发之思想，而明取性善论者之地位，可也。当时之性论，有性无别说，曰"性无善无不善"。有性无定说，曰"性犹湍水也"，可以为善，可以为不善。有性有品说，曰性有善有不善。又有性本能说，曰食色性也。孟子则反对诸说而标榜其一己之意见，曰性善也。且证之曰："《诗》云：'天生蒸民，有物有则。民之秉［夷］（彝），好是懿德。'孔子曰：'为此诗者，其知道乎！故有物必有则，民之秉［夷］（彝）也，故好是懿德。'"（按，《告子》上）然则何由而知未发之性之为善乎？孟子曰："乃若其情，则可以为善矣，乃所谓善也。"（按，同上）盖从孟子之意，则性之为善，乃就其既发之迹，即"四端"之情而知之，情善也，故性亦善。世无不有"四端"者，知"四端"之情之既善，则由是而出之性，其为善也，自不难推见矣。

抑尚有一问题焉。性也者固由情以推见之，然可以情而推见性之全体乎？由情之善，而遂谓性之全体亦善，不近于独断乎？即会能由己发之情而判定未发之性之全体，然吾人之情不必皆善，而常混之以恶，此征之实验而明，即孟子亦自承认之者也。然则孟子何故惟由情善之事实而推论性善乎？何故不由情恶之事实而推论性恶乎？又何故不由善恶相混之事实而推论性之善恶相混乎？彼盖以为情有不善者，非性之罪。吾人之心，非惟其性发动也，性以外，又有相异之原理动作其间，此恶之所以生耳。性以外之原理何？物欲（情欲）是也。曰："富岁，子弟多赖；凶岁，子弟多暴。非天之降才尔殊也，其所以陷溺其心者然也。今夫麰麦，播种而耰之。其地同，树之时又同，浡然而生，至于日至之时，皆熟矣。虽有不同，则地有肥硗，雨露之养，人事之不齐也。"（按，《告子》上）又曰："从其大体为大人，从其小体为小人。……耳目之官不思而蔽于物，物交物，则引之而已矣。心之官则思，思则得之，不思则不得也。"（按，同上）即谓心之作用见妨于耳目之官，而为物欲所蔽，是即不善之所由生。要之，谓性有不善，非性之罪，而物欲使之然故也。孟子于此，盖取伦理上二元论之立脚地者也。

以下请略述孟子之修养论，以终此篇。一言以蔽之，孟子之修养论实立于彼之心理论、性理论的根据之上。彼之性善论毕竟欲以之为德育上之根据或假定，而始立是说耳。彼引颜渊之言曰："舜何人也，予何人也，有为者亦若是。"（按，《滕文公》上）盖谓禀性相同，故人皆可为尧舜，是即孟子修养论之根本的主张也。然则吾人如何而能为尧舜乎？如何而培其仁义礼智之德，以构成完全之品性乎？吾人于孟子之修德方法论，可别为积极消极二方面观之。消极的方法，谓勿使吾人之心陷于不善之方面，且刈除其原因者是也。曰："学问之道无他，求其放心而已矣。"（按，《告子》上）又曰："养心莫善于寡欲。"（按，《尽心》下）即消极的修养论也。然孟子虽唱寡欲论，而谓恶之原因在于物欲，然非一概禁绝物欲之谓。其对物欲之见解，与后儒（就中如宋儒之无欲论）之严峻的，迥不相同。其视欲为恶者，惟指妨害人性之消极的之欲，而非谓一切之欲皆为不善之原因。如某欲，即生存上之欲，彼宁以使之适当满足为善，曰："无恒产［则］（者）无恒心。"（按，《滕文公》上）是即以衣食及一切物质之欲，为修德上最要之条件，而不可不求其适宜满足者也。

次就修德之积极的方法言之，则谓人有自然好慕理义之心（"理义之悦我心，犹刍豢之悦我口。"）（按，《告子》上），故此心当助长而存养之。而存养之一法则在求"夜气"之盛。求夜气之盛者，谓吾人本性之善，于夜间不接外物之时，发露滋长。故必于夜间，盛其清明之气，使昼间接外物时所生不善之气为之而制遏是也。其夜气存养之外，尚有一最要之功夫，则养"浩然之气"是。公孙丑问何谓"浩然之气"，孟子答之曰：

难言也！其为气也，至大至刚，以直养而无害，则塞于天地之间。其为气也，配义与道，无是馁也，是集义所生者，非义袭而取之也。行有不慊于心则馁矣。（按，《公孙丑》上）

此节盖孟子本自身之实验体察而出，实深切而有力之训辞也。彼对世俗所谓血气之勇、智谋之勇，而特以"浩然之气"一语，表明道德上之真勇。以为此浩然之气不能恃一朝一夕之道义的行为，自外部袭取之，乃因多年之积善"集义"，以自锻炼其心，而自然充实心中、迫塞天地之正大之气也。一有不慊于心之行为，则气即空虚，而如斯道德上之大勇不能得而有之矣。更仿孟子之语而说明之，则帅于志之气（"志，气之帅也；气，体之充也。"）（按，《公孙丑》上），是即浩然之气，而道德上之大勇。"志"者心之所之，即今语之所谓"理想"，"气"以实行之，即今语之所谓"意志"也。有理想而无意志则空，有意志而无理想则盲。志与气，理想与意志，目的与努力，常密接而合体，则后者永从前者之指挥，而真正之大勇于是乎在矣。谓夜气之存养为修德之寂静的方法，则谓浩然之气之存养为修德之能动的方法可也。

要之，由以上消极（寡欲）积极（存养）二法之实行，而吾人始能完其本质之性焉。孟子称此曰"反性"（"尧舜，性者也；汤武，反之也。"）（按，《尽心》下），反性之思想发自孟子，诚如程子所言。彼宋儒"复性"说之一部分殆即渊源于此。然宋儒之人性观，实既受佛教之影响，而有抽象的形而上学的之面目。其所谓"复性"与孟子之所谓"反性"，迥然不同，此又不可不知也。

《教育世界》130 号，1906 年 8 月

荀子之学说

第一章　传及其著书

荀卿名况，赵人也，后孟子数十年。年十五，始游学于齐。当是时，齐田骈之属皆已死。齐襄王之时，荀卿最为老师。先是齐（致）天下之士于稷下，淳于髡、邹衍、田骈之徒皆来，齐王以为列大夫，置第康庄之衢，尊宠之。齐修列大夫之缺，而荀卿三为祭酒焉。齐人或谗荀卿，荀卿乃适楚，春申君以为兰陵令。复去适赵。游秦，说秦昭王，不能用。春申君复，固谢荀卿，乃行，复为兰陵令。春申君废，乃述仲尼之意，论礼义之治，卑五伯之业，阐明微理，排击异学，著书三十三篇。叹曰：

> 嗟我何人，独不遇时当乱世。欲衷对，言不从，恐为子胥身离凶，进谏不听，刭而独鹿弃之江。观往事，以自戒，治乱是非亦可识，托于成相以［寓］（喻）意。（按，《成相》）

第二章　伦理论

第一节　人之性恶也

　　既如孟子学说中所论，性恶之论以生欲为根柢而立论者也。荀子谓："今人之性生而有好利焉，顺是，故争夺生而辞让亡焉；生而有疾恶焉，顺是，故残贼生而忠信亡焉；生而有耳目之欲，有好声色焉，顺是，故淫乱生而礼义文理亡焉。然则从人之性，顺人之情，必出于争夺。……然则人之性恶明矣。"（按，《性恶》）又曰："今人饥，见长而不敢先食者，将有所让也；劳而不敢求息者，将有所代也。夫子之让乎父，弟之让乎兄，子之代乎父，弟之代乎兄：此二行者皆反于性而悖于情也。……故顺情性则不辞让矣，辞让则悖于情性矣。用此观之，然则人之性恶明矣，其善者伪也。"（按，同上）此求人性之所以恶者于生活之欲，易言以明之，人若放任其性，则各逞啮噬之欲，社会在生存竞争之里者也。

　　荀子又以为性者，抽象普遍的名称也，不可无具体的方面。此具体的方面，荀子以为生活之欲也。然则其抽象的方面有如何之意义乎？荀子曰："凡性者，天之就也，不可学，不可事。"（按，同上）又曰："性者吾所不能为也。"又曰："生之所以然者谓之性。"又曰："不事而自然谓之性。"（按，《正名》）故自其抽象的方面观之，则生之自然，无善不善之可言。若自具体的方面观之，则生活之欲常破坏社会之调和，故断言性恶也。

第二节　礼

人性既恶，则社会之自然的状态，生存竞争之状态也。而檃栝此人性之活动，不使有争乱之患者，礼是也。苟行礼，小足以治身，大足以治天下，此礼之二用也。

然礼自外束缚人者也，故人之所视为苦痛，而非自然的也，故名之曰"伪"，伪者人为之义也。圣人，伪之成功者也。荀子曰：伪积而化之谓圣。圣人积伪之所化，然则圣人与凡人之别，只程度之差而非性质之差也。

抑修为之问题，自子思、孟子之立脚地观之，到底不能视为必要，即令认之，亦不过有消极的意味耳。然及荀子，始认积极的修为之必要。

礼者修为之唯一工夫也。是不独于个人为然，国家亦有之。故曰："隆礼贵义者其国治，简礼贱义者其国乱。"（按，《议兵》篇）又曰："礼者，治辨之极也，强国之本也，威行之道也，功名之总也，王公由之所以得天下也，不由所以陨社稷也。故坚甲利兵不足以为胜，高城深池不足以为固，严令繁刑不足以为威，由其道则行，不由其道则废。"（按，同上）所谓社会者，人民之簇聚也。社会之调和与否，则治乱之所以分也。故曰："天行有常，不为尧存，不为桀亡。应之以治则吉，应之以乱则凶。强本而节用，则天不能贫；养备而动时，则天不能病；修道而不贰，则天不能祸。"（按，《天论》篇）此与墨子之"非命"，其意相同。以上实自人性上论礼之必要者也。更进而自社会生存上论之，曰："人力不若牛，走不若马，而牛马为用，何也？曰：人能群，彼不能群也。人何以能群？曰：分。分何以能行？曰：义。故义以分则和，和则一，一则多力，多力则强，强则胜物，故宫室可得而居也。故序四时，裁万物，兼利天下，无他故也〔焉〕，得之分义也。"（按，《王制》篇）荀子以礼为治天下之大法，痛击墨子之非乐、节葬、节用之说，以使果如此说，则使天下贫弱，且震荡人心者也，曰："我以墨子之非乐也，则使天下乱；墨子之节用也，则使天下贫。非将堕之也，说不免焉。墨子大有天下，小有一国，将蹙然衣粗食恶，忧戚而非乐。若是则瘠，瘠则不足欲，不足欲则赏不行。墨子大有天下，小有一国，将少人徒，省官职，上功劳苦，与百姓均事业，齐功劳，若是则不威，不威则罚不行。"（按，《富国》篇）荀子虽未知墨子之真意，然于《正论》篇非难当今之骄奢，又与墨子同意也。

第三节　礼之所本

人性恶也，礼外也，然则礼何所本乎？此当研究之问题也。然荀子对此问题，非有积密之解答，唯曰："人生而有欲。欲而不得则不能无求，求而无度量分界则不能不争，争则乱，乱则穷。先王恶其乱也，故制礼义以分之，以养人之欲，给人之求。使欲必不穷乎物，物必不屈于欲，两者相持而长，是礼之所起也。"（按，《礼论》）然先王之制礼果何所本乎？《礼论》篇曰："天地者，生之本也；先祖者，类之本也；君师者，治之本也。无天地，恶生？无先祖，恶出？无君师，恶治？三者偏亡，焉无安人。故礼，上事天，下事地，尊先祖而隆君师：是礼之三本也。"然此所谓"本"者乃报本追远之意，而非谓礼之所自出。考荀子之真意，宁以为（礼）生乎人情，故曰："称情而立文。"又曰："三年之丧，称情而立文，所以为至痛之极也。"（按，《礼论》）荀子之礼论至此不得不与其性恶论相矛盾，盖其所谓"称情而立文"者实预想善良之人情故也。

第三章　政治论

第一节　国家系统

人民之归往者谓之王。王者即德之所在，故大功德之后，非必常为王。王非位也，故天子无禅让放伐。尧舜皆有德之人也。尧以有德之故而为天子，人民不以尧之人而以其德也。然舜之德又与尧无异。尧之死也，舜继而为天子，是以尧代尧也，以德代德也。人虽有尧舜之别，而德则无异，同为人民之所归往，何禅让之有？故曰："天下厌然，与乡无以异也，以尧易尧，夫又何变之有矣！"桀纣失其德，邦家分崩，人民离散，是已无天下矣。汤武修其道，行其义，兴天下之同利，除天下之同害，而天下归之。故汤武非夺天下，而桀纣非被夺。故曰："天下归之之谓王，天下去之之谓亡。故桀纣无天下，而汤武不弑君，由此效之也。"（按，《正论》）盖以为天［下］（子）非位也，非自人而授之，而自己得之者也。身无功德者不能为天子，曰："以桀纣为常有天下之籍则然，亲有天下之籍则不然。"（按，同上）是亦与孟子"一夫纣"之意同也。

诸侯则不然。诸侯位也，避诸侯之位与否，在天子之命。故诸侯之本质，非德而在命。天子命甲为诸侯，及致仕，更命乙为诸侯：此与天子异者也。故曰："诸侯有老，天子无老。有擅国，无擅天下，古今一也。"（按，《正论》）此之谓也。

第二节　政治术

"君子之德风，小人之德草，草上之风必偃。"（按，《论语·颜渊》）是孔子政治论之主意也。以身先天下，则天下无不化。《大学》之言治国平天下本于修身，可谓善得其意也。故此派之政治非政治术，而自己之人格为政治之中心。荀子亦谓政治在以身先天下，曰："主者，民之唱也；上者，下之仪也。彼将听唱而应，视仪而动。唱默则民无应也，仪隐则下无动也。……故上者下之本也：上宣明则下治辨矣，上端诚则下愿悫矣，上公正则下易直矣。"（按，《正论》）所谓政治术者道也，曰："道者古今之正权也。"（按，《正名》）道者何？礼乐刑政是也。荀子以礼乐为致治平唯一之道，如上所论，并用刑政，先王然也，孔子亦然，唯欲其刑之中耳。荀子亦曰："刑称罪则治，不称罪则乱。"（按，《正论》）

然荀子亦斥小惠而主信赏必罚，曰："人或触罪矣，而直轻其刑，然则是杀人者不死，而伤人者不刑也。罪至重而刑至轻，庸人不知恶矣，乱莫大焉。"（按，同上）荀子又信法所以制之于既发之末，而严刑所以束民心，曰："凡刑人之本，禁暴恶恶，且惩其［末］（未）也。"（按，同上）又曰："故治则刑重，乱则刑轻。"（按，同上）

第三节　正名

惠施公孙龙之徒，驰辩弄文以混乱真伪。荀子疾之而作《正名》篇，曰："王者之制名，名定而实辨。"先就人类述"性、情、虑、伪、为、事、行、(知)、智、能、病、命"等字之定义。次言名实之乱，使思想混杂，事务纷错。更进而谓人之辨同异，由于天官。天官者何？耳目口鼻心体是也。此六官各有所［思］（司），而各有别、辨别。同者同名，别者别名。

第四章　结　论

荀子之非子思、孟子也，曰："犹然而材剧志大……幽隐而无说，闭约而无解。"（按，《非十二子》）于是关穷理之事，则唾而不顾，唯先王之礼是由。其言曰："其于天地万物也，不务说其所以然，而致善用其材。"其主义可见也。又曰："道不过三代，法不贰后王。"（按，《王制》）故其所言，止于经验界，且但关于礼耳。是故责荀子以哲学，非得其正鹄者也。然其思想之精密正确，实从来儒家中所未尝有，而开韩非子法家之论者也。

《教育世界》104 号，1905 年 7 月

老子之学说

第一章 传及著书

老子名儋，周之太史也，或云楚人。其出盖不可得而详云。江都汪氏中《老子考异》曰：

> 《史记·孔子世家》云：南宫敬叔与孔子俱"适周问礼，盖见老子云"。《老庄申韩列传》云："孔子适周，（将）问礼于老子。"按，老子言行，今见于《曾子问》者凡四，是孔子之所从学者，可信也。夫助葬而遇日食，（然）且以见星为嫌，止柩以听变，其谨于礼也如是；至其书，则曰："礼者，忠信之薄而乱之首也。"下殇之葬，称引周召、史佚，共尊信前哲也如是；而其书则曰："圣人不死，大盗不止。"彼此乖违甚矣！故郑注谓古寿考者之称。黄东发《日钞》亦疑之，而皆无以辅其说。其疑一也。本传云："老子，楚苦县厉乡曲仁里人也。"又云："周守藏室之史也。"按，周室既东，辛有入晋（《左传》昭二十年），司马适秦（《太史公自序》），史角在鲁（《吕氏春秋·当染》篇）。王官之族或流播于

四方。列国之产，惟晋悼尝仕于周，其他固无闻焉。况
楚之于周，声教中阻，又非鲁郑之比。且古之典籍旧
闻，惟在瞽史，其人并世官宿业，羁旅无所置其身。其
疑二也。本传又云："老子，隐君子也。"身为王官，不
可谓"隐"。其疑三也。今按《列子·黄帝》《说符》二
篇，凡三载列子与关尹子［问答］（答问）之语，而列
子与郑子阳同时，见于本书。《六国表》"郑杀其相驷子
阳"，在韩列侯二年，上距孔子之没，凡八十二年。关
尹子之年世既可考而知，则为关尹著书之老子，其年世
亦从可知矣。《文子·精诚》篇引《老子》曰："秦楚燕
魏之［乐］（歌），异传而皆乐。"按：燕，终春秋之世，
不通盟会。《精诚》篇称：燕自文侯之后，始与冠带之
国。文公元年，上距孔子之没，凡百二十六年。老子以
"燕"与秦楚魏并称，则老子已及见文公之始强矣。又，
魏之建国，上距孔子之没，凡七十五年。而老子以之与
三国齿，则老子已及见其侯矣《列子·［杨朱］（黄帝）》
篇载老子教杨朱事。《杨朱》篇："禽子曰：'以子之言
问老聃、关尹，则子言当矣；以吾言问大禹墨翟，则
吾言当矣。'"然则朱固，老子之弟子也。又云："端木
叔者子贡之世也。"又云："其死也，无瘗埋之资。"又
云："禽滑厘曰：'端木叔狂人也，辱其祖矣！'""段干
生曰：'端木叔达人也，德过其祖矣！'"朱为老子之弟
子，而及见子贡之孙之死，则朱所师之老子不得与孔子
同时也。《说［葬］（苑）·政理》篇："杨朱见梁王，言

治天下如运诸掌。"梁之称王，自惠王始。惠王元年，上距孔子之没，凡百十八年，杨朱已及见其王，则朱所师事之老子，其年世可知矣。……由是言之，孔子所问礼者，聃也。其人为周守藏室之史，言与行，则《曾子问》所载者是也。周太史儋见《秦献公本纪》，在献公十一年，去魏文侯之没十三年。而老子之子宗为魏将，封于段干。(《魏世家》：安釐王四年，魏将段干子请予秦南阳以和。《国策》：华阳(军)之战，魏不胜秦。明年，将使段干崇割地而讲。《六国表》：秦昭王三十四年，白起击魏华阳军。按：是时上距孔子之卒凡二百［二］(一)十年。)则为儋之子无疑。而言道德之意五千(余)言者，儋也。其入秦见献公，即去周至关之事。本传云："或曰，儋即老子。"其言题矣。至孔子称老莱子，今见于太傅礼《卫将军文子》篇。《史记·仲尼弟子列传》亦载其说，而所云"贫而乐"者与"隐君子"之文正合。老莱子之为楚人，又见《汉书·艺文志》，盖即"苦县厉乡曲仁里"人(按，此字衍)也。而老［儋］(聃)之为楚人，则又因老莱子而误。故本传：老子语孔子："去子之骄［色］(气)与多欲，态［心］(色)与淫志。"而《庄子·外物》篇则曰，老莱子谓孔子："去汝躬矜与汝容知。"《国策》载老莱子教孔子语，《孔丛子·抗志》篇以为老莱子语子思，而《说苑·敬慎》篇则以为常枞教老子。然则老莱子之称老子(也)旧矣。实则三人不相蒙也。若《庄子》载老聃之言，率原于道德之意，而

《天道》篇载"孔子西藏书于周室"，尤误后人。"寓言
十九"，固已自揭之矣。

其与汪氏之说相反对者，则有仪征阮氏（元）之说，谓老子本深
于礼，以《曾子问》及《史记》"孔子问礼"观之，可知。其所
以厌弃礼法者，则由暮年心理上之反动而然耳。此说虽属可通，
然出于想象，不如汪氏之说之本于事实，为不可动也。

《老子》之书分上下二卷。自思想上观之，则此种思想，经
列子、庄子，一用于韩非，而再行于汉初，故其书之为古书，无
可疑也。自文字上观之：（一）以书中多叶韵，足证其为古书；
（二）以其并称"仁义"，似属孟子以后之作。然据《大戴记》
《左传》，则曾子、左丘明已说"仁义"，不自孟子始。老子之生
年距曾子、左邱明不远，则其兼称"仁义"，固其所也。又，此
书文体简短纯一，为后人所插入者甚少，其为战国初期之书，当
无疑义也。

第二章　形而上学

孔子于《论语》二十篇中，无一语及于形而上学者，其所谓
"天"，不过用通俗之语。墨子之称"天志"，亦不过欲巩固道德
政治之根柢耳，其"天"与"鬼"之说，未足精密谓之形而上学
也。其说宇宙之根本为何物者，始于老子。其言曰：

有物混成，先天地生。寂兮寥兮！独立而不改，周

行而不殆，可以为天下母。吾不知其名，字之曰"道"。

（《老子》二十五章）

> 道冲而用之或不盈。渊兮似万物之宗。挫其锐，解
> 其纷，和其光，同其尘。湛兮似或存。吾不知谁之子，
> 象帝之先。（四章）

此于现在之宇宙外，进而求宇宙之根本，而谓之曰"道"。是乃
孔墨二家之所无，而我中国真正之哲学，不可云不始于老子也。
而试问此宇宙之根本之性质如何？老子答之曰：

> 道之为物，惟恍惟惚。惚兮恍兮，其中有象；恍兮
> 惚兮，其中有物。窈兮冥兮，其中有精。其精甚真，其
> 中有信。（二十一章）

又曰：

> 致虚极，守静笃。万物并作，吾以观复。夫物芸
> 芸，各复归其根。归根曰静，静曰复命。复命曰常。
> （十六章）

以此观之，则老子之所（谓）"道"：惚也，恍也，虚也，静也，
皆消极的性质，而不能以现在世界之积极的性质形容之。而恍惚
虚静之道，非但宇宙万物之根本，又一切道德政治之根本也。曰：

昔之得一者：天得一以清，地得一以宁，神得一以灵，谷得一以盈，万物得一以生，侯王得一以为天下贞。其致之，一也。（按，末二字别本无）（第三十九章）

第三章　伦理政治论

宇宙万物无不相对者：天与地对，日与月对，寒与暑对，人与物对，皆相对的也。道者，宇宙万物之根本，无一物足与之相对者，故绝对的也。此老子所以称道为"一"者也。不独宇宙万物而已，人事亦然：有恶斯有善，有丑斯有美。故曰：

上德不德，是以有德。下德不失德，是以无德。（三十八章）

又曰：

天下皆知美之为美，斯恶已；皆知善之为善，斯不善已。（第二章）

又曰：

大道废，有仁义。慧智出，有大伪。六亲不和有孝慈，国家昏乱有忠臣。（第十八章）

又曰：

> 唯之与阿，相去几何？美之与恶，相去何若？（第
> 二十章）

故道德政治上之理想，在超绝自然界及人事界之相对，而反于道
之绝对。故曰：

> 绝圣弃智，民利百倍。绝仁去义，民复孝慈。绝巧
> 去利，盗贼无有。此三者以为文不足。故令有所属。见
> 素抱朴。少私寡欲。（第十九章）

又曰：

> 不尚贤，使民不争。不贵难得之货，使民不为盗。
> 不见可欲，使民心不乱。（第三章）

其论有道者之极致，曰：

> 众人熙熙，（如享太牢），如登春台。我独泊兮其
> 未兆。如婴儿之未孩。儽儽兮若无所归。众人皆有余，
> 而我独若遗。我愚人之心也哉！沌沌兮！众人昭昭，
> 我独昏昏。众人察察，我独闷闷。澹兮其若海。［飂］
> （飉）兮若无止。众人皆有以，而我独顽似鄙。我独异

于人而贵食母。（第二十章）

若人人之道德达此境界，则天下大治。曰：

> 小国寡民。使民有什伯之器而不用，使民重死而不
> 远徙。虽有舟舆，无所乘之；虽有甲兵，无所陈之；使
> 民复结绳而用之。甘其食，美其服，安其居，乐其俗。
> 邻国相望，鸡犬之声相闻，民至老死不相往来。（八十章）

此老子政治上之理想也。其道德政治上之理论，不问其是［否］
（非）如何，甚为高尚。然及其论处世治国之术也，则又入于权
诈，而往往与其根本主义相矛盾。其论处世术也，曰：

> 坚强者死之徒，柔弱者生之徒。（七十六章）

其论治国也，曰：

> 将欲歙之，必固张之；将欲弱之，必固强之；将
> 欲废之，必固兴之；将欲夺之，必固与之。是谓微明。
> 柔弱胜刚强。鱼不可脱于渊，国之利器不可以示人。
> （三十六章）

又曰：

古之善为道者，非以明民，将以愚之。民之难治，
以其智多。故以智治国国之贼，不以智治国国之福。
（六十五章）

又曰：

以正治国，以奇用兵，以无事取天下。（五十七章）

程伊川谓："老子书，其言自不相入处，如冰炭。其初意欲谈道
之极元妙处，后来却做入权诈上去。"可谓知言者矣。

《教育世界》122 号，1906 年 4 月

列子之学说

列子以关尹子、壶丘子林、老商等为师，而三子之学俱由老子之学而出，则列子之为老子学派之后继者，自不待言。张处度序之曰：

> 其书大略明群有以至虚为宗，万品以终灭为验，神惠以凝寂常全，想念以著物自丧，生觉与化梦等情，巨细不限一域，穷达无假智力，治身贵于肆任，顺性则所之皆适，水火可蹈，忘怀则无幽不照：此其旨也。然所明往往与佛经相参，大归同于老庄，属辞引类，特与庄子相似。（按，张湛《列子序》）

可谓能举是书之大体者矣。一言以蔽之，列子之根本思想不外袭老子之自然说、虚静说。然老子之自然说，非纯全之无为自然说也；其虚静说，非纯全之虚无寂静说也。绎其本旨所在，别有一种真面目之理想或主张。然列子之说则实取老子之自然说、虚静说，充之于极端之地，而于老子之隐微的积极的一面竟抹杀之，故面目似同实异。易言以明之，则列子之学说不过取老子之根本思想，以游戏的娱乐的扩充之，而其结果所在，遂与佛教之厌世

的寂静说，与庄子无止无界之思想相近云尔。又，老子之书多以
简洁有力之格言体发表其思想，而列子则多以叙事的寓言的表现
之，是亦其相异之一端也。以下就列子若何袭老子之根本思想，
又若何推之于极端之处，一详述之。

列子于《天瑞》篇，先论天地之实体及其与万物之关系，
曰：

> 有生不生，有化不化。不生者能生生，不化者能化
> 化。生者不能不生，化者不能不化，故常生常化。常生
> 常化者，无时不生，无时不化，阴阳尔，四时尔。不生
> 者疑独，不化者往复，其际不可终，疑独其道不可穷。
> 《黄帝书》曰："谷神不死，是谓玄牝。玄牝之门是谓天
> 地之根，绵绵若存，用之不勤。"故生物者不生，化物
> 者不化。自生自化，自形自色，自智自力，自消自息。
> 谓之生化形色智力消息者非也。

此列子以生生化化之"现象"，与不自生生化化而为一切生生化
化之根本之"实体"，区别为二也。至谓生生化化非有主宰者使
然，乃实体所具之自然妙用使然，极与老子相似。其谓实体（即
彼之所谓"疑独"或"往复"）之无终无际，与老子所谓"独立不
改，周行而不殆"，殆若合符节已。列子以为万有者流转变化，
而无已时，曰："故物损于彼者盈于此，成于此者亏于彼。"（按，
《天瑞》篇）盖谓生生死死，虽无穷极，而实体之自身则毫无增减
损益。非保此冥一常恒之实体，则亦不得为一切万有之根据也。

列子进而论天地开辟之状况，与万物生成之次第，曰：

> 夫有形者生于无形，则天地安从生？故曰：有太
> 易，有太初，有太始，有太素。太易者，未见气也；太
> 初者，气之始也；太始者，形之始也；太素者，质之
> 始也。气、形、质具而未相离，故曰浑沦，浑沦者，言
> 万物相浑沦而未相离也。视之不见，听之不闻，循之不
> 得，故曰易也。易无形埒。易变而为一，一变而为七，七
> 变而为九。九变者究也，乃复变而为一。一者形变之始
> 也。清轻者上为天，浊重者下为地，冲和气者为人。故
> 天地含精，万物化生。(《天瑞》篇)

列子之所谓"太易"或"浑沦"，与《易·系辞》之"太极"，
老子之"道"与"浑成"，实同一物，与前所谓"疑独""往复"
者，皆指天地万有之实体而言。即谓其为物：冥一而不变，不可
以视，不可以名，不具形质，而浑然概括一切形质者是也。其论
由"浑沦"而生万有之次第也〔借斯宾塞（按，1820—1903，英国
哲学家）之语表之，则由同质之状生异质之物是〕，则谓由"太易"
而生"太初"，由"太初"而生"太始"，由"太始"而生"太
素"，然后天地万有森然而生焉。列子于一实体与个个物体之
间，置许多阶段，而说其发展之次第。此与《易》及老子之说、
新柏拉图派之分出论的思想，恰同一辙。然尚有宜注意者，列子
所指实体，全属于物质的，与老子之"道"之稍含精神的意义者
不同，又与新柏拉图派之"神"之以睿智的精神的属性胜者亦

不同，宁与希腊初代哲学家雅克讷希曼多罗（今译阿那克西曼德，公元前610年至前546年）之"脱雅摆伦"（按，意为"无限定"，指不固定的、无限的物质）相似。观于"太易者，未见气也"一语，则其物虽在浑然未剖之姿，然其不免为一物质的，则究不可争也。

以上即列子之实体论及天地开辟论之一斑，毕竟取老子之思想而更详述之者，但其思索之法，较老子更合于论理的而已。而列子一切学说皆建设于此一种实体论、开辟论之上，亦与老子无异。详而言之，则所谓"道"，乃虚静自然而能生生一切之物之根本思想，亦为其人生观之中枢。彼以为色声香味等，有生者，即有生之者，而其生之者乃无声无色无味无臭者也。惟其无也，故为万变之主宰。《天瑞》篇曰：

> 生之所生者死矣，而生生者未尝终；形之所形者实矣，而形形者未尝有；声之所声者闻矣，而声声者未尝发；色之所色者彰矣，而色色者未尝显；味之所味者尝矣，而味味者未尝呈：皆无为之职也。能阴能阳，能柔能刚，能短能长，能圆能方，能生能死，能暑能凉，能浮能沉，能宫能商，能出能没，能玄能黄，能甘能苦，能膻能香。无知也，无能也，而无不知也，而无不能也。

观此，则列子思想之同于老子益信，但较之详明耳。其曰"无为之职"，与曰"无知也，无能也，而无不知也，而无不能也"，即老子所谓"无为之（有）为"耳。此外如——

　　至言去言，至为无为。（《黄帝》篇）

　　争鱼者濡，逐兽者趋，非乐之也。故至言去言，至
为无为。（《说符》篇）

　　知而忘情，能而不为，真知真能也。（《仲尼》篇）

　　静也虚也，得其居矣；取也［舍］（与）也，失其
所矣。胜（按，此字衍）事之破砀，而后有舞仁义者，
弗能复也。（《天瑞》篇）

　　天下有常胜之道，有常不胜之道。常胜之道曰柔，
常不胜之道曰强。（《黄帝》篇）

凡此者不过就"无为之有为"之一思想，以种种言语表之，置之
老子书中，殆难以猝别也。但老、列二家大体之根本思想虽同，
而其实尚有差别。老子虽说"无为之有为"，而仍注重于有为之
一面（但与列子较则然；若与邹鲁学者较，则老子固置重无为者也）。
然列子则宁注重于无为之一面。此种差别，大而观之，殆不可
得，然欲研究二家之学派，则此点最不可忽过也。老子说无为而
常着眼于由无为而来之有为；列子亦说有为，而其说之所趋，竟
全归于无为。老子于其无为自然说之中，尚寓积极的理想；而列
子则消极的也，无理想的也。老子多忧时慨世之精神；列子多厌
世遁俗之思想。故老子多说反言的真理，教人以处世之道；列子
惟一意以求解脱而已。在老子，则现在社会尚为一关心之对境，
其矫激之言，毕竟由以道济世之诚而出；而列子绝不注意于社会

之救济问题，以现世为梦幻之一境，以解脱为惟一之目的而已。固知老子之思想中亦非无梦幻观、厌世观，然固不如列子之为甚也。要之，谓列子乃推衍老子之无为自然说，而达于极端者，此说殆不可争也。

列子于知识论上抱一种怀疑论，而以一种巧妙之笔，抹杀万物之差别，与《庄子·齐物论》同。彼以为物之有大小、巨细、长短、迟速者，以吾人随意立为标准，与以制限，是人为之差别，非物之本有差别也。《汤问》篇曰：

> 荆之南有冥灵者，以五百岁为春，五百岁为秋。上古有大椿者，以八千岁为春，八千岁为秋。朽壤之上有菌芝者，生于朝，死于晦。春夏之月有蠓蚋者，因雨而生，见阳而死。终［发］（按，此字衍）北之北，有溟海者，天池也。有鱼焉，其广数千里，其长称焉，其名为鲲。有鸟焉，其名为鹏，翼若垂天之云，其体称焉。世岂知有此物哉？（大）禹行而见之，伯益知而名之，夷坚闻而志之。江浦之间生幺虫，其名曰焦螟，群飞而集于蚊睫，弗相触也，栖宿去来，蚊弗觉也。离朱、子羽方昼拭眥，扬眉而望之，弗见其形；觥俞、师旷方夜擿耳，俯首而听之，弗闻其声。唯黄帝与容成子居空峒之上，同斋三月，心死形废，徐以神视，块然见之，若嵩山之阿；徐以气听，砰然闻之，若雷霆之声。

此即谓小者不必小，大者不必大，短者不必短，长者不必长。其有大小长短之别者，由吾人与以随意之限制，又持一不自然之标准而比较之耳。去此随意之限制与不自然之标准，则小亦为无限之大，大亦为无限之小，巨细长短相杀，荡荡然入于无差别之域矣。吾人之知识究不能识万物大小长短之别，故吾人不可不舍此无用之辨也。

列子更以此种怀疑论推之于伦理道德，欲举是非善恶之差别而悉灭之。以为是非善恶之辨，皆出于人心之迷，即不过持一人之私见造此无用之名词者耳，非有客观的根据存乎其间也。故曰："心将迷者，先识是非。"（《仲尼》篇）虽然，是非同一迷矣，而是非之辨实际对立于世间者，何也？从列子意，则由迷之多寡而生，众寡相倾，则是非之辨成矣。《周穆王》篇曰：

秦人逢氏有子，少而惠，及壮而有迷罔之疾：闻歌以为哭，视白以为黑，飨香以为朽，尝甘以为苦，行非以为是，意之所之，天地四方，水火寒暑，无不倒错者焉。杨氏告其父曰："鲁之君子多术艺，将能已乎，汝奚不访焉？"其父之鲁，过陈，遇老聃，因告其子之证。老聃曰："汝庸知汝子之迷乎？今天下之人皆惑于是非，昏于利害，同疾者多，固莫有觉者。且一身之迷不足倾一家，一家之迷不足倾一乡，一乡之迷不足倾一国，一国之迷不足倾天下，天下尽迷，孰倾之哉！向使天下之人，其心尽如汝子，汝则反迷矣！哀乐、声色、臭味、是非，孰能正之？且吾之言未必非迷；而况鲁之君子，迷之邮者，焉能解人之迷哉？荣汝之粮，不若遄归也。"

观此寓言，则虽谓列子意中，谓真理之根据乃从多数以为决者，可也。即谓一切真理非有所以为真理之客观的根据，究令有之，亦不能以吾人之知识决之，是即于知识论上取一种怀疑说之见地者也。其曰"吾言未必非迷，而况鲁之君子"云云，则于怀疑说之论理的结论，已不惮明言以揭之矣。夫绝对的怀疑说，不能不终于自杀，对一切而怀疑矣，则此所怀之疑，亦遂失其成立之根据，列子于知识论上正陷于此自杀的怀疑论者之地位者也。而吾人于此，益见列子之说，实一面发展老子之根本思想，而得其当然之论理的结果，又一面超过老子之外，而具一种特殊之面目焉（前述之寓言乃列子假托老子之口，而自表其思想者也）。固知老子之思想中亦有关于知识论者，其曰"道可道，非常道；名可名，非常名"者，是即谓世间仁义是非之名目或知识，究不能得道之真相也。谓此与知识论上之怀疑论相近，亦何不可？惟是老子虽疑世俗所谓是非善恶之根据，欲举一切人为者不自然者而泯灭之，然一面亦超越此等差别，而认识其知识之对象。何者？"道"或"自然"是也。彼纵以世俗之是非善恶之知识为迷罔，为无根据，然彼之视"道"，则惟一而真实之知识也，善也。欲排斥世间一切知识，毕竟为欲立一真知识耳。由此言之，则老子之于知识论上自非绝对的怀疑论者，宁唱道真实之知识者耳。吾人故曰：列、老二家，其关于知识论之思想，虽大致略同，然其于结论上固明明相异也。

列子于知识论上既取绝对的怀疑说矣，则彼之于人生观，其带一种厌世的倾向，而近于佛教，亦奚足怪？若老子，虽亦有厌世的思想（《老子》曰："吾所以有大患者，为吾有身，及吾无身，吾有何患。"是亦其厌世思想之一斑也），然固不若列子之为甚矣。列子之厌世思想，于其死生观最足见之。其书说死生之处，不一而足，试备引之：

> 精神者天之分，骨骸者地之分，属天清而散，属地浊而聚。精神离形，各归其真，故谓之鬼。鬼，归也，归其真宅。……人自生至终，大化有四：婴孩也，少壮也，老耄也，死亡也。其在婴孩，气专志一，和之至也，物不伤焉，德莫加焉。其在少壮，则血气飘溢，欲虑充起，物所攻焉，德故衰焉。其在老耄，则欲虑柔焉，体将休焉，物莫先焉，虽未及婴孩之全，方于少壮间矣。其在死亡也，则之于息焉，反其极矣。……死之与生，一往一反。故死于是者，安知不生于彼？故吾知其不相若矣。吾又安知营营而求生，非惑乎？亦又安知吾今之死，不愈于昔之生乎？……子贡倦于学，告仲尼曰："愿有所息。"仲尼曰："生无所息。"子贡曰："然则赐息无所乎？"仲尼曰："有焉耳。望其圹，睾如也，宰如也，坟如也，鬲如也，则知所息矣！"子贡曰："大哉死乎！君子息焉，小人伏焉。"仲尼曰："赐！汝知之矣。人胥知生之乐，未知生之苦；知老之惫，未知老之佚；知死之恶，未知死之息也。"晏子曰："善哉！古之有死也！仁者息焉，不仁者伏焉，死也者，德之徼

也。古者谓死人为归人，夫言死人为归人，则生人为行人矣。行而不知归，失家者也。一人失家，一世非之；天下失家，莫知非焉。有人去乡土，离六亲，废家业，游于四方而不归者，何人哉？世必谓之为狂荡之人矣。又有人钟贤世，矜巧能，修名誉，夸张于世而不知已者，亦何人哉？世必以为智谋之士。此二者胥失者也，而世与一不与一。唯圣人知所与，知所去。"（《天瑞》篇，"孔子""子贡""晏子"，皆假托之词）

观此则列子之炽于厌世思想，实远过于老氏，而与佛家之寂灭为乐说，其意相近，无待论也。吾人谓列子承老子之思想而更推而极之，至具一特殊之面目者，此非其一证欤？

具此厌世思想之列子，其不置重于社会国家之救济，而宁置重于个人之安心或解脱，斯固自然之倾向耳。个人的解脱之思想，在老子似亦未尝无之，然至列子，则更推之于极端。似以为得解脱者有一种神通力。《黄帝》篇曰：

赵襄子率徒十万，狩于中山，藉荍燔林，扇赫百里。有一人从石壁中出，随烟烬上下。众谓鬼物，火过，徐行而出，若无所经涉者。襄子怪而留之，徐而察之：形色七窍，人也；气息音声，人也。问：奚道而处石？奚道而入火？其人曰："奚物而谓石？奚物而谓火？"襄子曰："而向之所出者，石也；而向之所涉者，火也。"其人曰："不知也。"

此等怪诞之例所引尚多。然则列子意中殆亦信解脱之极，真能有此神通自在之一境欤？至吾人如何而得此神通自在之力，列子亦说及之，彼归之于无心自在之德。曰：

> 列子问关尹曰："至人潜行不空，蹈火不热，行乎万物之上而不果。请问何以至于此？"关尹曰："是纯气之守也，非智巧果敢之列。……壹其性，养其气，含其德，以通乎物之所造。夫若是者，其天守全，其神无郤，物奚自入焉？夫醉者之坠于车也，虽疾不死，骨节与人同，而犯害与人异，其神全也。乘亦弗知也，坠亦弗知也。死生惊惧不入乎其胸，是故逆物而不慴。彼得全于酒，而犹若是，而况得全于天乎！圣人藏于天，故物莫之能伤也。"（《黄帝》篇）

其曰"纯气之守"，曰"其天守全"，曰"其神无郤"，曰"得天全"者，即无心而顺自然之谓耳。抑守此无心之德以达于解脱之域者，其径路如何？列子更述其次序阶段，曰：

> 自吾之事夫子友若人也（夫子谓老商，若人谓伯高），三年之后，心不敢念是非，口不敢言利害，始得夫子一眄而已。五年之后，心庚念是非，口庚言利害（"庚"当作"更"），夫子始一解颜而笑。七年之后，从心之所念，庚无是非，从口之所言，庚无利害，夫子始一引吾并席而坐。九年之后，横心之所念，横口之所言，亦不

知我之是非利害欤？亦不知彼之是非利害欤？亦不知夫
子之为我师，若人之为我友，内外进矣。而后眼如耳，
耳如鼻，鼻如口，无不同也。心凝神释，骨肉都融，不
觉形之所倚，足之所履，随风东西，犹木叶干壳，竟不
知风乘我耶？我乘风乎？（《黄帝》篇）

彼新柏拉图一派之神秘哲学者，谓吾人能绝一一切差别对待之意
识，而返还于无我绝对之境。尝就其恍惚之状态以词表之。列子
此言殆有与之相似者。此等之说，苟善解之，原未可斥为无稽之
想。彼禅家与婆鲁芝诺（今译普罗提诺，204—270，希腊哲学家，
属新柏拉图学派）等，亦自就悟道之事，述其一种神秘的实验矣。
但列子之于神秘的实验，不以精神的描之，而以形体的描之，不
免贻荒诞之讥耳。

　　要之，列子之述解脱之旨趣、内容、方法、次序等，实较
老子为精，而两家学派之显异，亦于此益信也。老子亦说解脱，
然其所以为理想者"圣人"也。老子之所谓圣人，体无为自然
之德，而非与世俗全绝者也。若列子之所以为理想者则"神人"
耳。如前所述，老子之贵无为者，欲因之大有所为；其排斥"常
名""常善"者，为欲实现其真善（即"道"）之理想也。彼以为
圣人好处无为之地、守阴性之所者，毕竟欲由所谓反转之理，以
收有为积极之效果；而又本其反转之理，就处世上，设为利己的
自虑的之训言：故老子乃一真面目之理想家也。至列子，则于现
实理想之努力及其意识皆抛弃之，惟以寂然解脱为至人之面目。
故曰：列子之学说实偏于个人的解脱者也。彼不但于知识论上，

以怀疑的泯一切有无之辨，即于实践上道德上，亦偏于无依傍主义者也。彼不云乎？——

> 得意者无言，进知者亦无言。用无言为言亦言，无知为知亦知。无言与不言，无知与不知，亦言亦知。亦无所不言，亦无所不知，亦无所言，亦无所知。(《仲尼》篇)

盖谓吾虽无为、无言、无知，然若稍有意识，稍有目的，存乎其间，则［既］（即）非无为、无言、无知。故必忘一切，且并其所谓"忘一切"之"忘"，而亦忘之也。由是观之，是列子于行为之境，亦不外一种绝对的怀疑论，其结论之所趋，归于寂灭而已矣。谓列子承老子之根本思想，而更推而极之，至具一特殊之面目，此非又其一证欤？

彼列子之伦理思想，其偏于个人的解脱也如此。然彼政治上之意见似未尝无之也，政治上之意见全与老子相似。《仲尼》篇曰：

> 位之者无知，使之者无能，而知之与能，为之使焉。

意谓为人君者，不自居于知能之地，而但守无为自然之德，故群才争为之用也。又假钓者之辞，以论为政之道。《汤问》篇曰：

　　当臣之临河持竿，心无杂虑，唯鱼之念，投纶沉钩，手无轻重，物莫能乱。鱼见臣之钩饵，犹沉埃聚沫，吞之不疑，所以能以弱制强，以轻致重也。大王治国，诚能若此，则天下可运于一握，将亦奚事哉！

是亦谓治国之道在乎自然主义，放任主义，与老子之治国论固无别也。此外涉及政治之语，散见于各处，然究是枝叶之论，未可视为列子之政治思想。盖彼之根本思想究在于个人的解脱，而于社会国家之救济问题，非彼所措意者也。

　　列子本其个人的解脱之思想，而以为有一种空想国存焉，且累辞以形容其状态。《黄帝》篇曰：

　　华胥氏之国在弇州之西，台州之北，不知斯齐国几千万里，盖非舟车足力之所及，神游而已。其国无帅长，自然而已；其民无嗜欲，自然而已。不知乐生，不知恶死，故无天殇；不知亲己，不知疏物，故无爱憎；不知背逆，不知向顺，故无利害。都无所爱惜，都无所畏忌。入水不溺，入火不热，斫挞无伤痛，指擿无痟痒。乘空如履实，寝虚若处床。云雾不硋其视，雷霆不乱其听，美恶不滑其心，山谷不踬其步，神行而已。

又曰：

> 列姑射山，在海河洲中。山上有神人焉，吸风饮
> 露，不食五谷，心如渊泉，形如处女。不偎不爱，仙圣
> 为之臣；不畏不怒，愿悫为之使。不施不惠，而物自
> 足；不聚不敛，而己无愆。阴阳常调，日月常明，四时
> 常若，风雨常均，字育常时，年谷常丰。而土无札伤，
> 人无夭恶，物无疵厉，鬼无灵响焉。

吾人读此，辄忆及老子所谓理想社会之一段，且于此益见列子之
思想实有超过乎老子之思想，而达于极端者。老子于其理想社
会，惟描写一种自然人之状态。列子则更进一步，而描写仙乡、
神境者也。

列子之思想中则最足注意者，其对天道或天命之思想也。老
子似谓天道与人道之间［则］（有）一种道德感应上作用，由其
"天道无亲，［惟］（常）与善人"（按，《老子》七十九章）一语，
可以推之。而列子之思想则与此全然反对也。（固知老子之福德报
应之思想，与三代时通俗之意义不同，或谓有一种随德而至之精神的
报应耳。然即此种意义之福德报应，亦列子所不取也。）所谓惟德动
天之思想信仰，彼固明明排斥之。《力命》篇曰：

> 力谓命曰："若之功奚若我哉！"命曰："汝奚功
> 于物，而欲比朕？"力曰："寿夭、穷达、贵贱、贫富，
> 我力之所能也。"命曰："彭祖之智不出尧舜之上，而
> 寿八百；颜渊之才不出众人之下，而寿四八；仲尼之
> 德不出诸侯之下，而困于陈蔡；殷纣之行不出三仁之

上，而居君位。季札无爵于吴，田恒专有齐国，夷齐饿
于首阳，季氏富于展禽。若是汝力之所能，奈何寿彼而
夭此，穷圣而达逆，贱贤而贵愚，贫善而富恶耶？"力
曰："若如若言，我固无功于物，而物若此耶？此则若
之所制耶？"命曰："既谓之命，奈何有制之者耶？朕
直而推之，曲而任之，自寿自夭，自穷自达，自贵自
贱，自富自贫。朕岂能识之哉！朕岂能识之哉！"

是即谓智德与天命（或幸福）之间，往往不相合，而备引故事以
证实之。以为凡如此者，皆自然之天命，非吾人之知力德力所得
而左右之者也。当三代时，所谓福德合一实为中国民族之通有思
想，对之有特殊之见解者，殆列子一人而已。且列子之天命主
义，不但就自然上之事实（即寿夭穷达富贵贫贱等）言之，更于知
力上、道德上、精神上，及一切人间之事，皆赅括而言之。《力
命》篇曰："鲍叔非能举贤，不得不举贤（按，此字衍）；小白非
能用[贤]（仇），不[能]（得）不用。"然则列子之思想，不得
不谓之曰：实取一种宿命说、必至说、定业说之见地者也。彼不
承认吾人之自力与吾人之自由，谓凡事由天命而定，吾人决无变
更之力。故吾人之对自然或天命，当处于绝对的服从之地位。毕
竟彼之天命主义即其冷眼主义耳。固知孟荀诸子与斯多噶派，非
不于伦理上唱一种冷眼主义，然其实与列子不同。彼等概区别天
道与人道（或自然界与道德界），而谓寿夭穷达富贵贫贱等皆人力
莫可如何之事（孟子之所谓"在外者"，斯多噶派之所谓"外善"），
故其有无得失，无关于为人之价值。然属于人道或道德界之事

（孟子之所谓"在我者"，斯多噶派之所谓"理性之动作"），得以吾人之自力与意志自由致之。人之价值专系乎此。而列子则不然。彼于自然界与道德界之间，不设严密之区别，谓不但自然界之事实为然，即吾人之智识德行，亦非意志与自力之所关，而皆天命所使然。故彼之于道德界仅见有必然的，而不见所谓当然的。彼不惟于知识上挟一种怀疑的思想，又于道德上亦有一种不可知的思想者也。从彼之意，则吾人以无心无为为贵，凡事任诸自然而已。彼所恃为安心立命之根据者即在于此。而其为是说者，毕竟由其全体之立脚地而来，无足异也。吾人于此，觉当时之思想界实有两极端之对峙。邹鲁学派之努力主义、人为主义，由荀子而发展至于极端。荀子重自力，殆谓吾人之智力心力，亦可制天命而利用之。而列子则取荆楚学派之自然主义、无为主义，而推之于极端者也。

列子虽为黄老思想之继续者，然亦推尊孔墨，其于孔子亦然。观其《仲尼》一篇专述仲尼之言行，可以见也。他如《说符》篇之：

> 桀纣唯重利而轻道，是以亡。……人而无义，唯食而已，是鸡狗也。强食靡角，胜者为制，是禽兽也。为鸡狗禽兽矣，而欲人之尊己，不可得也。人不尊己，则危辱及之矣。

又《天瑞》篇之：

圣人之教，非仁则义。

皆特述仁义之语。然则列子于邹鲁学者之思想，固未尝冷视之或明攻之也。但彼之述孔子之言行也，不皆能传孔子之真意，宁取孔子之思想混合于自己思想之中，不过借孔子之言行以表现己之根本思想耳。《仲尼》篇曰：

> 　　仲尼闲居，子贡入侍，而有忧色。子贡不敢问，出告颜回。颜回援琴而歌。孔子闻之，果召回入问曰："若奚独乐？"回曰："夫子奚独忧？"孔子曰："先言尔志。"曰："吾昔闻之夫子曰：'乐天知命故不忧，回所以乐也。'"孔子愀然有间曰："有是言哉！汝之意失矣！此吾昔日之言尔，请以今言为正也。汝徒知乐天知命之无忧，未知乐天知命有忧之大也。今告若其实。修一身，任穷达，知去来之非我，亡变乱于心虑：尔之所谓乐天知命之无忧也。曩吾修诗书，正礼乐，将以治天下，遗来世，非但修一身治鲁国而已。而鲁之君臣日失其序，仁义益衰，情性益薄。此道不行一国与当年，其如天下与来世矣！吾始知诗书礼乐无救于治乱，而未知所以革之之方：此乐天知命者之所忧。"

观此，则列子固揣摩孔子之真意而寄与同情者也。然其下更转一语曰：

> 虽然，吾得之矣。夫乐而知者非古人之谓所乐
> 知也。无乐无知，是真乐真知，故无所不乐，无所不
> 知，无所不忧，无所不为。诗书礼乐，何弃之有？革之
> 何为？

若是说者，与谓为孔子之言，宁谓为列子自身之言耳。何则？是
即无为主义也，是仍列子之根本思想也。

列子于"梦"之现象具有一种超卓之见解，以为世人常别梦
与觉，而以一为妄，以一为实，然二者之间实无所谓差别也。彼
述一趣语曰：

> 周之尹氏大治产，其下趣役者，侵晨昏而弗息。有
> 老役夫筋力竭矣，而使之弥勤，昼则呻呼而即事，夜则
> 昏惫而熟寐，精神荒散，昔昔梦为国君，居人民之上，
> 总一国之事，游燕宫观，恣意所欲，其乐无比，觉则复
> 役。人有慰喻其勤者，役夫曰："人生百年，昼夜各分。
> 吾昼为仆虏，苦则苦矣；夜为人君，其乐无比，何所
> 怨哉！"尹氏心营世事，虑钟家业，心形俱疲，夜亦昏
> 惫而寐，昔昔梦为人仆，趋走作役，无不为也，数骂杖
> 挞，无不至也，眼中噷吱呻呼，彻旦息焉。尹氏病之，
> 以访其友。友曰："若位足荣身，资财有余，胜人远矣。
> 夜梦为仆，苦逸之复，数之常也。若欲觉梦兼之，岂
> 可得耶！"尹氏闻其友言，宽其役夫之程，减己思虑之
> 事，疾并少闲。（按，《周穆王》篇）

吾人每读此章，辄忆及法国哲学家巴什迦尔（今译巴斯噶，1623—1662）之言。巴氏言：有乞儿夜夜梦为王侯者，又有王侯夜夜梦为乞儿者：之二人者果孰为幸福之身乎？此其与列子之言泃若合符节已。吾人于梦之意识常轻视之，然如每夜同梦，则梦于吾人之意识生活上所占位置，固甚重大矣。如列子与巴什迦尔所言，其人之孰苦孰乐孰幸孰否，固未易判定也。

抑列子尚有一超卓之见解焉，是亦由其平等主义或宿命主义之根本思想而来者。《说符》篇曰：

> 齐田氏祖于庭，食客千人。中座有献鱼雁者，田氏视之，乃叹曰："天之于民厚矣！殖五谷，生鱼鸟，以为之用。"众客和之如响。鲍氏之子，年十二，预于次，进曰："不如君言。天地万物与我并生，类也。类无贵贱。徒以小大智力而相制，迭相食，非相为而生之。人取可食者而食之，岂天本为人生之？且蚊蚋嘬肤，虎狼食肉，非天本为蚊蚋生人、虎狼生肉者哉！"

此与近世所谓弱肉强食，生存竞争，优胜劣败，即生物进化论之思想，隐隐相通。在当时观之，不可谓非一卓见也。此种思想以较儒教之以人为中心，而观天地万物者，又基督教之一派或西洋哲学之一派之目的观、意匠观，即谓为适人类之要求而造成天地万物者，固不失为别开生面之见地矣。

综而论之，其怀疑论也，无差别论也，虚静主义也，冷眼主义也，宿命主义也，绝对的服从主义也，厌世思想也，非社会的倾向也，存养论也，解脱观也，无一不由老子之根本思想而来，而皆较老子更达于极点。但其偏于出世的个人的消极的态度一面，故谓为伦理主义，究亦有所未安。且列子亦非如释迦、耶稣等常抱一种热诚，欲以己所体得之解脱观救济一切众生也。彼于其主义思想，又于其性行态度，要皆偏于个人的。虽然，列子之学说，与谓为伦理说，宁谓为一种神秘哲学或悟道观，而于东洋思想史上放一异彩者也。若夫其言论之洒脱轻妙，其解悟之缥缈空灵，其解脱方法论之详密，其存养工夫之亲切，能使读其书者惝乎离现实之世界，而入理想之天地焉矣。

《教育世界》131、132 号，1906 年 8 月

墨子之学说

第一章　传及其著书

《史记·孟荀列传》曰："墨翟，宋大夫，或曰：并孔子时；或曰：在其后。"今《墨子·耕柱》篇有墨子与子夏之徒问答之语，则墨子之生年当与七十子略同。汪氏中《墨子序》曰：

> 按：《耕柱》《鲁问》二篇，墨子于鲁阳文子多所陈说。《楚语》："惠王以梁与鲁阳文子。"韦昭注曰："文子，平王之孙，司马子期之子。"其言实出《世本》。故《贵义》篇："墨子南游于楚，见献惠王，献惠王以老辞。"献惠王之为惠王，犹顷襄王之为襄王。由是言之，墨子实与楚惠王同时，其仕宋，当景公、昭公之世。其年于孔子差后，或犹及见孔子矣。《艺文志》以为在孔子后者，是也。《非攻》中篇言智伯以好战亡，事在春秋后二十七年；又言蔡亡，则为楚惠王四十二年，墨子并当时及见其事。《非攻》下篇言"今天下好战之国：齐、晋、楚、越"，又言"唐叔、吕尚邦齐、晋"，今与楚、越"四分天下"。《节葬》下篇言"诸

侯力征，南有楚越之王，北有齐晋之君"，明在句践称
霸之后（《鲁问》篇：越王"请裂吴故地方五百里，以封墨
子"，亦一证）。秦献公未得志之前，全晋之时，三家未
分，齐未为陈氏也。《檀弓》下："季康子之母死"，公
输般"请以机封"，此事不得其年。季康子之卒在哀
公二十七年。楚惠王以哀公七年即位，般固逮事惠王。
[《公输》]（《鲁问》）篇："楚人与越人舟战于江。""公
输子自鲁南游楚"，"作钩强"以备越，亦吴亡后，楚
与越为邻国事。惠王在位五十七年，本书既载其以老辞
墨子，则墨子亦寿考人欤！

其考墨子之生世，可谓最详核者矣。

《汉书·艺文志》："《墨子》七十一篇。"今所存者五十三篇，
其为墨子自撰与否，今不可考，然非一人之作，则甚明也。汪氏
中谓"《所染》篇亦见《吕氏春秋》。其言宋康染于唐鞅、田不
礼。宋康之灭，在楚惠王卒后一百五十七年。《亲士》篇末'言
吴起之裂'，起之裂以楚悼王二十一年，亦非墨子所及知也"（《墨
子序》）。则《墨子》一书当在战国时为墨子之学者所编纂也。

就墨子之学之所从出，则有三说：一以为出于夏礼，一以为
出于史佚。主张第一说者为阳湖孙氏（星衍），其言曰：

墨子与孔异者，其学出于夏礼。司马迁称其善守
御，为节用。班固称其贵俭、兼爱、上贤、明鬼、非
命、上同，此其所长。而皆不知墨学之所出。淮南王知

之，其作《要略训》云："墨子学儒者之业，受孔子之术。以为其礼烦扰而不说，厚葬靡财而贫民，服伤生而害事，故背周道而用夏政。"其识过于迁、固。古人不虚作，诸子之教或本夏，或本殷，故韩非著书亦载弃灰之法。墨子有节用，节用，禹之教也。孔子曰："禹菲饮食，恶衣服，卑宫室，吾无间然。"又曰："礼，与其奢宁俭。"又曰："道千乘之国，节用。"是孔子未尝非之。又有《明鬼》，是致孝鬼神之义，《兼爱》是尽力沟洫之义。孟子称墨子摩顶放踵，利天下为之。庄子称禹亲自操橐耜而杂天下之山（按，此字当衍）川，腓无胈，胫无毛，沐甚风，栉甚雨。列子称禹身体偏枯，手足胼胝。吕不［伟］（韦）称禹忧其黔首，颜色黎黑，窍藏不通，步不相过：皆与《书》《传》所云"予弗子，惟荒度土功"，"三过其门而不入，思天下有溺者犹己溺之"同。其节葬，亦禹法也。尸子称禹之丧法："死于陵者葬于陵，死于泽者葬于泽，桐棺三寸，制丧三日（当为'月'）。"见《后汉书》注。《淮南子·要略》称禹之时，天下大水，死陵者葬陵，死泽者葬泽，故节财、薄葬、闲服生焉。又，《齐俗》称三月之服，是绝哀而迫切之性也。高诱注云："三月之服是夏后氏之礼。"《韩非子·显学》称墨者之葬也，冬日冬服，夏日夏服，桐棺三寸，服丧三月。而此书《公孟》篇墨子谓公孟曰："子法周而未法夏也，子之古非古也。"又，公孟谓（子）墨子曰："子以三年之丧（为非），子之三

日（当为'月'）之丧亦非也"云云，然则三月之丧，夏有是制，墨始法之矣。（《墨子（注）后序》）

同时江都汪氏驳之曰：

季仇谓墨子之学出于禹，其论伟矣！非独禽滑厘有是言也，庄周之书则亦道之，曰："不以自苦为极者，非禹之道。"是皆谓墨之道与禹同耳，非谓其出于禹也。昔在成周，礼器大备，凡古之道术皆设官以掌之。官失其业，九流以兴，于是各执一术以为学。讳其所［自］（从）出，而托于上古神圣，以为名高，不曰"神农"，则曰"黄帝"。墨子质实，未尝援人以自重。其则古昔，称先王，言"尧舜禹汤文武"者六，言"禹汤文武"者四，言"文王"者三，而未尝专及"禹"。墨子固非儒而不非周也，又不言其学之出于禹也。公孟［言］（谓）君子必古言服然后仁，墨子既非之，而曰："子法周而未法夏，则子之古非古也。"此因其所好而激之，且属之"言服"，甚明而易晓。然则谓墨子背周而从夏者，非也。惟夫墨离为三，取舍相反，倍谲不同，自谓别墨，然后托于禹以自尊其术，而淮南著之书尔。虽然，谓墨子之学出于禹，未害也。谓禹制三月之丧，则尸子之误也。……故其《节葬》曰："圣王制为节葬之法。"又曰："墨子制为节葬之法。"则谓墨子自制者是也。故（曰）"墨之治丧也（按，此字当衍），以薄为其道。"（按，

《孟子·滕文公》篇）曰："墨子生不歌，死不服，桐棺三寸而无椁，以为法式。"（《[墨]（庄）子·天下》篇）曰："墨者之葬也，冬日冬服，夏日夏服，桐棺三寸，服丧三月。"（《韩非子·显学》篇）使夏后氏有是制，三子者不以（之）蔽墨子矣。（按，《墨子后序》）

其言是也。

主张第二说者则为江都汪氏中。其言曰：

周太史尹佚实为文王所访（《晋语》），克商营洛，祝筴迁鼎，有劳于王室（《周书·克殷解》《书·洛诰》）。成王听朝，与周、召、太公，同为四辅（《贾谊新书·保傅》篇），数有论谏（《淮南子·主术训》《史记·晋世家》）。身没而言立。（东迁以后），鲁季文子（《春秋传》成四年）、惠伯（文十五年）、晋荀偃（襄十[五]（四）年）、叔向（《国语》）、秦子桑（僖十五年）、后子（昭元年）及左丘明（宣十二年），并见引重。遗书十二篇，刘向校书，列诸墨六家之首。《说苑·政理》篇亦载其文。庄[子]（周）述墨[者]（家）之学而原其始，曰："不侈于后世，不靡于万物，不晖于数度，以绳墨自矫而备世之急，古之道术有在于是者。"（《天下》篇）可谓知言矣。古之史官实秉礼经以成国典，其学皆有所受。鲁惠公请郊庙之礼于天子，桓王使史角往，惠公止之，其后在于鲁，墨子学焉（《吕氏春秋·当染》篇）。其渊源所渐，（固）可考而知也。刘向以为出于清庙之守。夫有事于庙者，非巫则史，史佚史角皆其人也。史佚之书至汉具存，而夏之礼在周已不足征，则庄周、禽滑厘傅之禹者（《庄子·天下》篇、《列子·杨朱》篇），非也。（《墨子序》）

以上孙、汪二说各有所本。然余则以墨子为孔子之徒，特持论稍异耳。《淮南子·要略训》曰"墨子学儒者之业，受孔子之术，以为其礼烦扰而不说"云云，是墨子虽未必躬受业于孔子，其曾与孔子之徒相讲习，明矣。今比较儒墨二家之说：则孔子说"仁"，墨子说"爱"，其根本主义同；其称述尧舜禹汤文武也同；其游说诸侯思以其道易天下也同。其所不同者，只墨子之较孔子，更近于功利主义耳。决非如老子之说与孔子全相反对者也。善夫江都汪氏之言曰：

儒之绌墨子（者），孟氏，荀氏。荀之《礼论》《乐论》，为王者治定功成盛德之事，而墨之节葬、非乐，所以救衰世之敝，其意相反而相成也。若夫兼爱，特墨之一端，然其所谓兼者，欲国家慎其封守，而无虐其邻之人民畜产也，虽昔先王制为聘问吊恤之礼，以睦诸侯之邦交者，岂有异哉？彼且以兼爱教天下之为人子者，使以孝其亲，而谓之"无父"，斯已［过］（枉）矣！……至其述尧舜、陈仁义、禁攻暴、止淫用，感王者之不作，而哀生人之长勤，百世［而］（之）下如

见其心焉。《诗》所谓"凡民有丧，匍匐救之"之仁人
也！（按，《墨子序》）

可谓知言者矣。

第二章　形而上学＝天与鬼

墨子之学说限于道德政治之范围，与孔子同，然其求道德政
治之原理于天之意志，则孔子之所未尝及也。其《法仪》篇云：

天下从事者不可以无法仪，无法仪而其事能成者无
有也。虽至士之为将相者，皆有法；虽至百工从事者，
亦皆有法。百工为方以矩，为圆以规，直以绳，正以
悬。无巧工不巧工，皆以此五者为法。巧者能中之，不
巧者虽不能中，放依以从事，犹逾己。故百工从事皆有
法所度。今大者治天下，其次治大国，而无法所度，此
不若百工辩也。

然则奚以为治法而可？当皆法其父母奚若？天下之
为父母者众，而仁者寡，若皆法其父母，此法不仁也。
法不仁，不可以为法。当皆法其学奚若？天下之为学者
众，而仁者寡，若皆法其学，此法不仁也。法不仁，不
可以为法。当皆法其君奚若？天下之为君者众，而仁者
寡，若皆法其君，此法不仁也。法不仁不可以为法。故
父母、学、君三者，莫可以为治法。

315

然则奚以为治法而可？故曰莫若法天。天之行广而无私，其施厚而不德，其明久而不衰，故圣王法之。既以天为法，动作有为必度于天，天之所欲则为之，天所不欲则止。然而天何欲何恶者也？天必欲人之相爱相利，而不欲人之相恶相贼也。奚以知天之欲人之相爱相利，而不欲人之相恶相贼也？以其兼而爱之、兼而利之也。奚以知天兼而爱之、兼而利之也？以其兼而有之、兼而食之也。今天下无大小国，皆天之邑也。人无幼长贵贱，皆天之臣也。此以莫不刍羊、豢犬猪，絜为酒醴粢盛，以敬事天，此不为兼而有之、兼而食之耶？天苟兼而有食之，夫奚说以不欲人之相爱相利也！故曰爱人利人者，天必福之；恶人贼人者，天必祸之。曰杀不辜者，得不祥焉。夫奚说人为其相杀而天与祸乎！是以知天欲人相爱相利，而不欲人相恶相贼也。

昔之圣王禹汤文武，兼爱天下之百姓，率以尊天事鬼，其利人多，故天福之，使立为天子，天下诸侯皆宾事之。暴王桀纣幽厉，兼恶天下之百姓，率以诟天侮鬼，其贼人多，故天祸之，使遂失其国家，身死为僇于天下，后世子孙毁之，至今不息。故为不善以得祸者，桀纣幽厉是也；爱人利人以得福者，禹汤文武是也。爱人利人以得福者有矣，恶人贼人以得祸者亦有矣。

其《天志》三篇亦不外此篇之意，曰："天为贵，天为知。"是可知其以天为全知全能者也。

墨子于信天之外，又信鬼神。其证鬼神之存在：（一）主由经验上立论，殊由历史上证明之，曰：

> 是与天下所以察知有与无之道者，必以众之耳目之实知有与无为仪者也。……若是，何以尝入一乡一里而问之，自古以及今，生民以来者，亦有尝见鬼神之物，闻鬼神之声，则鬼神可[何]谓无乎？……若以众之所同见，与众之所同闻，则若昔者杜伯是也。（按，《明鬼》下）

除杜伯一事外，又杂引郑、燕、宋、齐诸国之史以明之，以断定无鬼论之非。

（二）墨子又以若以众人之耳目为不足信，则请征之于圣王。"武王之（攻殷）诛纣也，使诸侯分其祭，曰：'使亲者受内祀，疏者受外祀。'故武王必以鬼神为有。"他圣王亦然。"其赏也必于祖，其[罚]（僇）也必于社"，其始建国也，必立宗庙社稷，故古圣[人]（王）必皆以鬼神为有也。故《诗》云："文王陟降，在帝左右。"《书》曰："赏于祖而[罚]（僇）于社。"由此观之，执无鬼论者，可谓之"反圣王之务"也（按，《明鬼》下）。

然墨子之"明鬼"非真信鬼神之存在，特自道德政治二方面观之，则以为不信鬼神，其道德政治之说均归于无效也。故曰：

> 逮至昔三代圣王既没，天下失义，诸侯力正，是以存夫为人君臣上下者之不惠忠也，父子弟兄之不慈孝弟

长贞良也，正长之不强于听治，贱人之不强于从事也，民之为淫暴寇乱盗贼，以兵刃毒药水火，退无罪人乎道路率径，夺人车马衣裘以自利者并作，由此始，是以天下乱。此其故何以然也？则皆以疑惑鬼神之有与无之别，不明乎鬼神之能赏贤而罚暴也。今若使天下之人，偕若信鬼神之能赏贤而罚暴也，则夫天下岂乱哉！今执无鬼论者曰："鬼神者，固无有。"旦暮以为教诲乎天下，疑天下之众，使天下之众皆疑惑乎鬼神有无之别，是以天下乱。(《明鬼》下)

此墨子之明鬼，全从道德政治之立脚地出者，其尊天之意亦不外此。故"子墨子置立天之（当作'志'），以为仪法"(《天志》下)。则其天与鬼之说，为政治道德上整理的原理，而非形而上学建设的原理，甚明也。

第三章　伦理学＝爱与利

墨子既以天之意志在兼爱兼利，故人自不可不法天之兼爱兼利。此不独个人宜然，国家尤甚。其《兼爱》篇上曰：

圣人以治天下为事者也，必知乱之所自起，焉能治之。不知乱之所自起，则不能治。譬之如医之攻人之疾者然，必知疾之所自起，焉能攻之；不知疾之所自起，则弗能攻。治乱者何独不然，必知乱之所自起，焉能治之；不知乱之所自起，则弗能治。

圣人以治天下为事者也，不可不察乱之所自起，当察乱何自起？起不相爱。臣子之不孝君父，所谓乱也。子自爱不爱父，故亏父而自利；弟自爱不爱兄，故亏兄而自利；臣自爱不爱君，故亏君而自利：此所谓乱也。虽父之不慈子，兄之不慈弟，君之不慈臣：此亦天下之所谓乱也。父自爱也不爱子，故亏子而自利；兄自爱也不爱弟，故亏弟而自利；君自爱也不爱臣，故亏臣而自利。是何也？皆起不相爱。虽至天下之为盗贼者亦然，盗爱其室不爱其异室，故窃异室以利其室；贼爱其身不爱人，故贼人以利其身。此何也？皆起不相爱，虽至大夫之相乱家，诸侯之相攻国者亦然。大夫各爱其家，不爱异家，故乱异家以利其家；诸侯各爱其国，不爱异国，故攻异国以利其国。天下之乱物具此而已矣。察此何自起？皆起不相爱。

若使天下兼相爱，爱人若爱其身，犹有不孝者乎？视父兄与君若其身，恶施不孝？犹有不慈者乎？视子弟与臣若其身，恶施不慈？故不孝不慈亡有。犹有盗贼乎？故视人之室若其室，谁窃？视人身若其身，谁贼？故盗贼亡有。犹有大夫之相乱家、诸侯之相攻国者乎？视人家若其家，谁乱？视人国若其国，谁攻？故大夫之相乱家、诸侯之相攻国者亡有。若使天下兼相爱，国与国不相攻，家与家不相乱，盗贼无有。君臣父子皆能孝慈，若此则天下治。故圣人以治天下为事者，恶得不禁

恶而劝爱？故天下兼相爱则治，交相恶则乱，故子墨子
曰：不可以不劝爱人者，此也。

墨子所谓"爱"与儒家之所谓"仁"，其意不甚相异，然必加以
"兼"之一字者，以人之爱其身家，亦得谓之爱，故爱他人之事，
必以"兼"字冠之也。其但爱其身家者，谓之曰"别"。故曰：
"别非而兼是。"（《兼爱》下）墨子以当时社会之偷薄，凡爱人之
事，不患其过，而但患其不及，故矫枉而过其直耳。然墨子亦非
主张无差别之爱者，曰：

> 吾不识孝子之为亲度者，亦欲人（爱）利其爱
> （按，此字当衍）亲与？意欲人之恶贼其亲与？以说观
> 之，即欲人之爱利其亲也。然即吾恶先从事即得此？若
> 我先从事乎爱利人之亲，然后人报我以爱利吾亲乎？意
> 我先从事乎恶人之亲，然后人报我以爱利吾亲乎？即
> 必吾先从事乎爱利人之亲，然后人报我以爱利吾亲也。
> （《兼爱》下）

此虽属墨子辩论之一法，而其兼爱之说亦未必自爱亲之概念推演
之。然观夷之所云："爱无差等，施由亲始。"（按，《孟子·滕文公》
上）又观《亲士》《尚贤》二篇，则不但主张先后之别，亦主张
厚薄之别，固不可诬也。

墨子每以爱与利并举，然"利"者无他，不过"爱"之结果
耳。自其发于吾心者言之，则谓之"爱"，自其及于他人者言之，

则谓之"利"。然则爱与利二者，墨子果何所重乎？自一方面言之，墨子自重人心之爱，而主张动机论者之说，曰：

> 巫马子谓子墨子曰："子兼爱天下，未云利也；我不爱天下，未云贼也。功皆未至，子何独自是而非我哉？"子墨子曰："今有燎者于此，一人奉水将灌之，一人掺火将益之，功皆朱至，子何贵于二人？"巫马子曰："我是彼奉水者之意，而非夫掺火者之意。"子墨子曰："吾亦是吾意，而非子之意也。"（《耕柱》篇）

然从他方面观之，墨子之明兼爱，实以有利于人故，而主张结果论者也。

> 公输子削竹木以为鹊，成而飞之，三日不下。公输子自以为至巧。子墨子谓公输子曰："子之为鹊也，不如匠之为车辖。须臾刘三尺之木，而任五十石之重。故所为功，利于人谓之巧，不利于人谓之拙。"（《鲁问》）

墨子以"利"之一概念为其道德政治上之根本主义。于是从此概念而演绎非攻、节葬、节用、非乐之说。其非攻、节用二者与儒家之说无异，故不论。独略述其节葬、非乐之说。其说节葬曰：

　　意亦使法其言，用其谋，计厚葬久丧，诚可以富贫众寡、定危治乱乎？则仁也，义也，孝子之事也，为人谋者不可不劝也。意亦使法其言，用其谋，若人厚葬久丧，实不可以富贫众寡，定危治乱乎？则非仁也，非义也，非孝子之事也，为人谋者不可不沮也。是故求以富国家，甚得贫焉；欲以众人民，甚得寡焉；欲以治刑政，甚得乱焉；求以禁止大国之攻小国也，而既已不可矣；欲以干上帝鬼神之福，又得祸焉。……若以此观，则厚葬久丧其非圣王之道也。（《节葬》下）

此全从功利上立论，与孔子之从人情上立论者大异。然其《修身》篇曰："丧虽有礼，而哀为本焉。"则墨子固非薄于亲者，特言其厚之之道，不在厚葬久丧耳。曰："以〔臧〕（葬）为其亲也而爱之，非爱其亲也；以臧为其亲（也）而利之，非利其亲也。"（《大取》篇）孔子曰："丧，与其易也，宁戚。"亦同（此）意也。

　　其非乐之说曰：

　　今惟毋在乎王公大人说乐而听之，即必不能蚤朝晏退，听狱治政，是故国家乱而社稷危矣。……士君子说乐而听之，即必不能竭股肱之力，亶其思虑之智，内治官府，外收敛关市、山林、泽梁之利，以实仓廪府库。……农夫说乐而听之，即必不能蚤出暮入，耕稼树艺，多聚叔粟，是故叔粟不足。……妇人说乐而听之，即必不能夙兴夜寐，纺绩织纴，多治麻丝葛绪絪布繰，是故布繰不兴。……将欲求兴天下之利，除天下之害，当在乐之为物，将不可不禁而止也。（《非乐》上）

此皆鉴当时社会之弊，而从利害上计算者，故曰："凡入国，必择务而从事焉。国家昏乱，则语之尚贤、尚同；国家贫，则语之节用、节葬；国家熹音沉湎，则语之非乐、非命；国家淫僻无礼，则语之尊天、事鬼；国家务夺侵凌，则语之兼爱、（非攻）。"（《鲁问》）其真意之所在，盖可见矣。

第四章　名学 = 概念论 = 推理论

墨子之形而上学及伦理学之根本思想，与儒家不甚相异，唯其条目则大不同。于是欲辩护自己之说，不得不研究辩论之法。此我中国之名学所以始于墨家中发见之也。墨子之名学说，见于《经》上下、《经说》上下、《大取》、《小取》六篇中。《经》下、《经说》上下三篇，其属辞引例皆当时熟语故事，又多夺句误字，今不可解。可全解者，唯《经》上及《小取》二篇耳。而《经》上但下"名"之定义，而不论下定义之法则，故可不论。《大取》篇亦多不可解，除一节外，余略与《小取》篇同意。此节论概念与个物之区别，实重要之断简也，曰：

小圜之圜与大圜之圜同。方至尺之不至也，与不至钟之至不异。其不至同者，远近之谓也。是璜也，非

323

（按，本作"是"，疑静安校改）玉也；意楹非意木也。

盖"圆"者仅与以概念，而无大小之别；其有大小之别，唯个物为然。意"楹"非意"木"者，"楹"者个物，而"木"者概念。即公孙龙"白马非马"之说所从出也。

《小取》一篇列举推理之真妄，而亦不论推理之法则，然其述谬妄之种类，颇有可观者，以为一切谬妄皆起于比类。故曰：

> 夫物有以同而不，率遂同，辞之侔也。有所至而正，其然也，有所以然也。（其然也）同。（句）其所以然也（按，此字衍）不必同。其取之也，有（所）以取之。其取之也同。（句）其所以取之不必同。是故辟、侔、援、推之辞，行而异，转而危，远而失，流而离本，则不可不审也。

由是而分推理为是而然、是而不然、一害而一不害、一是而一不是四者。第一种，如：

> 白马，马也；乘白马，乘马也。骊马，马也；乘骊马，乘马也。获，人也；爱获，爱人也。臧，人也；爱臧，爱人也。此乃"是而然"者也。

然应用此法于他处，则生种种之谬妄。如：

获之视（毕注云：当为"事"。愚按：当作"亲"），
人也；获事其亲，非事人也。

其弟，美人也；爱弟，非爱美人也。

由名学上言之，前者言辞暧昧之谬妄，后者偶然性之谬妄也。又
如：车，木也；乘车，非乘木（也）。船，木也；人船（愚按，疑
"入船"之误），非人木也。盗，人也；多盗，非多人也；无盗，
非无人也。奚以明之？恶多盗，非恶多人也；欲无盗，非欲无人
也。……此乃"是而不然"者也。

此由我国言语中无全称、特称之区别，故多有谬妄。而前提
中之所谓"人"与结论中之所谓"人"，其范围之广狭异焉，故
也。盖前提中之人指人之一小部分，而结论中之人则指人类之全
体故也。但自形式上观之，则与"白马，马也；乘白马，乘马
也"之推理，无以或异。故应用此形式而不考事实之如何，其不
陷于此谬妄者鲜矣。至所谓"一害而一不害""一是而一不是"
者，亦由比类而起。曰：

爱人，待周爱人，而后为爱人。不爱人，不待周不
爱人，不（愚按，此字衍）失周爱，因为不爱人矣。乘
马，待周乘马（愚按，当作"不待周乘马"），（然后为乘
马也）；有乘于马，因为乘马矣。逮至不乘马，待周不
乘马，而后（为）不乘马。而后不乘马（愚按，此五字
衍）此"一周而一不周"者也。（愚按，此墨子自主张其
兼爱说。爱人指无人不爱；而不爱人，指不兼爱者，非指兼

不爱者也，乘马之例反是。乘马不待其人全乘于马上，然后谓之乘马。不乘马，必俟其下马后，方可谓之不乘马。此由一家之学说与一时之习惯立论，非纯由名学上观察者也。）

居于国，则为居国；有一宅于国，而不为有国。桃之实，桃也；棘之实，非棘也。问人之病，问人也；恶人之病，非恶人也。人之鬼，非人也；兄之鬼，兄也。祭人之鬼，非祭人也；祭兄之鬼，乃祭兄也。之马之目盼，则为（毕注：当作"谓"）之马盼；之马之目大，而不谓之马大。之牛之毛黄，则谓之牛黄；之牛之毛众，而不谓之牛众。一马，马也；二马，马也。马四足者，一马而四足也，非两马而四足也。一马，马也。马或白者，二马而或白也，非一马而或白（此亦由吾国言语，无全称、特称、单称之别，故有此谬妄）。此乃"一是而一非"也。

然墨子非谓推理中有"是而然""是而不然""一害而一不害""一是而一不是"之四种也，不过前二节分之，后二节合而论之耳。而不是之源，由于见一推理之形式之有时而真，而遂应用之于他处。一切谬妄皆由此起。然墨子虽列举事实，而不能发见抽象之法则，以视雅里大德勒（今译亚里士多德）之推论，遂不免如鲁、卫之于秦、晋也。

要之，墨子之名学实自其欲攻儒家之说以伸己说始，与希腊哀列亚派之芝诺，欲证明物之不变化不运动，而发明辩证论者相同。然希腊之名学自芝诺（按，约公元前490年至前430年，希腊哲学家）以后，经诡辩学者之手，至雅里大德勒，而遂成一完全之科学。而墨子之后，如惠施、公孙龙等，徒驰骋诡辩，而不能发挥其推理论，遂使名学史上殆无我中国人可占之位置，是则可惜者也。

《教育世界》121 号，1906 年 3 月

周秦诸子之名学

学问之发达其必自争论始矣，况学术之为争论之武器者乎？其在印度，则自数论声论之争，而因明之学起。在希腊，则哀利亚派之芝诺（Zeno）因驳额拉吉来图（Heraclitus）（今译赫拉克利特，约公元前 530 年至前 470 年）之万物流转说，而创辩证论。至诡辩学派起，而希腊学术上之争论益烈，不三四传，遂成雅里大德勒（Aristotle）完备之名学。我国名学之祖是为墨子。墨子之所以研究名学，亦因欲持其兼爱、节葬、非乐之说，以反对儒家故也（见《大取》篇）。荀子疾邓、惠之诡辩，淑孔子之遗言，而作《正名》一篇，中国之名学于斯为盛。暴秦燔书，学问之途绝。至汉武之世，罢斥百家，而天下之学术定于一尊，学术之争绝于此矣。辩论之事绝，而欲求辩论之术之发达，是欲购今日之巨炮坚舰于华胥之国，夫固不可得已。然勿以吾国名学发达之止于此，而遂谓此数子者无研究之价值也。如《墨子》《经》上下之论定义（Definition），《大取》《小取》二篇之论推理之谬妄（Fallacy of Reasoning），荀子及公孙龙子之论概念（Conception），虽不足以比雅里大德勒，固吾国古典中最可宝贵之一部，亦名学史上最有兴味之事实也。今特比而论之，世之学者以览观焉。

墨子之名学说，见于《经》上下、《经说》上下、《大取》、《小取》六篇。《经》下、《经说》上下及《大取》篇，其属辞引类，皆当时熟语故事，又多夺句、误字，今不可解。可解者唯《经》上及《小取》二篇耳。而《经》上但下"名"之定义，而不论下定义之法则，故可不论。《小取》一篇列举推理之真妄，而亦不论推理之法则，然其述谬妄之种类，颇有足观者。以为一切谬妄皆起于比类（Analogy），故曰：

> 夫物有以同而不，率遂同，辞之侔也。有所至而正，其然也，有所以然也。（其然也）同。（句）其所以然也（按，此字衍）不必同。其取之也，有所以取之。其取之也同。（句）其所以取之不必同。是故辟、侔、援、推之辞，行而异，转而危，远而失，流而离本，则不可不审也。（《小取》）

由是而分推理为"是而然""是而不然""一害而一不害""一是而一不是"四者。第一种如：

> 白马，马也；乘白马，乘马也。骊马，马也；乘骊马，乘马也。获，人也；爱获，爱人也。臧，人也；爱臧，爱人也。此乃"是而然"者也。

然应用此法于他处，则生种种之谬妄。如：

> 获之视（毕注云：当为"事"。愚按：当作"亲"），

329

人也；获事其亲，非事人也。

其弟，美人也；爱弟，非爱美人也。

由名学上言之，前者言辞暧昧之谬妄（Fallacy of Equivocation），后者偶然性之谬妄（Fallacy of Accident）也。又如：车，木也；乘车，非乘木也。船，木也；人船（愚按：疑"入船"之误），非人木也。盗，人也；多盗，非多人也；无盗，非无人也。奚以明之？恶多盗，非恶多人也；欲无盗，非欲无人也。……此乃"是而不然"者也。

此背名学上之规则，而前提（Premise）中所未定之辞，至结论（Conclusion）中而忽一定，即雅里大德勒所谓 Fallacy of illicit Process of major term（按，大项不当周延的错误）者也。盖前提中之"人"，指人之一小部分，而结论中之"人"则指人类之全体故也。而但自形式上观之，则与"白马，马也；乘白马，乘马也"等之推理，无甚差别。故应用此形式，而不考事实之如何，其不陷于此谬妄者鲜矣。至所谓"一害而一不害""一是而一不是"者，亦由此类而起。曰：

爱人，待周爱人，而后为爱人。不爱人，不待周不爱人，不（愚按，此字当衍）失周爱，因为不爱人矣。乘马，待周乘马（愚按，当作"不待周乘马"），然后为乘马也；有乘于马，因为乘马矣。逮至不乘马，待周不乘马，而后（为）不乘马，而后不乘马（愚按，此五字当衍）。此"一周而一不周"者也。（愚按，此墨子自主张其兼爱说："爱人"指无人不爱。而"不爱人"指不兼爱者，非指兼不爱者也。"乘马"之例反是。乘马不待其人全乘于马上，然后谓之乘马。"不乘马"必俟其下马后，方可谓之不乘马。此由一家之学说及一时之习惯立论，非纯由名学上观察者也。）居于国，则为居国；有一宅于国，而不为有国。桃之实，桃也；棘之实，非棘也。问人之病，问人也；恶人之病，非恶人也。人之鬼，非人也；兄之鬼，兄也。祭人之鬼，非祭人也；祭兄之鬼，乃祭兄也。之马之目盼，则为（毕注：当作"谓"）之马盼；之马之目大，而不谓之马大。之牛之毛黄，则谓之牛黄；之牛之毛众，而不谓之牛众。一马，马也；二马，马也。马四足者，一马而四足也，非两马而四足也。一马，马也。马或白者，二马而或白也，非一马而或白（原按：此由吾国言语中无全称特称之区别，故有此谬）。此乃"一是而一非"者也。

然墨子非谓推理中有"是而然""是而不然""一害而一不害""一是而一不是"之四种也。不过前二节分之，后二节合而论之耳。而不是之源，由于见一推理之形式之有时而真，而遂应用之于他处，一切谬妄皆由此而起。然墨子虽列举事实，而不能发见抽象之法则，以视雅里大德勒之谬妄论，遂不免鲁卫之于秦晋，是则可惜者也。

墨子之定义论、推理论，虽不遍不赅，不精不详，毛举事实而不能发见抽象之法则，然可谓我国名学之祖，而其在名学上之位置，略近于西洋之芝诺者也。然名学之发达，不在墨家，而在儒家之荀子。荀子之《正名》篇虽于推理论一方面不能发展墨子之说，然由常识经验之立脚地，以建设其概念论，其说之稳健精确，实我国名学上空前绝后之作也。岂唯我国，即在西洋古代，除雅里大德勒之奥尔额诺恩（Organon）（按，理则学）外，孰与之比肩者乎？兹录其首章而释之如左：

后王之成名，刑名从商，爵名从周，文名从礼，散名之加于万物者，则从诸夏之成俗曲期；远方异俗之乡，则因之以为通。

此谓名之与物非有必然的关系，但沿习既久，而既有一定之意义，则从之因之而已。

散名之在人者：生之所以然者谓之性。性之和所生，精合感应，不事而自然谓之性。性之好、恶、喜、怒、哀、乐谓之情。情然而心为之择谓之虑。心虑而能为之动谓之伪。虑积焉能习焉而后成谓之伪。〔原按：荀子此处所下心理学上学语之定义，最为精确。"性"者，人心之抽象的名称。"情"字于感情外兼有冲动（impules）之意。而"虑"则与英语之 Deliberation 相当，即意志本部（Will Proper）之作用也。下"伪"字，行为（Conduct）之义；下"伪"字，品性（Character）之义，与今日心理学伦理学家之说全合。〕正利而为谓之事，正义而为谓之行，

所以知之在人者谓之知。知有所合谓之智。智所以能之
在人者谓之能。能有所合谓之能。性伤谓之病。节遇谓
之命。是散名之在人者也，是后王之成名也。

此皆沿习既久，而有一定之意义，后王所当因袭之者也。但就性
情等言之，举一例耳。

> 故王者之制名，名定而实辨，道行而志通，则慎
> 率民而一焉。故析辞、擅作名以乱正名，使民疑惑，
> 人多辨讼，则谓之大奸；其罪犹为符节、度量之罪也。
> 故其民莫敢托为奇辞以乱正名，故其民悫。悫则易使，
> 易使则公。其民莫敢托为奇辞以乱正名，故壹于道法
> 而谨于循令矣，如是则其迹长矣。迹长功成，治之极
> 也，是谨于守名约之功也。今圣王没，名守慢，奇辞
> 起，名实乱，是非之形不明，则虽守法之吏，诵数之
> 儒，亦皆乱也。若有王者起，必将有循于旧名，有作
> 于新名。

此以正名为治天下之道，与孔子所谓"名不正则言不顺，言不
顺则事不成，事不成则礼乐不兴，礼乐不兴则刑罚不中，刑罚
不中则民无所措手足"，墨子所谓"夫辩者将以明是非之分，审
治乱之纪，明同异之处，察名实之理，处利害，决嫌疑焉"，公
孙龙子所谓"至矣哉，古之明王！审其名实，慎其所谓。至矣
哉，古之明王！"意相同，盖当时一般之思想也。希腊苏格拉底

（Socrates）之所以汲汲于明概念、正定义者，岂不以当时诡辩学派说真理之不可知，道德之无根据，而人人以自己为万物之标准，故发愤而起欤？

荀子更进而论制名之目的，与名之缘起及标准，曰：

> 然则所为有名，（与）所缘［有］（以）同异，与制名之枢要，不可不察也。异形离心交喻，异物名实玄纽，贵贱不明，同异不别。如是，则志必有不喻之患，而事必有困废之祸。故知者为之分别制名以指实，上以明贵贱，下以辨同异。贵贱明，同异别，如是，则志无不喻之患，事无困废之祸。此所为有名也。

此谓制名之目的，在区别同异以交通思想。然则同异何缘以别之乎？此自"名"之问题而入"知"之问题，易言以明之，则自名学上之问题而转入知识论上之问题者也。荀子曰：

> 然则何缘而以同异？曰：缘天官。凡同类同情者，其天官之意物也同，故比方之疑似而通。是所以共其约名以相期也。形体、色、理，以目异；声音清浊，调竽奇声，以耳异；甘苦、咸淡、辛酸、奇味，以口异；香、臭、芬、郁、腥、臊、洒、酸、奇臭，以鼻异；疾、养、沧、热、滑、铍、轻、重，以形体异；说、故、喜、怒、哀、乐、爱、恶、欲，以心异。

所谓"天官"者即耳目口鼻体与心也。前五者外官，而心，内官也。凡有相同之感觉者，天官视其感觉之原因之物之相同，而以同名名之。而心者，非徒自己为一天官，又立于他天官之上而统一之者也。故曰：

> 心有征知。征知，则缘耳而知声可也，缘目而知形可也。然而征知必待夫天官之当簿其类然后可也。五官簿之而不知，心征之而无说，则人莫不然谓之不知。此所缘而以同异也。

按荀子此节之言，非于知识论上有深邃之知识者不能道也。自西洋古代哲学家以至近世之汗德（Kant），皆以直观（Perception）但为感性（Sensibility）之作用而无悟性（Understanding）之作用存乎其间。易言以明之，但为五官之作用，而非心之作用也。唯叔本华（Schopenhauer）于其充足理由之论文中，证明直观中之有睿知的性质（Intellectual character）。曰："贫哉感觉（Sensation）！即其最高尚者（如视觉）亦不过人体中所起一种特别之感应耳。故感觉，主观的，绝不似直观之为客观的也。盖感觉之作用行于吾人之体内，而决不能超乎其外。感觉有愉快有不愉快，但表其与吾人意志之关系，而无关于客观的外物。唯悟性之作用起，而主观的感觉始变而为客观的直观，即悟性以其因果律之先天的形式，而视五官之感觉为一果，而必欲进而求其因，同时空间之形式助之，遂超吾人之身体外，而置此原因于客观的外物，经验之世界由此起也。于此作用中，悟性利用感觉中所供给之材料，而构其因于空间中，故五官但供我以材料，而由之以构成客观的世界者，则悟性也。故无悟性之助，则直观不得而起也。"此叔本华所自矜为空前绝后之大发明，复征诸生理、心理上之事实以证明之。然要之，其《充足理由论文》第二十一章之全文，不过《荀子》此节之注脚而已。又其所谓"五官簿之而不知，心征之而无说"者，岂不令吾人唤起汗德所谓"无内容之思想，空虚也；无概念之直觉（谓感觉），盲瞽也"乎？则荀子之知识论的名学上之价值如何，自可推而知也。

　　然后随而命之：同则同之，异则异之；单足以喻则单，单不足以喻则兼；单与兼无所相避则共，虽共，不为害矣。

杨倞注曰："单，物之单名；兼，复名也。喻，晓也。谓若止喻其物，则谓之马；喻其毛色，则谓之白马、黄马之比也。"由此观之，则与名学中所谓单纯名辞（Simple term）、复杂名辞（Conpound term）相当，即单名但表一概念，而复名则表二概念以上者也。然有时但着眼各物之公共点，而不必问其特别之状态时，则单用一单名或一兼名表之，亦无不可。故曰："单与兼无所相避则共，虽共不为害矣。"然荀子固深重同异之别，虽说共名，犹以异质而同名者为不可，故继之曰：

　　知异实者之异名也，故使异实者莫不异名也，不可乱也，犹使〔异〕（同）实者莫不同名也。（杨注：或

曰"异实"当为"同实"。）故万物虽众，有时而欲遍举
之，故谓之"物"。"物"也者，大共名也。推而共之，
共则有共，至于无共然后止。有时而欲偏举之，故谓之
"鸟兽"。"鸟兽"也者，大别名也。推而别之，别则有
别，至于无别然后止。

共名与别名即西洋名学上类概念（Genus）与种概念（Species）之
区别。然以"鸟兽"为别名，实其疏漏之处，吾人亦不能为之讳
饰也。

　　名无固宜，约之以命，约定俗成谓之宜，异于约
　　谓之不宜。名无固实，约之以命实，约定俗成谓之实
　　名。名有固善，径易而不拂，则（按，此字当衍）谓之
　　善名。

此分名为"宜名""实名""善名"三者，谓名本无宜不宜之别，
唯合于古今沿用之习惯者谓之宜名，不合者谓之不宜名。又本无
实不实之别，唯指外界实在之事物，而有事物以为之内容者，谓
之实名。若有名而无实当之外界之事物，或不尽与事物相副，则
不过一空虚之概念而已。柏庚（今译培根）（Bacon）所谓"市场
之偶像"，汗德所谓"先天之幻影"，皆指此也。而实名之呼其
名而即晓其意者，又谓之善名。此名之价值之分也。

　　物有同状而异所者，有异状而同所者，可别也。状

同而为异所者，虽可合，谓之二实。状变而实无别而为
异者，谓之化。有化而无别，谓之一实。此事之所以稽
实定数也。此制名之枢要也。

"同状异所"，杨倞注谓"若两马同状，各在一处之类"。"异状
同所"，注"谓如蚕蛾之类"。窃谓杨倞所引例稍有未妥。前例
如驴、马，后例如蚕蛾。前者"二实"，而后者"一实"也。可
见荀子论制名之标准，全立于经验论之上，而与公孙龙、惠施之
徒逞诡辩者，全相异也。

《教育世界》98、100号，1905年4月至5月